黒き侍、ヤスケ

信長に忠義を尽くした元南蛮奴隷の数奇な半生

浅倉 徹
Asakura Toru

原書房

黒き侍、ヤスケ

信長に忠義を尽くした元南蛮奴隷の数奇な半生

まえがき

この本を手に取った皆様は、弥助という人物のことをご存じだろうか。

辞書的な説明をすれば、アフリカのモザンビーク生まれで、戦国時代後期の日本にヨーロッパ人キリスト教宣教師の奴隷としてやってきた黒人男性で、日本平定間近の織田信長（一五三四〜八二）にひろいあげられた人物ということになる。

太田牛一《おおたぎゅういち》という信長の家臣が信長の一生を描いた著作『信長公記《しんちょうこうき》』では、弥助は「黒坊主」などと呼ばれていたとあり、別の史料によれば、身長は六尺（一八〇センチメートル）を越えていたらしい。そして、信長によってどうやら侍に取り立てられていたようである。いずれも断片的で不十分な情報であるが、弥助が存在していたことは事実で、おそらく日本の史実で確認できる黒人の正規の侍は彼のみだろう。白人の侍的存在であれば、近年テレビゲームの主人公になったことで再び脚光をあびている三浦按針《みうらあんじん》ことイギリス人のウィリアム・アダムス（一五六四〜

一六二〇）らがいるが、信長に仕えた弥助は徳川家康に仕えた按針よりも早い事例となる。

本書は、その心躍る経歴を持ちながらも不明な点が多く、おそらくこの先も新たな事実の発見など期待できないだろうその弥助を主人公にしている。当初は娯楽小説として目一杯創作に振り切るかとも思ったが、折角実在の人物なのだから荒唐無稽な話にするのはもったいなくも思い、極力史実ベースで物語を創作することにした。だから最初の主人――厳密には最初かどうかは分からないが――でイタリア人のアレッサンドロ・ヴァリニャーノや次の主人信長、信長の家臣の明智光秀や羽柴秀吉、そして信長の盟友、徳川家康を登場させたが、彼らの言動はフィクションなりに史実に沿ったものにするよう心掛けた。

ただ、極力史実に沿うといっても、スペインとかアフリカのモザンビークなどの地名や人名を完全に同時代のものにする――他には例えば、織田信長の弟の信行を正しく信勝と呼ぶとか、信長の次男の信雄を北畠信意と呼ぶとか、三男の信孝を神戸信孝と呼ぶとか――と煩雑で読者の興を削ぐかと思ったので、それはやめることにした。そして当時の話し言葉も現代人がイメージするものに、方言も用いないことにした。だから、例えば信長には尾張なまりではなく、現在のテレビや映画の時代劇で用いられている〝標準語的時代劇語〟をしゃべってもらっている。

そうしたことで歴史上でも著名な人物についてはなるべく史実にもとづく言動をさせているが、弥助の言動や性格についてはほぼ推測といっていい。だからこの小説を手に取ってみた皆様におかれては、ありえたかもしれない弥助の半生を楽しむといったスタンスでお読みいただければ幸いである。

弥助が世界史上の著名人になり、小説で展開した推測に多少なりとも当たっている部分があることを願って。

著　者

目次

一　インドの奴隷市場

「これからどうなる……」

と、思う者はほとんどいない。

ポルトガル領インドのゴア、一五七七年六月。

ズワーリ川、マンドウィー川、コンバルジュ運河に囲まれたゴア島を中心とするゴア市は雨季に入ったばかりであった。一五万以上の人々が暮らすこの大都市〝黄金のゴア〟では、奴隷市場がよく立てられる。

この日も中心街近くの広場で臨時の市場が盛況だった。あたりは、先程やんだ凄《すさ》まじいスコールのせいで、そこかしこに水たまりができている。しかし、この広場には、水たまりなどものともしない人々が大勢集まっていた。そして、彼らが放つ毒気と雨季特有の蒸し暑さがあいまって瘴気《しょうき》が立つようだった。

広場の中心部には粗末だが頑丈な、横に長い大きな木製の台があった。これはポルトガル王国による植民地支配を阻害しようとする「罪人」を公開処刑する際に用いるものだった。先代のポルトガル領インド総督が、囚人を二〇人ほど横に並べて一斉に処刑するべく発注したものらしい。

この日、その台の上には、囚人ではなく、手枷足枷《てかせあしかせ》のついた多数の黒人たちがいた。彼らは奴隷である。男もいれば女もおり、皆、一様に暗い表情をしている。

奴隷になって日が浅い者は、自分の運命の流転を怒り、嘆き悲しむ。が、年月がたっている者のなかには人間としての思考を止めている者も多かった。ひたすら、流れに身を任せ、考えることを止める方が楽なのだ。黒い諦観の波の中で、時折、空を見あげる目の光のみが白く瞬く。

横に立っていた白人の奴隷商人は汗を噴き出し、それを雑にぬぐいながら、しゃがれた大声を張り上げる。

「さあ。紳士淑女の皆様。これなるは、神と、アフリカの大地がもたらした黒き恩恵。飛び切りの奴隷たち。よく見られよ。まさにお値打ちもの。用途はお好みのまま」

買い手は身なりの良い白人である。

インドの西海岸、マンドウィー川の河口の島にあるこの都市は、もともとはビジャープル王国というムスリム国家のものであった。しかし、一五一〇年にポルトガル王国の軍人、アフォンソ・デ・アルブケルケが攻略してポルトガルの占領するところとなり、今年で六八年になる。ゴアは一五三〇年より正式にポルトガル領インドの首都となり、六二年には、アジアにおけるキリスト教布教最大の拠点、サンタ・カタリナ大聖堂の建造が始まっている。

広場では、時折、どよめきがおこる。

まるで、あたりはポルトガル王国の首都、リスボンのような活気だった。

要塞のような作りの政庁にはポルトガル国王の名代たるインド総督、市中には高等法院の判事や高位の聖職者がおり、港にはポルトガル海軍自慢のガレオン船やナウ船と呼ばれる大型の船舶が停泊していた。

市中では、ポルトガル人の貴族や軍人が闊歩《かっぽ》している。ポルトガルと競合するスペインやオランダ、イタリアをはじめとするヨーロッパ諸国の人々もいる。彼らは皆、ヨーロッパとインド土着の文化が混ざり合った、ここでのエキゾチックな生活を謳歌《おうか》している。

「あの黒人女。よく働きそうだ」

「顔つきが嫌よ」

群衆に愛想の良い顔を向けつつ、商売慣れした奴隷商人は言葉巧みに白人たちに奴隷たちを売り続ける。

並んでいるときから目立っていた、ひときわ筋骨逞しい男の番がきた。

黒人男の名前はモーという。

無論それは本名ではなく、奴隷になって以後の一種の呼び名である。歳は二〇代半ばだろう。髪は虱《しらみ》をわかせぬよう、奴隷商人によって剃《そ》り上げられている。

奴隷商人はモーにふと、酷薄な目をやる。

——ふん。こいつか。良い値段がつきそうだ。いや、つけねばならぬ。

モーの出身地は東アフリカ、ポルトガル領モザンビークだった。その哀れな国の中南部には、内陸部にひときわ高くそびえるビンガ山があり、その麓の小さな集落こそが彼の生まれ故郷であった。

集落に住んでいたのは、モーの年老いた父親を族長とする小部族だった。

彼らはビンガ山を敬愛し、必要最低限な狩りを行なってつつましく暮らしてきた人々であった。とはいえ周辺部族との戦闘もときにはあって、村人たちは、数々の武勲に彩られたモーの父親を尊敬していた。モーはその族長が老いてからできた末子で、母親はモーを産んだ後、すぐに亡くなっていた。

そんなモー少年の平和な日々は、ある日、集落に攻め込んできたポルトガルの軍人によって引き裂かれた。

ポルトガル軍人は奴隷狩りをよく行なう。当時、ポルトガル王国がアフリカ領への積極的な植民を奨励していたこともあって、軍人たちは、まるで象かライオンを狩るように先住民である黒人を殺戮《さつりく》した。

粗末な武器しか持たないモザンビークの勇者たちが、マスケット銃とサーベルで武装したポルトガル兵を圧倒することもあるにはあった。が、無残な敗北がそこかしこに転がることがほとんどだった。

黒人たちにとって、彼らは呪うに値する相手ではあったが、それ以上に恐ろしい者たちもいた。それは、殺しの楽しみよりも奴隷狩りという〝副業〟に精を出す軍人たちであった。ポルトガルの軍人といえども、すべてが高給取りではない。下級の将校や一般の兵士ともなると、軍当局からの給料が未払いのときもある。彼らは、軍務を終えると、決まってモザンビークの歓楽街で酒や女を買う。すると、すぐに懐は空になる。だから、彼らには副業が必要なのだった。正規の軍人ですらそのようなありさまなので、彼らの尻についてまわる雑多なヨーロッパ人で構成された傭兵《ようへい》たちともなると、なおさら金貨を欲している。

そうした臭気漂う兵士どもに近寄ってくるのは、この暗黒のアフリカ大陸では、奴隷商人と相場は決まっていた。奴隷商人は、まとまった金貨を将校に渡し、奴隷狩りを依頼する。

この汚い金を受け取った将校は、金貨に飢えた部下の兵を誘い、場合によっては傭兵に声をかける。即席の奴隷狩り部隊の完成である。そして将校は軍当局に「ポルトガル王国への謀叛《むほん》をたくらむ先住民部族の偵察と殲滅《せんめつ》のため、出撃する」と届け出る。当局に勤める軍務官僚も奴隷商人から賄賂を受け取っているため、申請の手続きさえすれば何の問題もない。

手続きが終わると、奴隷狩り部隊の指揮官は手ごろな黒人集落に狙いを定め、戦闘よろしく包囲陣を敷く。そして、手なずけておいた黒人少年を村に潜入させ、部族長の住まいを特定させる。そこへ少数精鋭を率いて急襲をしかけるのだ。部族長を殺すか人質にすれば、抵抗がやむ。それが彼らの常套《じょうとう》手段だった。

彼らは、黒人たちを無傷で捕えた方が、奴隷商人に高値で売れることをよく知っている。むやみに攻め込んで無用な殺戮を行なうのは、この地に赴任してきたばかりの世間知らずのやることだ。奴隷商人の側も、無傷の黒人を効率よく運んでくれる将校には、色をつけて大金を払う。

モー少年の集落を襲ったのは、そうした奴隷狩りに手慣れた部隊だった。

赤く、美しい髭《ひげ》をはやしたポルトガル人指揮官に率いられた部隊は、不気味な静寂を保って村に接近した。そして、あたりが明るみ始めた早朝、族長小屋を襲った。

赤い髭の指揮官は、跳ね起きた族長の腹部をサーベルで深々と刺し、その部下も、官僚が事務をこなすように効率よく、族長の家族を殺すか、外へ叩き出していった。

悲痛な物音を聞いた何人かの男たちが族長小屋にかけつけ、反撃を試みた。しかし、マスケット銃の乾いた数発の銃声によって、空《むな》しい抵抗はやんだ。あたりに転がる骸《むくろ》の中には、モーの異母兄たちも交じっていた。

当時、七、八歳であったモーは、衝撃のあまり、これが現実か悪夢かわからなくなっていた。

虫の息となったモーの父親は、両脇をポルトガル兵に抱えられて小屋から連れ出され、モーや村人の衆目にさらされた。奴隷狩りの赤髭の指揮官は、何の感興もわかぬ目で族長を見た後、傍《かたわ》らにいた軍人に目で合図をした。

その軍人は、どこか陰惨な空気を身にまとっていた。三〇歳ぐらいのようだ。着ている軍服からすれば、ポルトガルの正規軍人ではなく、隣にある世界帝国、スペインの元軍人、それも将校のようだった。

傭兵に身を落としていたこのスペイン人は、事前に決まっていたらしく、モーの父親に近寄り、片手をあげて短銃を構えた。頬《ほお》がゆるんでいる。生来の殺し好きらしい。

瀕死の老族長は、その男をきっと一睨《にら》みし、最後の力を振り絞って両脇をふりほどき、咆哮《ほうこう》とともに男へ向かって突進した。

足をとられたスペイン人は、音を立てて尻餅をついた。

勇敢な老族長は、尻餅をついた男のサーベルを引き抜き、そむけられた高慢な顔に斬りつけ、力尽きて、荒い息を吐いた。

短く呻《うめ》いた男の顔から鮮血がほとばしっている。

数歩後ろにいた赤い髭のポルトガル人指揮官は、腕組みを崩し、さも面白いものを見たといわんばかりに口を開いた。

「おやおや。しっかりしたまえ」

部下のポルトガル人兵は大笑いしている。

笑われたスペイン人は、血の滴る左眼を手で押さえながら立ち上がって怒鳴った。

「おのれ。黒人めっ」

スペイン人は短銃を構えなおし、族長の眉間を至近距離から撃ち抜いた。そして、自分の眼を斬った自分のサーベルを拾い上げ、二度、三度と、族長を斬った。

村は勇敢な老族長の死によって静寂に包まれた。

最早、抵抗しようなどと思う者はなく、老人も若者も子供も、男女の区別なく次々に捕えられた。茫然《ぼうぜん》と棒きれを握っていたモーも、マスケット銃の銃床で強く腹を殴られ、手と足に鎖をつけられた。

モーたちはそのまま、一昼夜歩かされた。立ち止まっては殴られ、立ち止まっては殴られた。ただただその繰り返しだった。黒い悲しみの一行は、やがてポルトガル人街に着き、そこで奴隷商人に引き渡された。

モーは同族たちとは別の商人に売られ、さらにまた別の商人に売られた。

それからキルワ、マリンディ、紅海をわたってアデンと、幾つもの都市で転売され、同じポルトガル領であるインドのゴアまで連れてこられたのである。

ゴアでモーを買った奴隷商人は、長い商売の勘で、これは高く売れるに違いないと思った。

モーは奴隷になりたての少年の頃は、どこか線の細いところを残していたが、一〇代半ばあたりから、急に背丈が伸び、胸板がぶ厚くなっていたからである。

今、このゴアの奴隷市場に、アレッサンドロ・ヴァリニャーノというイタリア人が来ていた。ヴァリニャーノは、カトリック教会の男子修道会、イエズス会の宣教師で、このとき三九歳。スペイン傘下《さんか》の南イタリア、ナポリ王国の名門貴族の家に生まれた高潔な宗教家である。ただ、高潔ではあるが、白人が黒人を奴隷とすることに何の痛みも疑問も感じていない。それが当時の社会通念であった。彼も、当時のヨーロッパ人の多くと同様、人間は肌の色によって奉仕する者と奉仕される者に種別されると思っている。

だから、ヴァリニャーノがここに来たのは、無論、黒人奴隷を買うためであった。

彼が最初に買った雑用係の黒人奴隷は、アフリカからインドに来る途中、病死していた。三年前にインドのゴアに到着し、やれやれとばかりに二人目の黒人奴隷を買ったものの、これは、インド中を見て回った際、熱病で死んでしまった。困った彼は、しばらくして三人目の黒人奴隷を買ったが、これは蛮刀を持ったインドの盗賊に殺されてしまった。それ以来、不自由を感じていながらも、奴隷を買うのがなんとなく億劫《おっくう》になっていた。

——盗賊め……。

ヴァリニャーノは、奴隷を殺した上、有り金すべてをまきあげていった盗賊の髭面を思い出し、聖職者らしくもなく、汚い言葉とともに足元に唾を吐いた。

彼の物静かで、哲学者のような風貌の下には、熱い大志が隠れている。狂気じみた野望と言ってもよかった。

それは、キリスト教を、東方世界、つまりは中国大陸や極東の島国、日本に布教するというものであった。

これをイエズス会以外の者に言うと、目をむいて笑われた。

が、彼はおおまじめである。それに、そのことに成功した何人かのヨーロッパ人宣教師の先達も、既にいるにはいた。

先達には、イエズス会の宣教師が多かった。

元々、この会は「より大いなる神の栄光のために」を標語としてローマ教皇に仕え、東方への布教を重視する司祭修道会であった。教皇に存在を公認されて四〇年弱という新しい修道会である。

この会には、頓狂《とんきょう》というべきか、剽悍《ひょうかん》というべきか、熱い血を持つ宗教者が多く属している。

ヴァリニャーノはヨーロッパの宗教貴族社会の中では風変わりという位置づけであったが、イエズス会のなかでは、それほど変わり者というわけではなかった。

このゴアは、イエズス会の創設者の一人である、イベリア半島のバスク貴族出身、フランシスコ・ザビエルが東方世界へのキリスト教布教の拠点にしていた都市である。

ザビエルは一五四九年に日本に上陸し、二年三ヵ月の滞在中に五〇〇名とか七〇〇名とかの日本人をキリスト教に入信させたといわれている。後にザビエルは、いったんこのゴアに戻って準備を整え、明朝が支配する中国大陸に赴き、同地での布教を志した。しかし、不本意にも熱病におかされ、一五五二年に広州のサンシャン島で死んでいた。今から二五年前のことである。

ヴァリニャーノは、そんなザビエルに私淑している。

――ふむ。まあ、あれにするか。うむ。あれが良い。

ヴァリニャーノは、先程から、粗末な台の上で木偶《でく》のように立っているモーのことを観察していた。巨軀《きょく》といってさしつかええない。

ヴァリニャーノはこれまでの経験から、雑用だけでなく、いざというとき盗賊防ぎの用をなす筋骨逞しい黒人男を買うつもりだった。だから、モーの競《せ》りの番になると、ためらいなく手を挙げた。

奴隷商人はそちらを見て一瞬がっかりする。

粗末な身なりの宣教師だったからだ。しかし、彼は、商人の勘に反し、十分な金額を叫ぶ。彼は元来、貴族なのである。清貧を装っているだけで、貧しいわけではない。時折ナポリの実家筋から支援も受けている。

そして、なにより、その質素な身なりからうかがい知ることはできないが、彼は一五七三年に、イエズス会東インド巡察師という要職に任じられている。

これは東インド世界における、在ローマ・イエズス会総長の代理人たることを意味する。当初、イタリア人がこの要職に就くことに、スペイン人やポルトガル人の会員が激しく反発した。が、彼を深く信頼する総長の力技で、この人事は押し切られた。聖都ヴァチカンにおいても、彼は、次代のイエズス会総長かと嘱目《しょくもく》された逸材だったのである。

こうした経緯で東インド巡察師となったヴァリニャーノは、広大な管区における宣教師の人事を一手に握っている。そうである以上、一般の宣教師と同等な経験をせねばならぬと信じ、インドではあえて彼らと同じ境遇に身を置いていたのである。

商人は、満足気な声で彼に落札を告げる。

ヴァリニャーノは、無論、高位の聖職者として、当代きっての知識人として、母国語のイタリア語の他、スペイン語やポルトガル語を不自由なく話せる。が、この時は、ほとんどしゃべらず係の者に対価を支払い、モーを受け取った。そして、がちゃがちゃと音を立てて手枷足枷を確認し、手枷にロープをつける。無論、鞭で地を叩くことも忘れない。

「歩け」

高潔で、実は高位の白人聖職者は、感情を忘れ果てた黒人奴隷、モーのロープを持って、起居していた市中のサン・パウロ教会に戻った。

教会の奴隷小屋の前で、ヴァリニャーノはポルトガル語を使って、モーから名前と出身地を聞き出す。モーは、面倒なので、名前を問われるとモーという呼び名のみを告げることにしている。

ヴァリニャーノが見るところ、幸い、モーは、護衛の任を十分に果たしてくれそうであるし、病気持ちでもなさそうだった。何より、反抗的でもない。良い買い物をしたと思う。良い牛馬を手に入れた時と同等程度の喜びは感じる。

ヴァリニャーノは、奴隷小屋の管理者にモーを引き渡した。そして、一つ大きく息をついて、自室に戻り、どっかと寝台に腰を下ろす。そして、そのまま仰臥《ぎょうが》し、軽い疲れもあって瞑目《めいもく》した。

——あとは出港を待つのみ。

律儀なヴァリニャーノは、そこでむくりと起き上がり、おもむろに床にひざまずいた。そして、壁に掛けた十字架に、主イエス・キリストに、長い長い祈りを捧げた。

二　大海原

「賽《さい》は投げられたとは、このことだな……」

一五七七年九月、ヴァリニャーノはモーを連れてポルトガルのナウ船に乗り込んだ。乗員は一五〇人ほど。この船は四本のマストを有する大型の船だった。行く先は中国大陸のポルトガル人居住地、マカオ。

世はいわゆる、大航海時代である。

海がひたすら青い。

ヴァリニャーノは、出港してから気づいたが、この船の甲板には、黒光りするほどに磨き込まれた大砲が片側五門の計一〇門ほど据えられていた。それを見て、

――むう。船旅は危険なものであった。

と、これまでの危険な船旅に思いを馳《は》せる。

彼は軽く、首を振る。

――とはいえ、予は未開の異国人に神の教えを説くのだ。神の御加護があろう。しかも、ローマ教皇猊下《げいか》の尖兵《せんぺい》、イエズス会の東インド巡察師なのだ……。

ところで、ヴァリニャーノは、このナウ船の船長は、てっきり、ポルトガル人であろうと思っていた。

しかし、船長は北イタリア、ジェノヴァ出身の船乗りで、マリオ・パッツィーニという名前だった。

パッツィーニ船長によると、この船はジェノヴァで銀行業を営む同地の新興貴族が、この船の元の船主であるポルトガル人貴族から借金のかたとして接収したものらしい。そのため、船員はポルトガル人が多数を占めているが、上級船員のなかには少数ながらイタリア人もいた。しかも、パッツィーニは敬虔《けいけん》なカトリック教徒だった。だから彼は、南イタリアはナポリ貴族出身のヴァリニャーノに親しみを見せたし、かつ、東インド巡察師としての彼に十分な敬意を払ってくれている。

船は、ゴアよりインド亜大陸の南端に浮かぶセイロン島からマレー半島南西部の港湾都市、マラッカを目指した。航海は順調だった。しかし、灼熱《しゃくねつ》の暑さはいかんともし難い。時期は雨季であるため、時折、激しいスコールが降るが、降らないときは、まったくもって降らない。

雲ひとつない日が続くと、船員や乗客のなかには、暑さにやられて死ぬ者もでる。長い船旅では遺体はすぐに腐臭を放つ。だから、船では死人がでると、すぐに海中へ放り込む。ヴァリニャーノは水葬が行なわれる際には、船長に呼ばれて甲板に出ていき、最後の秘蹟《ひせき》を与える。

その聖職者らしい務めのとき以外でも、ヴァリニャーノは、どことなく悪臭が漂う、昼でも薄暗い船倉の自室に辟易《へきえき》してよく甲板に出た。しかし、外はうだるような暑さである。彼も、彼の雑用をこなす黒人奴隷モーも、幾度となく吐いた。

パッツィーニ船長は、故郷に残してきた恋人から貰ったという下布を常に懐に入れている。そして、人前はばからずそれに接吻《せっぷん》し、いかに良い女であったかをとうとうと語る。

「よう、よう。ジェノヴァ男児」

日によって女の名前が変わるその話を、船員は、ときに掛け声をかけつつ、にやにやしながら聞いているが、聖職者であるヴァリニャーノは煩わしく思っていた。

しかし、無聊《ぶりょう》な航海が続いてくると、そもそも、故郷のナポリにもそのような男はごまんといたことであるし、次第に気にならなくなった。というより、謹厳な顔つきを多少ゆるめ、心待ちにするようになっていた。

実は、ヴァリニャーノにも女性に絡む苦い記憶の一つや二つはある。北イタリア、ヴェネツィアのパドヴァ大学で法律学を学んでいた頃、フランチェスキーナ・トゥローナという女性と口論になり、彼女の顔に一四針も縫うほどの怪我を負わせてしまったことがある。

――若気の至りとは、よく言ったものだ……。

それ以来、彼は怒りをつつしみ、身を律することに努めている。フランチェスキーナの痛みにゆがんだ顔が頭から離れぬときは、自ら鞭打ちの苦行を行なうこともある。

船旅は、そう楽なものではなかったが、おりしものモンスーンのおかげで、順調は順調だった。


船は一〇月になってマラッカに到着した。

この都市は、ゴア同様、一五一一年にポルトガル艦隊の総督アフォンソ・デ・アルブケルケが占領して以来、ポルトガル人の拠点として栄えてきたが、今は現地のイスラム教国家、アチェ王国の攻勢によって衰え気味である。とはいえ、なおも役人や商人などのポルトガル人の家が七、八〇軒はあり、イエズス会としても、小規模ながら教会を有している。

ヴァリニャーノは東インド巡察師としてこの地の教会を訪れ、一〇人足らずの宣教師の歓待を受け、その布教ぶりを確認した。他にも、現地有力者への挨拶、教会、神学校や病院の補修の指示、教会の収入状況改善のための工夫を行なうなど、同地での雑務はかなりの量だった。結局、約一年をこの地で過ごした。

それもようやく一段落した翌一五七八年八月、ヴァリニャーノは黒人奴隷のモーを伴って再びパッツィーニ船長のナウ船に乗り込んだ。

ナウ船はタイランド湾に入るのを避け、カンボジア王国やチャンパ王国、そしてヴェトナム豪族が支配するインドシナ半島に寄り付くのを避け、北へ北へと滑るように進んだ。

ここまでくれば、中国大陸のマカオは、もう目と鼻の先だった。

そうした矢先、インドシナ半島の沖合で、中国大陸によくあるような帆船が、左後方から不気味な速度で近づいてきた。

たまたま主人に連れられて甲板に出ていたモーは、遠目が利くため、それにいち早く気づき、ポルトガル語で叫んだ。

「海賊船、くる。危ない」

ヴァリニャーノは、直ちに危険を船長に告げる。パッツィーニ船長は船尾楼に走り、この頃ヨーロッパであたらしもの好きが使いはじめていた望遠鏡という細長い筒を眼につける。

「間違いない。あれは海賊船だ。あの竹製の帆船は、確か、ジャンク船とかいう船だ」

船長は望遠鏡から顔を離し、ロープをつかみながら船員に戦闘準備を告げる。

「砲手、弾込めせよ。ヴァリニャーノ殿、船倉に戻られよ」

小型なジャンク船の船足は速い。一方のナウ船は安定感抜群だが、巨体のため小回りが利かない。しかも、この時は風向きの問題もあって、ナウ船はたちまちジャンク船に距離を詰められる。蒼白《そうはく》となったヴァリニャーノは、手枷足枷のついたモーを促し、船倉に駆け込もうとした。

そこへ甲高い海賊の叫び声が聞こえて、ヴァリニャーノは、思わず後ろを振り返った。海賊船は既に乗員の顔が識別できるほどに接近している。ヴァリニャーノが震える手をかざして目を凝らすと、海賊船の船中にひしめく海賊たちは、四、五〇人はいる。そして、彼らはみな、まがまがしい東洋風のサーベルを持っている。後で知ったが、彼らは倭寇《わこう》と総称される中国系の海賊だった。そして、彼らが手に手に持っているサーベルは、青龍刀《せいりゅうとう》というらしい。

倭寇とは、そもそも、「倭人による略奪」という意味である。倭人とは中国大陸における日本人の蔑称である。一四世紀になると、倭寇は、極東アジア地域で猛威を振るった日本人海賊そのものを意味するようになった。ただ、一六世紀に入ると様子が変わり、倭寇の荒稼ぎに目をつけた明人や朝鮮人のあぶれ者たちが、倭寇に競うように参加し、日本人風の髪型や服装をして海賊行為を行なうことが多くなった。明帝国の正史である『明史』にも、一五五〇年頃の倭寇の構成について「真の倭人は一〇人のうち三人で、倭人に従う者(明人)は一〇人のうち七人」と、ある。

――あ。あれが東洋人というものか。アラブ人ともインド人とも違う。なんという扁平《へんぺい》な顔。なんという、恐ろしい顔だ。

腰がぬけてしまったヴァリニャーノは、恐怖のあまりその場でへたりこむ。そして、彼にしては珍しく、神に祈りを捧げることすら失念してしまった。

一方、パッツィーニ船長は海賊船が一艘だったこともあり、慌てなかった。

「取り舵いっぱい」

「ようそろ」

船長は、ナウ船を少し左に旋回させ、片側五門の砲手に号令を下す。

「撃てっ」

甲板に白煙があがり、数発の砲弾が海賊船の周辺に派手な水しぶきをあげる。どうやら、砲弾のうちの一発が当たったようで、海賊船は速度を落とし、みるみるうちに遠ざかっていく。

「やったぞ」

「ざまをみろ」

ナウ船では船員の歓喜のどよめきが起こり、ようやく立ち上がったヴァリニャーノもモーも、一様に安堵《あんど》の表情を浮かべる。

すると、まるでそれが合図だったかのように、右後方より別の海賊船が驚くほど近くに現れた。銅鑼《どら》を叩きながら近づいてくるその海賊船は、先程の賊船とほぼ同じ大きさの船だった。ナウ船の船員は驚きの声をあげて振り返る。

「しまった。もう一艘、別のがいたぞっ」

その海賊船はナウ船の右船尾あたりに体当たりをしてくる。すると、乗員の腹に、ずんと響くような重い衝撃があり、その後、先端に鉤《かぎ》の手のついた縄梯子がばらばらと降ってきた。次いで、海賊たちがまるで曲芸のように甲板に登ってくる。

しかし、船長はひるまない。

「落ち着けっ。一人一人、討ってとるのだ。全員、鉄炮《てっぽう》を構えよ」

船員はその場に折敷き、マスケット銃を構える。

「撃てっ」

即席の銃隊による一斉射撃によって、最初に乗り込んできた海賊の数名が倒れた。しかし、その死骸を乗り越えるようにして、甲高い声をあげる海賊の第二波がきた。それを見て、船長は自らサーベルを引き抜く。

「突っ込めっ」

勇将の下に弱卒なし。船上は凄まじい斬り合いとなった。

ヴァリニャーノはこうなると何もできない。モーに声もかけず、船倉に行こうと、あたふたと階段を降りる。すると何番目かに乗り込んできた海賊が、彼を追うように船倉への階段に駆け寄る。剣戟《けんげき》の喧噪《けんそう》の中、甲板で茫然と立ち尽くしていたモーはそれに気づくと、枷をつけたまま、がちゃりと音をさせながら、近くにあった朽ちたオールを拾う。

「……」

モーはオールを手にすると、不思議と心が落ち着いた。思わず手元を見直したが、すぐに目を上げ、海賊の後を追う。暗がりに入ったモーは、階段の途中で下の様子をうかがっているらしい海賊を眼下に見た。海賊はモーに気づかない。モーは音をたてぬように階段をそっと下り、海賊の頭を後ろから叩きのめした。

モーは、気持ちの良いような悪いような生々しい感覚に身震いし、できたばかりの死骸をまたぎ、そのまま階段を下りた。そして、茫然とこちらを見ているヴァリニャーノに詰め寄り、ポルトガル語で激しく手枷足枷を外すよう求めた。

「外して。皆、死ぬ。早く」

ヴァリニャーノは口をきいたモーを虚《うつ》ろに見て、この黒人奴隷が人間であることを久しぶりに思い出した。

「う、うむ。しばし、待て」

我に返ったヴァリニャーノは、震える手で鍵を取り出し、手枷足枷をはずした。

モーはオールを握り直し、階段を駆け上った。そして、戦った。怪力にまかせて豪快にオールを振り回し、敵の横面を何個か潰した。そして、オールが真ん中から折れた後は、海賊が落とした青龍刀を拾い、それを無我夢中で振るい続けた。モーのうちに眠っていた勇敢な部族の血がたぎる。

一方、海賊の戦術は、最初に近づいた船が獲物の注意をひきつけ、次いで近づいた別の船が後ろから斬り込みをかけるというものだった。そして、巧緻《こうち》であることに、乱戦の隙をついて最初の船が戻ってきて、獲物を二艘で挟み込む。これが、彼らの常套戦術だった。

倭寇海賊にとって、ポルトガルのナウ船は危険な難敵であったが、実入りがよかった。そして、海賊冥利《みょうり》につきるというか、やりがいのある相手だったのである。

しかし、今回ばかりは海賊船につきがなかった。パッツィーニ船長のナウ船にとっては運の良いことに、陽動目的で近づいた最初の賊船が再接近しなかった。着弾した場所が悪かったらしい。

自らナウ船の甲板に乗り込んできていた海賊の頭目格の大男は、仲間の船が去った方を眺め、影すら見えないことに舌打ちする。おまけにナウ船の船員は予想外によく訓練されていて、武器の装備もしっかりとしていた。

大男が巨眼で甲板をねめ回すと、自身の手勢には死傷者が増えつつある。このまま長居すると、自分の率いる一団は再起不能になりかねない。大男は吠えた。そして、明帝国の言葉で、

「退けっ」

と、短く部下に撤退の号令を出す。

すると、海賊たちは海蛇が巣穴に戻るように、するすると自船に戻っていく。頭目格の大男は、感心にも生き残った部下の海賊を先に逃がし、自身は最後まで青龍刀を構えて微動だにしない。最後の一人が縄梯子にとりついたのを眼の隅で見て、ようやく身をひるがえした。

船長は、イタリア語で大男に呼びかける。

「おい。忘れ物だ……」

船長は金貨が詰まった赤茶色の皮袋を投げる。

放物線を描いた皮袋は、振り返った大男の手に収まる。大男は手のひらの皮袋の重さを確かめ、明の言葉でつぶやく。

「ふん。もらっておこう……」

にやり、と笑った大男は背を丸めて縄梯子を下りていく。互いに言葉は通じていないが、言わんとすることはわかっている。

ナウ船の船員たちは、勇敢な船長に対し、逃げゆく海賊船に砲撃を加えるか聞いた。

「いや。放っておけ。もう襲ってこぬ。それよりも、船の破損箇所の確認と修理を急げ。そして、手が空いている者は、負傷者の手当てをせよ」

船長は少し高ぶった声で追撃を制し、その海域からの速やかな離脱を命じた。

落日が海原に映える。


ナウ船はその後、大男の海賊船には襲われなかったが、幾度か、別の倭寇海賊団には襲われた。倭寇海賊団は規模が大きいため、派閥が幾つもあり、意思統一などされていない。襲ってくる賊船は、問答無用で攻撃してくるのもあったが、東洋風の旗を振って近づいてきて、まるで商談のように金品を要求してくるのもいた。

ヴァリニャーノが見ていて奇妙に思ったのは、ときとして、そんな倭寇海賊団の中に、どう見ても白人であるヨーロッパ人がいたことである。

その者らは、眼が合うと、決まってばつが悪そうに眼をそらせる。どうやら彼らは東方世界に流れてきて、食い詰めて倭寇海賊団に入ったということらしかった。通訳は、大体、そうした者が務め、交渉が折り合えば、多国籍な海賊たちは、金貨や香辛料、白檀《びゃくだん》、黒檀《こくたん》、象牙といったナウ船の積み荷の一部を持っておとなしく去って行く。しかし、中には法外なものをふっかけてくる海賊もいて、その場合はお決まりの戦闘になった。

数度の戦闘を経て、残りの砲弾の数がさびしくなってきたある日、パッツィーニ船長は、ヴァリニャーノに対し、十分に礼をつくしながら頼みを言った。

「ヴァリニャーノ殿。貴殿の黒人奴隷は怪力だ。兵として貸してくれまいか」

ヴァリニャーノはこれに対し、多少、もったいぶって背をそらす。

「これは予の所有物だ。そうもいかぬ」

船長はそれでも食い下がる。

「船が沈んでは、もともこもあるまい。貸してくだされ」

――それは、そうだ。

船長の要請に理屈を認めたヴァリニャーノは、少々、眉を動かして言う。

「確かに。それはその通りだ。ふむ。貸しても良い。貸しても良いが、予に金貨を払いたまえ」

船長は少々嫌な顔をしたが、肩をすくめて言う。

「しかたありませぬな。戦死した船員に払う予定だった金貨の一部を下船時に払いましょう」

「いや。半分は前払いにしてもらいたい」

以後、モーは、海賊が近づいてくるたびに、船長に声をかけられ、戦闘に参加するようになった。そして、そのたびに、目覚ましい働きをした。

しかし、船長からも船員からも、そして、主人のヴァリニャーノからも、特段の感謝はされない。モーはあくまで黒人奴隷だからである。戦いが終わると、何やら世間染みてきた聖職者の主人によって、ごそごそと手枷足枷をつけられる。

モーはそうした日々を繰り返し、幾つかの戦いを生き延びるたび、軽傷を負った。

ある晩、モーは船倉からわずかに見える夜の月を仰ぎ、ふと、虚しさを覚えた。そして治ったばかりのすねの傷痕をかきながら、黒人とは何なのか、自分は何者なのか、自分はどこに行くのか、そして、何のために生きているのか、自問する。

——分からぬ……。

答えは一向に見いだせない。

船旅でかなり痩せてきたヴァリニャーノも、黒人奴隷のモーが人間であることを再び忘れた。

三　マカオ

「これが噂《うわさ》に聞くマカオか……」

一五七八年九月、ヴァリニャーノと黒人奴隷のモーが乗ったポルトガルのナウ船は、無事、中国大陸のマカオに着いた。マカオは、名高いわりに広さはさほどでもなく、珠江《しゅこう》河口西岸のマカオ半島の先端と、タイパ島とコロアネ島という二つの島からなっている。

中国大陸を支配する明《みん》帝国は、一四世紀末より国法として海禁政策――帝国民の外国渡航や外国との貿易を制限する政策――をとっていた。

そのため、当初、極東アジアに進出してきた海洋帝国ポルトガルとの通商を拒否していた。

しかし、同地域でポルトガル海軍を指揮していたレオネル・デ・ソウザ司令官が、明帝国広州の官衙《かんが》の悩みの種であった倭寇海賊の一派を退治したことで事態が一変した。明は一五五七年にポルトガル人がマカオに居留することを正式に認めたのである。

ただ、明は海禁政策を維持したので、マカオは、自然と明とヨーロッパ諸勢力が貿易を行なう際の、例外的な独占的窓口となった。その上、一五六二年には日本国は肥前国《ひぜん》――日本は六〇余国で構成されている――の港町である口之津《くちのつ》が、一五七一年には長崎が、マカオを拠点とするポルトガル系商船の受け入れを始めたため、マカオは日本との貿易の拠点にもなった。当時、日本国内各地の鉱山から良質な銀が採掘されていたこともあり、マカオは、日本銀目当てのポルトガル人の貿易拠点として、栄えに栄えた。

そのような事情で、この都市には、ポルトガル人と明人の他にも、ビルマ、タイ、カンボジア、ヴェトナム、琉球《りゅうきゅう》、日本と、さまざまな人種の人間であふれかえっていた。その上、傭兵稼業のスペイン人やポルトガル人、そしてアフリカ出身の黒人奴隷もかなりの数いた。ヴァリニャーノと同じ、イタリア人もいる。マカオは、東アジア屈指の国際都市といってさしつかえない。ポルトガル人の家屋だけでも二〇〇軒は下らない。

そして、マカオはインドのゴア同様、故フランシスコ・ザビエルがキリスト教アジア布教の前線拠点にしていた都市である。ヴァリニャーノが日本への布教を志したのは、日本布教で功績を挙げたザビエルの影響が強い。

ヴァリニャーノは、マカオに到着すると、まさに生死をともにしたジェノヴァ人船長、パッツィーニに別れを告げた。

「どうか、御無事で」

モーの働きについての残金を支払い、別れの接吻をした精悍《せいかん》なジェノヴァ人の背中が遠ざかっていく。

ヴァリニャーノはその足でマカオのイエズス会教会に出頭し、一二名の宣教師の布教ぶりを確認した。その後は山のようにあった雑務を行ない、ポルトガル人のマカオ総督、マヌエル・トラバンソスら要人と交流しつつ、約一年を当地で過ごした。東インド世界におけるイエズス会の頭領、東インド巡察師の日常は多忙であった。

この間、彼は中国本土への上陸を図ったが果たせず、また中国語の習得も難しく、途方に暮れた。そのため、ヴァリニャーノは、インド、ゴアのイエズス会幹部とやりとりをし、明への布教に専念する者を別に派遣してもらった上で、自身は日本巡察を行ないたいとの希望を改めて伝えた。フランシスコ・ザビエルが布教した日本にやはり、行ってみたかったのである。

ヴァリニャーノは、日本への興味は以前からもっていて、ゴアにいた頃、日本に幾名かの宣教師を先発させていたが、その際、彼らに日本語の習得をさせるべく最適な日本語の教師をつけるよう、長崎を拠点とする日本布教長のポルトガル人、フランシスコ・カブラルに厳命していた。やがて、ヴァリニャーノの希望は通り、彼の日本渡航が正式に決まった。

ある日、ヴァリニャーノはマカオで知り合ったポルトガル人宣教師のエンリケ・アンドラーデと散策に出かけた。今日のモーは、主人のアクセサリーよろしく、清潔な西洋の服を着させられ、主人のために大きな日傘をさしかけさせられている。

少し歩くと、アンドラーデが人のざわめきを見つけた。そして、その中心にいる人物を見て、目配せをしてくる。あれを見よということらしい。

ヴァリニャーノは彼の顎の先にいる奇妙な風体の男を注視した。男はアジア人にしては色が白く、その頭頂部は剃り上げられている。そして、後ろの髪は紐《ひも》で結わえられ、天に向かってそそり立っている。また、その男の腰には、長く、細いサーベルが二本差さっていた。そして、その男には身なりが落ちる者が三人従っていて、一人は長い槍を持ち、一人は鉄炮を抱えている。もう一人は少し離れて立っている人種不明の小男だった。

アンドラーデはヴァリニャーノにポルトガル語でぽつりと言う。

「巡察師様。あれが日本人です」

「え。あれが日本人か……」

「はい。あの先頭の日本人が腰に差しているサーベルは刀と言います。刀は銀に次ぐ、日本の主要な輸出品です。そして、刀を二本差している者はサムライと呼ばれます。彼らは非常に好戦的で、その凄まじい切れ味の刀を振り回し、勇者の首をとることを至上の名誉とします。だから、戦争が滅法強いのです。ここマカオでは傭兵として引く手あまたです。あの男の名前は山田《やまだ》長《ちょう》兵衛《べえ》と言います」

「山田長兵衛……」

「はい。山田は、明人が真倭と呼んでいる日本人倭寇から精鋭を引き抜いてつくったという日本人傭兵団の首領です。確か、ヴェトナム豪族に雇われ、その方面に出陣していたはずですが。帰ってきたらしいですな」

ざわめきが大きくなる。どうやら、その日本人の侍に喧嘩《けんか》を売っている男たちがいるようだった。

「おや。あの先頭の男。スペイン人の傭兵隊長です。確か、ガルシアとかいう者です。山田と一緒にヴェトナムに行ったと聞いていましたが……」

スペイン人傭兵隊長ガルシアは腰に吊るした細身の剣を抜き、日本人傭兵隊長の山田にスペイン語で怒鳴る。

「予は、これでもスペインの騎士たるペドロ・ガルシアだ。貴殿らとの賃金の差は納得できかねる。ここで勝負せよ」

侍の後ろにいた背の低い男がひょこひょこと近づいて耳打ちしている。通訳しているらしい。侍は無表情に革製の上衣をその男に渡し、刀の柄に手をかけ、低く声を出した。日本語らしい。

「予は御存じの通り、日本国は駿河《するが》国の生まれ、山田長兵衛。貴殿らは酒の飲み過ぎと存ずる。賃金の差は致し方あるまい。とはいえ、勝負を挑まれた以上、謹《つつし》んで、お相手致す」

通訳がそれをスペイン語に訳して叫ぶ。

ガルシアは後ろのスペイン人の部下に声をかけ、一斉に山田長兵衛に斬りかかる。ヴァリニャーノは、日本人の無残な絶命を予想した。しかしその瞬間、長兵衛の体は低く沈み、腰間から光芒《こうぼう》が三度走った。

「……」

ヴァリニャーノが我に返ってその男に目をこらすと、長兵衛はぱちりと快い音をたてて刀を器用に納めている。目を転ずると、スペイン人たちは三人とも拳を押さえ、道に蹲《うずくま》っている。細身の洋剣は三本とも道に転がっているが、これは長兵衛の一瞬の早業によるらしい。一本は紙細工のように曲がっている。海賊との戦いに慣れ、目が良いモーもあっけにとられている。

アンドラーデは少し眉をあげて言う。

「どうやら、ガルシアは山田を倒してスペイン人傭兵部隊の賃金をつり上げようとしたらしいですな」

「山田……。強いものだな」

「はい。あの山田という男、ヴェトナムはおろか、タイのアユタヤ朝でも名が売れているらしいのです。あの男を雇うか否かで戦の勝敗が変わると聞きます……」

道端に蹲ったスペイン人の傭兵たちは、手を押さえながら顔を上げた。

「お。ガルシアの奴。斬られなかったようです」

「斬られなかったとは」

「日本の刀は片刃なのです。刃になっていないほうで殴ることをミネウチというそうです」

「ミネウチ。何故、斬らぬのか」

「わかりませぬ。侍というのは、約束・法・道理を重んずるらしいのです。そして、それを自身の感情より優先することを名誉とすると聞きます。この場合、一度、味方として戦場をともにしたので、一度は許すということでしょうか……」

山田長兵衛を見やると、長兵衛は、今、斬り合ったばかりのスペイン人に向かって丁寧に会釈をし、従者をうながして爽やかに立ち去っていくところだった。

それにしても、アンドラーデは、予想を超える日本通である。

ヴァリニャーノは、改めて、彼に自分は準備が整い次第、日本に渡航する予定であると告げ、あわせて、日本とはどのような国かと問うた。

アンドラーデは、顎鬚《あごひげ》をしごく。

「巡察使様。日本は世界の果てにあります。しかし、未開の国ではありません。既に、ポルトガル人が伝えたせいで、鉄炮のことも知っています。使いませんでしたが、山田の従者も鉄炮を抱えていましたでしょう。そうですな。日本人が鉄炮を知ってから、三〇年は経つでしょうか」

「三〇年か。異教徒が、そのように昔から鉄炮を知っているのか」

「はい。しかも、最近では、日本人は自力で鉄炮を作り始めているそうです」

「自力でだと。どういうことだ」

「はい。そもそも、日本の鍛冶職人はあの優美な刀を打つ高い技術を持っていました。そこに降ってわいたのが鉄炮なのです。戦を好む侍は、鉄炮の有用性を速やかに理解し、競って買い求めました。そして、それをお抱えの鍛冶職人に分解させ、構造を学ばせたらしいのです」

「そんなことが、ありうるのか……」

ヴァリニャーノとアンドラーデは、マカオの気分のよい海沿いの小道を再びゆっくりと歩みはじめる。日傘を持ったモーは、後ろからのっそり二人につき従っている。

「はあ。先程申しました鉄炮を伝えたポルトガル人ですが、二人おりまして、一人はアントニオ・モッタ、もう一人は、フランシスコ・ゼイモトという者でした。あと、もう一人、アントニオ・ペショトというポルトガル人がいたとか、いなかったとか聞いております」

「ほう。存命なのか」

「それは存じませぬ。ただ、どうやら彼らは元はポルトガルの軍人だったらしいのです。しかし、身を持ち崩して傭兵になり、タイのあたりで食い詰め、その後、タイの鉱山に鉛を買い付けにきた商船兼倭寇船に自分たちを傭兵として売り込んだそうです。で、その船でマカオにこようとしたところ、船が暴風雨に遭ったらしいのです。そして、台湾とルソン島の間を北へ北へと流され、偶然、日本国の種子島《たねがしま》という島に漂着したと聞いています」

「種子島。そのように流されることがあるのか」

「はい。ポルトガルのナウ船ではなく、倭寇海賊のジャンク船ですから。あの船は軽くて沈みにくいのですが、暴風雨に遭うと、場合によっては驚くほど遠くまで流されてしまうそうです」

「なるほど」

「ただ、漂着したわけではなく、台湾で準備を整え、琉球国に寄り、次に日本国は薩摩《さつま》国の坊津《ぼうのつ》という港に行こうとして、暴風雨に遭い、種子島に漂着したとも聞いております」

「ほう。そちらの方がありうる話のように聞こえる」

「ええ。他のマカオ商人の手前、航路をごまかして日本との貿易を独占したかった可能性はあるかと」

「ふむ。で、種子島とやらに着いたポルトガル人はどうしたのだ」

「はい。彼らは、その島でいちばんの勢力を持っていた侍……。確か、島の名前と同じ種子島という名前の領主に、法外な値で鉄炮を二挺《ちょう》、売りつけたそうです」

「ほう。しかし、そなた、よく知っておられるのう」

「先ごろ死去した老宣教師の受け売りなのですが」

「そういうことか。お、話の腰を折った。すまぬ。で、そのポルトガル人はどうしたのだ」

「はい。そのポルトガル人は、修理の終わった船に乗ってこのマカオに戻ってきました。そしてその男は軽率にも、日本の侍は鉄炮を相場の一〇倍で買うと、そこかしこでしゃべりちらしたのです」

「一〇倍か。それで」

「はあ。マカオは、大騒ぎになったそうです。実は、御存知かもしれませぬが、その頃から、マカオやマラッカの居留ポルトガル人が、マカオで、さかんに鉄炮や大砲をつくるようになりました。ま、現在もですが」

「そうらしいな。毎度、ヨーロッパから取り寄せると高くつくからな」

「そうなのです」

「で、ポルトガル商人はマカオやマラッカで鉄炮をかき集め、日本に渡航し、侍に一挺、確かに一〇倍とか二〇倍近い値段で売りつけたのだそうです」

ヴァリニャーノは思わず、足を止めた。

「ふふふ。それは暴利だな」

「はい。しかし、それは長続きしませんでした。あまりにも高いため、日本の侍は買ったものを研究し、自分たちで作り始めたのです」

「ははあ。自業自得だな」

「はあ。マカオのヨーロッパ人は、戦ばかりしている未開の連中が鉄炮を作る技術を持っているとは予想しなかったのです。侍が永遠にその値段で買ってくれるものと小躍りしていたのですが」

「真似られたのだな」

「はい。しかし、火薬は、もともと、この中国大陸で発明されたものとも言います。我らもそれを真似たのかもしれませぬが」

「そういうものか。む。となると、明人も鉄炮を保有しているのか」

「いえ。明人は鉄炮のことを知ってはおるのですが、さほど興味を示しませせぬ。むしろ、大砲に興味を持っております。土地が広大ですので、小さな銃弾よりも大きな砲弾の方が良いのでしょう。

ああ、日本という国は、明同様、美しい山河を持っておるそうですが、明と異なり、複雑な地形で、その上、狭くて痩せているそうです。だから、持ち運びに便利な鉄炮を好むらしいのです」

二人の宣教師と一人の奴隷は、今度は見晴らしのよさそうな小高い丘を目指して歩きはじめる。

「好む？　ほう。日本人は鉄炮を好むのか」

「はい。もともと、日本人は刀とともに弓も好む好戦的な民族らしいのです。鉄炮は弓と使う場面や用途がほぼ同じですからな。既に、日本中にある鉄炮をすべて合わせれば、ヨーロッパの大国のそれに匹敵するかもしれません」

「まさか……。それほどか」

「そうなのです。実は最近まで、マカオでくだを巻いているポルトガル人やスペイン人の間で、日本に攻め込んではどうかという話が何度か持ち上がっておりました」

「うむ。それはインドのゴアにいても多少、耳に入ってきていた。現地ではどうなっていたのか」

「はい。いずれも計画倒れになりました。なにせ、あの国では始終、戦をやっております。日本人は戦慣れしている連中なのです。その昔、ドイツ騎士団を粉砕したモンゴル帝国の軍勢まで破ったそうですから。あ奴らに勝つには兵がいります。だから、ここにいる倭寇海賊やヨーロッパ人傭兵どもに金貨を払って軍勢に仕立てるのは当然として、その上でスペインかポルトガル本国から艦隊を回してもらうべしとなりました」

「ふむ」

「が、しかし、です。その陳情はゴアまでいっていつも立ち消えになったそうです。それこそ、どういうことなのですか」

「うむ。まあ、要は、ヨーロッパにはヨーロッパの戦があるから、日本に艦隊を送る余裕がなかった、ということだ」

「なるほど」

「それに、聞いたことがあるかもしれぬが、日本国は、仮に征服が成功すれば、スペインとポルトガルの協定によって、ポルトガル領になるのだ」

「はあ。トルデシリャス条約とかサラゴサ条約ですな」

「そうだ。よく知っているな。その条約に基づくと、日本はポルトガル領だからな。スペインは当然、面白くない。だから、そちらから色々と横槍が入るのだ」

「なるほど。ああ、巡察師様。そういえば、ルソン島とその周辺諸島はスペインが占拠したらしいですな」

「そうらしいな。本来、あの島は条約ではポルトガル領になる気もするがな。私も詳しくはない。ま、話を日本侵攻計画に戻してくれ」

「はい。先程申しましたような計画が出ては立ち消えになるうちに、日本人の鉄炮保有量が増加してしまったため、侵略の機を逸したということになりましょうか。ああ、日本の長崎という港町を支配する日本人キリシタン領主などの依頼によって、鉄炮で武装したヨーロッパ人傭兵の小部隊を派遣したことはあるそうですが」

「日本人キリシタン領主か。報告書にあったな……」

「あ。そうそう。巡察師様。日本は火薬に用いる硫黄《いおう》には不自由しておりませぬ。硫黄は、昔から輸出するほど豊富に産出するそうです。しかし硝石がとれません。だから、日本人は、硝石はマカオやルソンのヨーロッパ人商人より高値で買っていたらしいのです。しかし、どうやら、最近、日本人は硝石の作り方まで知りつつあるらしいのです」

「なに。今日は驚いてばかりだ。では、日本人は火薬も作れるのか」

「はあ。残念ながら、というべきでしょうな。量はさほどでもないようですが。量産化は時間の問題らしいですな。ですので、日本人を未開の蛮族だと侮《あなど》ると、痛い目を見るかと」

数歩先を歩んでいたアンドラーデが思索にふけりはじめたヴァリニャーノを振り返って言う。

「しかし、巡察師様。日本では明と異なり、大砲の国産化は進んでおりませぬ。そして、火薬の本格的国産化までは、もう少し時間がかかるかと。だから、領主たちに大砲と火薬を商うヨーロッパ人商人を紹介し、キリスト教に関心を引きつければ良いかと存じます。先程も申しました通り、大砲が売れるかどうかはわかりませぬが」

「ふむう……」

ヴァリニャーノはひどく世俗的なことを言う同年輩の部下の横顔を見ながら、前途の希望と多難を思った。

四　日本上陸

「大砲と火薬もよいが、布教の質を追求することで神の教えを広めたい……」

一五七九年七月上旬、ヴァリニャーノと宣教師の一団は、日本国は肥前国口之津行きの船上にあった。

船主はレオネル・デ・ブリトというマカオ在住のポルトガル人商人であったが、船種は、中国式帆船、ジャンク船であった。以前、ヴァリニャーノが乗っていたポルトガルのナウ船を襲撃した倭寇海賊の船と同型のものである。忌まわしい思い出が色々とあるが、あまり気にせぬようにした。

ヴァリニャーノの後ろには、いつものように黒人奴隷のモーがつき従っている。

モーはマカオでの主人と主人のマカオでの友人、アンドラーデとの間でかわされたポルトガル語の話を半分程度は理解できていた。とはいえ、モーとしては、そもそも、黒人奴隷である自分が主人の会話を理解できたとしても何の意味もないし、厳しい自分の身の上について考え込んでも無意味だと思っている。だから、マカオで乗船しても、単に、

――また、船に乗るのか。

程度にしか思っていなかった。だからモーは相変わらず、木偶《でく》のように主人の影に立ち、手枷足枷をつけられたり、外されたりしながら、主人の雑用をこなしている。

ジャンク船の船長は王周明《おうしゅうめい》という、目が細く、泥鰌《どじょう》のような髭を貯《たくわ》えた明人だった。三〇人ほどの船員と一〇名ほどの傭兵らしき者と、五〇名ほどの旅客が乗船していた。それと大量の生糸が荷として積まれていた。旅客は、商用で日本に行く明人、ポルトガル人、スペイン人の商人であった。ヨーロッパ人が連れている黒人奴隷もいる。そして、あの奇妙な髪型をした日本人の侍と日本人の商人が旅客として一〇数名乗っていて、特に侍は、時折ヴァリニャーノやモーに鋭い視線を投げかけてきた。最初、ヴァリニャーノもモーもマカオで見た侍の凄まじい技を思い出して居心地が悪かったが、やがて慣れた。

ジャンク船の旅は順調だった。船はマカオを出港した後、中国大陸と台湾の間を抜け、一路日本国を目指した。


船はよい風を受け、海賊に襲われることもなく、七月二五日、口之津に到着した。島原半島の南端にあたる。

当時、日本に散らばっているイエズス会宣教師は全部で四〇名と少しいた。

「これが日本。ザビエル師が御精励された国……」

港には、複数のヨーロッパ人イエズス会宣教師と日本人キリシタンの出迎えがあった。ヴァリニャーノと宣教師らの歓迎の抱擁がすむと、おずおずと近づいてきた日本人キリシタンがいた。この者は日本風ながらも流暢《りゅうちょう》なポルトガル語を話し、洗礼名ジョアンと名乗った。漢字では如安と書くらしい。人のよさそうな三〇前後の男である。

「ヴァリニャーノ様。巡察師様。よくぞ御無事で。お疲れでしょう」

日本人と話すのははじめてである。ポルトガル語で答えたヴァリニャーノは如安を抱擁した。

「神のお導きです」

すると、如安は、とつとつと言う。

「ヴァリニャーノ様。このあたりのパードレには、既に巡察師様の入国を告げ、招集をかけてあります。参集するまでに今少し時がかかるようですが」

ヴァリニャーノは満足気に頷き、如安らにうながされて口之津の道を歩む。

途中、縄で数珠つなぎにされ、今降りた港の方へとぼとぼ歩く一〇名ばかりの日本人一行に出会った。大人の男が七名、女が二名、子供が一名いた。一行の先頭には、身なりの悪い兵が長い槍を持って歩いていて、最後尾には似たり寄ったりのみすぼらしい防具をつけた兵が、弓矢をもって周囲を威嚇している。

ヴァリニャーノは如安にあれは何かと問うた。すると如安はばつが悪そうに、ぼそりと言う。

「あれは奴隷です。先程港に入ってきた船に乗せられ、マカオに売られてゆくのです」

「奴隷か。しかし、どういうことだ。誰に売られたのか」

「それはその。ここ口之津のお近くの長崎の殿様お抱えの商人にです」

「長崎の殿様とは」

「ドン・パルトロメオ様。大村純忠《おおむらすみただ》様です」

「おお。ドン・パルトロメオ殿か。長崎のキリシタン領主であられるの。聞いておる。しかし、何故、日本人領主が日本人を奴隷としてマカオに売るのだ」

「はあ。あれらは年貢を納められなかった罪人、あとは龍造寺《りゅうぞうじ》隆信《たかのぶ》様に仕えていた兵なのです」

「龍造寺様とは」

「はあ。肥前国の北部を本拠になさっている異教徒の殿様です」

「ほう。大村殿と同じくらいの領主か」

「いえいえ。龍造寺様の勢力は、九州北西部三、四ヵ国に及び、大村様の一〇倍以上の兵をお持ちです。早晩、大村様は心ならずも、龍造寺様に服従することになりそうです」

「それは難儀だな……」

「はあ。先程の奴隷ですが、彼らは巡察師様が乗っておられた船に乗せられて売られてゆくのです」

——予が乗っていた船か。あの船長、王周明といったな。生糸を売った金で、日本の奴隷を買って帰るのだな。なるほど、そういうことか。あの船はマカオのポルトガル人商人の持ち物ということだったが、要は、その商人が出資した倭寇船というわけだな。どうりで海賊に襲われぬわけだ……。

如安が顔色をうかがってきたが、黙殺した。ヴァリニャーノの一団は物珍しげに魚臭い集落を歩き、その中心部にあるイエズス会の建物に入った。

ただ、この建物の外観は、どう見ても仏教寺院である。それもそのはずで、この建物は、元は継承する者がいなくなった禅寺であったのを教会風に改修されたものだそうだ。日本では、こうした教会は、その来歴から、南蛮寺と呼ばれる。既に、西日本を中心にそれなりの数があるらしい。しばらくしてヴァリニャーノは、南蛮とは南の野蛮人という意味と知って苦笑した。

その日はささやかながら、南蛮寺で歓待を受けた。パンや獣肉料理も並んでいたが、あえて、日本食を口にした。米はともかく、大根の入った汁物などの料理は口に合わなかったが、強引に押し込んだ。

南蛮寺にいた宣教師や如安によれば、口之津は有馬晴信《ありまはるのぶ》という者の領内にあるらしかった。名字が違うが、晴信は大村純忠の甥《おい》であるらしい。晴信は兄の早世によって急遽《きゅうきょ》、有馬家の家督を継いだため、龍造寺隆信の大攻勢を受ける昨今の難局において、叔父の純忠に頼り切っているそうだ。本来、有馬領である口之津にも、純忠の手勢が相当に、入り込んでいるらしい。

晴信の父の有馬義貞《よしさだ》は、先年、背中にできた腫物《はれもの》で死去していたが、彼はドン・アンドレアスという洗礼名を持つ温厚なキリシタン領主であったという。だから、この町にはその遺風がしみているようだ。その上、この港町は、一五六三年にポルトガル人のイエズス会宣教師、ルイス・デ・アルメイダが布教して以来、イエズス会ととても縁が深い町であった。宣教師としては、居心地の良いところである。有馬地方には既に、二万人近いキリスト教信者がいるということになっているが、それは少々、誇張された数字らしい。

「如安殿。この地の布教になにか問題は」

「有馬様、大村様の御助力はありますし。ただ……」

どうやら、如安によると、長崎を拠点にしている日本布教長にして、スペイン系貴族出身のフランシスコ・カブラルに問題があるということだった。

そこで、ヴァリニャーノが東インド巡察使の権限を使って、一般の宣教師らから聞き取りを重ねると、どうやら、カブラルは、日本人は黒人と同等の人間、白人に奉仕すべき低能な人間とみなしていた。そのため、日本の文化をことごとく否定し、ヨーロッパの文化とキリスト教をひたすら押しつけているらしかった。おまけに彼の振る舞いは粗暴にして、身の回りは常に不潔であったため、彼は日本人の反感を買うのは無論のこと、他の在日本ヨーロッパ人宣教師との軋轢《あつれき》も絶えないとのことであった。

そして、ヴァリニャーノがもっとも許せぬと感じたのは、自身がゴアから下していた、在日本ヨーロッパ人宣教師に日本語を習得させせよとした命令を、彼が独断で無視していたことであった。

ただ、ヴァリニャーノは短気な心をなだめになだめ、今少し様子を見ることにした。

一五七九年はこうして過ぎていった。


一五八〇年の三月、ヴァリニャーノは有馬晴信を受洗させ、洗礼名をドン・プロタジオとし、対立するカブラルらの反対を押し切り、領内に神学校をつくる計画をたてた。

その年の六月、ドン・バルトロメオ大村純忠より、居城である大村三城《さんじょう》城への招きを受けた。

ヴァリニャーノはモーを従者とし、通訳として如安を伴って出かけた。城は口之津から北へ山道を抜け、雲仙岳を右手に見ながら西へ進んで諫早《いさはや》に行き、そこから大村湾を左手に見ながら少し北に行ったところにあった。

ヨーロッパの城は石がふんだんに使われているせいで冷たい、石の化け物のような印象だが、この城は、必要最低限の石と、土と木材でできている。軍事は素人であるヴァリニャーノの目から見ると、それほどの要塞にも見えなかったが、案内役の大村家の侍によると、なんでも、龍造寺家の大軍を何度か撃退したことがあるらしい。そういわれると確かに、随所に戦いの智慧《ちえ》がこらされた造りになっているように見えてくる。そして、すれ違う哨戒兵のなかには、鉄炮を持っている者もちらほらいた。

一行が謁見用の本丸の板敷広間に通されると、城主大村純忠が、上段の座から闊達《かったつ》に下りてきて通訳を介して言う。

「よくぞこられた。巡察師殿」

純忠は片膝をつき、手に接吻をする。純忠は当時、四七歳。ドン・パルトロメオという洗礼名にふさわしい、ヨーロッパ風な振る舞いであった。

彼は、先年死去した当時の日本布教長であったスペイン人のトーレスや、平戸を拠点に布教と医療に従事していたアルメイダと親交があり、その関係でポルトガル船との交易を決めた。交易をするには港を指定しようということになり、一五六二年に領内の横瀬浦《よこせうら》を交易場所に定めた。

最初、純忠は、鉄炮と火薬をもたらすポルトガル商人との交易をしやすくするため、彼らに大きな影響力を持つ、イエズス会宣教師に接近した。しかし、トーレスやアルメイダの、日本の文化を尊重しながらキリスト教を勧める姿勢に感化され、翌年、日本の武家領主としては初めて、正式な洗礼を受けた。これは実兄、ドン・アンドレアス有馬義貞《よしさだ》よりも一三年早かった。以後、彼は極めて熱心で忠実なキリシタン領主となった。

ただ、純忠のキリシタン帰依は度が過ぎていて、領内の寺社仏閣を破壊したり、仏教徒の領民に改宗を強制したりした。それを受け、純忠のやり方を快く思わない大村氏の一族が、大村家中の反純忠派を糾合して反旗を翻し、仏陀の怒りといわんばかりに横瀬浦を焼き払ってしまった。

そこで純忠はポルトガル人の協力を仰ぎつつ、寡兵《かへい》に鉄炮を配備し、巧みに指揮して反乱軍を破った。純忠は戦が下手ではなかったのである。戦後、純忠はポルトガル人に対して大いに感謝し、一五七〇年に、当時はさびれた漁村だった長崎を中心的貿易港に指定した。以後、長崎は、マカオとの交易によって活気溢《あふ》れる港に生まれ変わりつつある。

純忠は如安を介し、ヴァリニャーノに語りかける。

「一昨年はお世話になり申した」

純忠は一昨年、大村氏の一〇倍以上の勢力を持つ龍造寺隆信の軍勢の攻撃にさらされた。隆信のような大規模な領主は、この国では大名と呼ばれ、ヨーロッパの小国の王侯ほどの軍事力を持っている。

純忠の手勢は鉄炮で武装されているため、弱くはないのだが、いかんせん、数が少ない。そこで領内のイエズス会関係者を通じ、マカオ経由でポルトガル人傭兵を呼び寄せ、防戦の手助けをしてもらったそうだ。

ヴァリニャーノは内心、苦笑する。

――危うい男だ。ヨーロッパ諸国は、まさにこのような男を手先にして、異教徒の国々を滅ぼしてきたのだ。

純忠が怪訝《けげん》な顔で表情をのぞきこんでくる。

「巡察師殿。ヴァリニャーノ殿。いかがされた」

「あ、ああ。私どもの布教に、引き続き御協力いただけるとか。感謝しております」

気をよくした純忠は首にさげた木製のロザリオに接吻をする。

「もちろんですとも。巡察師殿が神の教えを少しでも多くの者に広められることを願っております」

「はい。微力をつくします。イエズス会としては、今まで以上に、有馬様と大村様へ軍資金の貸し付けと硝石の融通をさせていただきます」

「それは恐れいります。ただ……。長年、御助力いただいておりましたが、我ら大村家は、親類の有馬家ともども、一昨年の戦の後、大軍を擁する龍造寺家の傘下に入らざるを得なくなりました……。このままでは、信仰を継続することができぬやもしれませぬ。巡察師殿。いかがでしょう。我らとしては、いっそのこと、せめて長崎の地をイエズス会に寄進し、異教徒、龍造寺家から守りたいのですが」

「なんと……」

ヴァリニャーノはひとまず回答を保留して城を辞去した。純忠の考えを慮《おもんぱか》ると、長崎の寄進は、信仰心による行為というだけでなく、主家になりつつある龍造寺家が大村家や有馬家に無体なことをすれば、それはイエズス会を敵に回すことになるぞ、という一種の保険的脅迫のような行為でもあるらしかった。

ヴァリニャーノは、純忠より寄進したいといわれた地を一刻も早く見たく思い、大村家の侍の案内を受けつつ、モーらを伴って長崎の町に赴いた。

この町は活気に満ちている。そこかしこで槌音がし、新しい建物ができつつある。

「失礼……」

ヴァリニャーノらの横を、酒臭いヨーロッパ人傭兵が二名、通り過ぎる。彼らは通り過ぎざま、モーの足元に唾を吐きかけ、黄色い歯をむいて笑った。

——驚いた。今のはスペイン人と、もう一人はポルトガル人のようだ。既に、このあたりにはヨーロッパ人傭兵がいるのだな。マカオでアンドラーデが言っていた通りだ……。

長崎には、大村氏の庇護《ひご》のもとイエズス会が管理しているが、ヴァリニャーノと対立する日本布教長のカブラルが拠点にしている南蛮寺があった。一行が到着すると、カブラルから型通りの挨拶を受けたが、どこかそらぞらしいものだった。

その数日後のこと、ヴァリニャーノは、長旅の疲れか、体にふらつきを感じた。如安が心配顔で駆け寄る。モーも多少身をのりだす。

「やや。巡察師様。しばし、お休みになられては。お顔の色が真っ青です」

「ううむ。そうするか。まるで船に揺られているような心持ちだ」

額に手を当てると火のように熱い。天地が回転するようで足元もおぼつかない。ヴァリニャーノは南蛮寺でしばらく臥せることになった。

ヴァリニャーノはここで手厚い看病を受けた。横たわっている寝台は、板の間に敷かれた畳と呼ばれる草で編んだ敷物の上の、薄い布団であった。しかし、如安や、中年の住み込み女中のヨネはひたすら親切で、異国の病床ではことさら身に染みた。

ただ、さすがに、如安の紹介でやってきた、元仏教僧という日本人キリシタンの医師に処方された漢方薬は飲むかどうか迷った。が、早く治したい意思に突き動かされ、覚悟を決めてそれを服用した。そうしたところ、汗を大量にかき、数日して体調は回復したのだった。

ヴァリニャーノはこの罹病《りびょう》経験によって、ひたすら好戦的だと思っていた日本人がことのほか親切なこと、皆、それなりに教養が深いことを知った。おまけに、どうやらかなり身分の低い者までが字を書き、読めることも知った。ヴァリニャーノはゴアにいたとき、イエズス会宣教師の書いた日本における布教報告書を何点か読み、そうした習俗は多少知っていたが、自らの布教を意義あることに飾るため、その文化民族ぶりを誇張して報告しているのだろうと思っていた。

しかし、それは少々誤りのようだった。

ふと、目をやると、如安は枕元で和綴じの本を読んでいる。

「何を読んでいるのだ。如安」

「あ。ヴァリニャーノ様。御加減はいかがです」

「うむ。気分が良くなった。何を読んでいるのか。教えてくれ」

「はあ。徒然草《つれづれぐさ》という書物です。昔の兼好《けんこう》法師という坊様が書かれたものです」

「坊様。では、仏教について書かれたものなのか」

「いえ。そうでもありませぬ。書名の徒然草は、閑《ひま》をみて書いた文集というような意味です。中身は人生訓であったり、友や恋についてであったり。兼好法師の愚痴も多うございます」

「ほう。日本人は皆、そうしたものを読むのか」

「はあ。人によりますが。私は書物が好きです。これは亡くなった母の形見分けにもらったものですが。読めば読むほど味があるような気が致します」

「ふむ。そうか。そうだ、ちょうど良い。日本のことを教えてくれぬか。ああ、モーも呼んでくれ」

モーは如安に呼ばれ、厩舎《きゅうしゃ》脇のあばら小屋からのっそり居室に入ってくる。病み上がりで心が弱くなっているせいか、ヴァリニャーノはモーに多少、笑顔を向けた。

如安は、ポルトガル語で、日本の文化や、公家、武家、農民、町人……といった人々について語った。

ヴァリニャーノは、如安のよき弟子になることで、彼なりに日本のことを理解した。そして、口之津や長崎でキリスト教がある程度広まっているのは、ルイス・デ・アルメイダらが、日本人の文化を尊重しつつ布教をしたことによるのだと改めて思った。


六月末に体調が回復したヴァリニャーノは、長崎をイエズス会に寄進したいという大村純忠の申し出を受けることにした。そして、この地を拠点とした日本での布教計画の大綱を定め、神学校などの教育機関を設立することにした。これに対し、予想通り、日本布教長カブラルは強硬に反対したため、八月末になって、ついにヴァリニャーノはローマのイエズス会総長エヴェラルド・メルクリアンに対し、カブラルを更迭《こうてつ》したいとの書簡を記した。

その後、一行が、有馬領口之津の南蛮寺に戻ってみると、近隣にいた宣教師たちがいまや遅しとヴァリニャーノを待ち受けていた。ヴァリニャーノは、カブラルの他、ルイス・デ・アルメイダをはじめ各地からかけつけてきた宣教師に対し、自分の布教の方針を述べた。

「布教にあたっては、日本の文化を尊重すべきである。アルメイダ師は実によいことをされている。予はこれに倣《なら》いたい」

カブラルは激しく唇をかんだ。一方、アルメイダらはヴァリニャーノに対し、好意的な目を向ける。ヴァリニャーノはそれを見やって我が意を強くする。そして、カブラル同様、日本の文化を尊重せず、西洋の文化やキリスト教を日本人に押しつけようとするフランシスコ会やドミニコ会による布教を排除すべきと低く述べると、狭い堂内に賛意があふれ、ついにカブラルは席を蹴って出ていった。

ヴァリニャーノはこれを一顧だにせず、続ける。

「この国では侍が尊敬を集めている。侍は常に僕従《ぼくじゅう》を連れて歩いている。我ら、宣教師もそうすべきである」

すると、アルメイダらは、はじめてやや顔を曇らせ、それは贅沢《ぜいたく》であると述べた。しかし、ヴァリニャーノはアルメイダに対し、礼容を保ちながらも自説を再説し、それを押し通した。また意外なことに、アルメイダは日本人聖職者にラテン語を授けることには賛成したが、哲学と神学はヨーロッパ人で独占すべきと述べた。ヴァリニャーノは、その主張に一理あると感じたが、やはりこれも理知的に退け、神学校で日本人聖職者に諸学問を授けるとした。

口之津での会議の後、ヴァリニャーノは、マカオでもそうしていたことながら、モーに清潔なヨーロッパ風の衣装を着せ、どこへ行くにも値の張る大きな日傘をもたせ、随行させるようにした。モーとしては着せられるまま、持たされるまま、ついていくしかなかった。

ヴァリニャーノはこの後も口之津と長崎を忙しく行き来した。大村純忠や有馬晴信はとても好意的であった。しかし、彼らキリシタン領主の力は、現在、九州北部のほとんどを席巻《せっけん》しつつある大名、龍造寺隆信の圧倒的な力の前にはあまりにも無力であった。

そこでヴァリニャーノは、ローマにあるイエズス会総長メルクリアンに対し、長崎の要塞化を提言した。そして、マカオより何度かナウ船を呼び寄せ、長崎を鉄炮と大砲と信仰で固めたイエズス会領とした。長崎と合わせて大村純忠より寄進された近隣の茂木《もぎ》という集落にも要塞を建設した。

こうしてヴァリニャーノは、ある意味で北九州における宗教領主となった。それも城持に近い。純忠や晴信の主君になりつつあった龍造寺隆信も、ついには、その実力を認めた。隆信はキリスト教に入信することはなかったが、イエズス会仲介のもと、龍造寺家に対してもヨーロッパ人商人が鉄炮や硝石、大砲を売ることを条件に、龍造寺家領内におけるキリスト教の布教を許した。

こうした赫々《かくかく》たる成果を挙げたヴァリニャーノは、これまでの経験を、やがて全四〇章からなる『東インド巡察記』としてまとめることになる。彼は偉大な叙述家でもあった。

そうした忙しいある日、ヴァリニャーノは、かつて日本国中央部の近畿地方——畿内とも言う——で、布教活動を行なっていて、今は豊後《ぶんご》国府内《ふない》に滞在するポルトガル人のイエズス会宣教師、ルイス・フロイスから届いた書簡によって、織田信長《おだのぶなが》という名前を知った。

フロイスによると、信長は豊かな財力によって大量の鉄炮を買い占め、それを効果的に用いて近隣の諸大名たちを次々に屈服させているらしい。そして近いうちに、日本全国を意味する、天下を統一するだろうと書かれていた。どうやら、大村純忠や有馬晴信では歯が立たなかった龍造寺隆信よりも、さらに巨大な大名のようだった。

——信長。会ってみたい人物だ……。

ヴァリニャーノは信長に強い興味を持った。

五　木瓜《もっこう》の男

「織田信長。どのような男か」

ヴァリニャーノは、肥前国の美しい海と島々を眺めながらつぶやいた。

長崎や口之津の日々は順調である。近隣キリシタン領主、有馬晴信・大村純忠と、彼らの主君にして異教徒の大名、龍造寺隆信との関係もまずまずといったところで、肥前国でのキリスト教信者の数は順調に増加している。

ヴァリニャーノは過信しているわけではないが、自らの宗教者としての、戦略家としての手腕に自信を深めている。そういえば、鏡に映る自分の顔つきも、東インド巡察師の肩書にふさわしいものに変わってきている。

「モーよ。威厳が出てきたと思わぬか」

返事を求めるでもなく問いかける。

――次期イエズス会総長か……。

片頬を叩き、顎鬚をしごいた彼は、さらなる成功のために、是非とも日本国の首都、京都を支配する信長に会わねばと強く思った。

そこでヴァリニャーノは、まずは九州東部を支配するキリシタン大名、豊後国のドン・フランシスコ大友宗麟《おおともそうりん》に書簡を出し、その了承を得て、一五八〇年九月、九州を西から東へ横断して豊後国府内を訪れた。

府内は、宗麟の住まう大友家領国の中心的都市である。ここまでことごとく意見が対立してきたカブラルが同行してきたのは煩わしかったが、カブラルは宗麟と親しい関係にあったのでやむを得なかった。

ただ、大友家は往時の栄光に翳《かげ》りがみえはじめている。

これは一五七八年に行なわれた、九州南部で強大な勢力をほこる大名、薩摩国島津《しまづ》家との大規模な合戦——耳川《みみかわ》の戦い——に敗れたためである。なんでも、大友軍は兵力でまさり、鉄炮のみならず、インドのゴアで生産された大砲まで装備していたものの、日本における鉄炮伝来の地である種子島を支配下に置く島津軍の精強な軍勢に押しまくられ、大量の戦死者を出したのだという。

敗れた宗麟が、いまなお日本でもっとも巨大なキリシタン大名であることには違いない。しかし、ヴァリニャーノが謁見した際に観察するところ、宗麟は武人としての自信を喪失していた。そして、憂愁をもって府内にいるヨーロッパ人宣教師に尋ねてみると、大友家の家臣は宗麟に心服しておらず、領民支配もうまくいっておらず、領国の国土は敗戦によって荒廃しはじめているという。そして、大友家の家臣や領民は、この敗戦は宗麟が仏教を捨ててキリスト教に帰依したことへの仏罰だと捉える気配が濃厚ということだった。

——まずい。武を尊ぶ日本で、キリシタン大名は戦に勝てぬと思われては迷惑だ。

ヴァリニャーノとしては、イエズス会総力をあげての大友家への後押しを考えぬでもなかったが、巨大領主たる大名大友家の支援ともなると、それは大村や有馬といった肥前国の中規模領主への支援とわけが違う。生糸事業に出資するなど工夫はこらしているが、イエズス会の財政も楽ではない。それに、ここまで何かとイエズス会を支援してくれていたポルトガル王国自体の勢力が芳《かんば》しくないとの噂もマカオから聞こえてきていた。

――ふむ。やはり、信長か。あの男に頼るしかあるまい。

ヴァリニャーノは少々焦りを覚える。

しかし、彼はこの府内の地で心強い味方を得た。長年、日本の中央部、近畿地方での地道な布教によって着実な成果を挙げていたポルトガル人イエズス会宣教師、ルイス・フロイスである。

フロイスは七歳年下のヴァリニャーノを見るなり手をとって叫んだ。

「巡察師様。あなた様は、天の御使いとしか思えませぬ」

ヴァリニャーノは眉を多少、和ませる。

「フロイス殿。御目にかかれて光栄です」

フロイスは信長に会ったことがある。ヴァリニャーノは気分を持ち直し、信長やその支配圏である近畿地方のことを熱心に学んだ。

天正九年（一五八一）二月四日、ヴァリニャーノは、フロイスや黒人奴隷のモー以下の従者を引き連れ、豊後国府内の日出《ひじ》港を出航した。宗麟が用意してくれた船は、伊予灘から瀬戸内海に入り、日本本島たる本州中国地方を左手に見つつ東へと横断し、二月一三日、近畿地方の有力な港、和泉《いずみ》国堺《さかい》に到着した。堺では、キリスト教に理解のある日比屋了珪《ひびやりょうけい》という商人の家に泊まった。

この織田信長の支配下にある港湾都市は、瀬戸内海を行き来する船の発着港にして、鉄炮製造で栄えた工業都市でもある。人口は六万人を下らず、豪商が多い。海に面した地域に白壁・瓦葺の美しい倉庫が並んでいるが、それはみな、豪商たちの所有するものであるらしい。そういえば、イタリアのヴェネツィアに似ていなくもない。そのせいでもあるまいが、堺には近畿地方の都市のなかではもっとも多くのヨーロッパ人が住んでいる。

一行は近畿教区長のイエズス会士オルガンティーノ・ニエッキの歓待を受けた。オルガンティーノの故郷はヴェネツィアのカスト・ディ・ヴァルサビアであった。ナポリ貴族出身のヴァリニャーノから見れば、農民出身のオルガンティーノは身分がまるで違うが、遠い異国の空の下で聞くイタリア語は懐かしく、ひとしきり、母国語を用いた他愛のない会話でもりあがった。

二月中旬、ヴァリニャーノ一行はキリシタン領主にして織田信長の城持の家臣、ジュスト高山《たかやま》右近《うこん》の招請によって、その本拠、摂津《せっつ》国高槻《たかつき》城を訪れた。堺の北東にある城である。そして、右近の求めに応じ、城下にあった南蛮寺で主イエス・キリストの復活祭を行なった。

ヴァリニャーノと彼の黒人奴隷、モーらの一行が、ついに京都に入ったのは二月二〇日の夕刻であった。

二月の京はまだまだ底冷えする。

京は八〇〇年にわたる日本の都である。平安京ともいう。日本の精神的皇帝である天皇――公家と呼ばれる、尊崇されても実権のない貴族で構成される朝廷の首長――の都であり、事実上の世俗皇帝――日本人はこれを天下人と呼ぶ――織田信長の支配下にある。そして、京都は、かつて信長に滅ぼされた旧政権、室町幕府があったところでもある。幕府とは、朝廷から政治委任の大権を受けた武家政権の一形態のことで、室町とは、京都の地名にして幕府を設立した足利《あしかが》家の政庁たる御殿の名称でもあった。

ややこしいが、最後の室町幕府の首長だった征夷大将軍足利義昭《よしあき》――征夷大将軍とは幕府の首長が就任する朝廷官職。信長が征夷大将軍に任官し、新たな幕府を開設する形態で天下の経営に乗り出すか否かは未知数――という人物は、信長に反抗して捕虜となったものの、外聞を重んずる信長によって助命され、しかし恩には着ず、中国地方の大大名、毛利《もうり》輝元《てるもと》のもとに亡命し、輝元を巻き込んでの信長打倒の策を練っているということだった。

一時期、荒れ果てていた京の人口は、信長政権の安定によってかなり回復し、少なくとも二〇万人はいるらしい。日本最大の都市だ。夕暮れ時であるためよく見えないが、赤や青、緑や白といった美しい着物を着ている者が多い。

市中には、公家や侍、商人の木造の邸宅がひしめき合っている。武具、米、扇などを商う店や、髷《まげ》の手入れをする床屋の軒先には、さまざまな紋様が染め抜かれた白布が垂れ下がっている。後で知ったが、この町には金融業者と酒屋が多いようで、公衆浴場もある。そして、どうやら寺院や格の高い屋敷は瓦葺で、一般の家は板葺か、茅葺のようであった。

建物はといえば、はなはだ精巧につくられた高層の仏塔もあれば、汚らしい掘立小屋もあった。大路の脇に目をやると、酒を片手に金を賭けて闘鶏に興じる者がいる。ポルトガル王国のリスボンとは、また、違う情緒のある大都市であった。

――これが、音に聞く京都か。日本最大の都市か。ザビエル師も訪れたと聞く……。

ヴァリニャーノは感激を覚えた。

都大路を少し行くと、わざわざ入洛《じゅらく》を夕刻にしたというのに、わらわらと群衆が押し寄せてきた。群衆は、北九州と異なり、京ではまだまだ珍しい白人と黒人のとりあわせに興奮している。

町衆の一人が叫ぶ。

「鼻の長い天狗が、黒い化け物を連れておるぞ」

「あれを見よ。黒い牛のようじゃ」

町の子供たちは口汚くはやしたてながら一行の後を追うように歩く。フロイスの訳を聞いて、ヴァリニャーノは肩をすくめる。

――やれやれ。これは見世物だな。

翌二一日、ヴァリニャーノは右近やフロイスの伝手《つて》を使って信長に謁見を願い出た。すると、返事は速やかにきて、二日後に会うとのことだった。

二三日、ヴァリニャーノはフロイスやモーを連れ、信長が宿所にしていた仏教寺院である四《し》条西洞院《じょうにしのとういん》の本能寺《ほんのうじ》に赴いた。ヴァリニャーノはポルトガル製の真新しいマントと黒い修道服という恰好である。

本能寺は、寺院といっても矢倉や堀があり、壁が白く輝く、ほとんど要塞といってもいい構えだった。がやがやと人夫が忙しく動きまわっていて、いまだに拡張工事かなにかをしている。

気になって聞いてみたところ、信長は本能寺やその宗旨である法華宗——日蓮宗とも言う——に帰依しているから宿所にしているのではなく、単に便利であるから宿所にしているということだった。なんでも、本来、本能寺に住んでいた法華宗の僧は、ほとんどが別の場所に移住させられているらしい。

案内の者に連れられて門内に入ると、身なりのよい侍が多数行き交っており、よく磨きこまれた長槍や鉄炮を持った警備兵がそこかしこにいる。ヴァリニャーノ一行が玄関から屋内に入ると、今度は前髪のある可憐な少年の侍が案内してくれ、清潔な畳が敷き詰められた大広間に通された。

少年の侍が通訳のフロイスを介してそこへ座って待つようにと言ったので、ヴァリニャーノは習い覚えたとおり、胡坐《あぐら》をかいて姿勢を正した。そして、左右に居流れた数名の信長の重臣らしき者の視線にさらされながら、あえてそちらは見ず、やや顔をそむけて、縁側の外に広がる、一見無機質な日本庭園を眺めていた。

ややあって、少年の声がした。

「上様の御成《おな》り」

上様とは信長のことらしい。フロイスが目配せをしてきたので、ヴァリニャーノは言われていたように、手をついて叩頭した。これがこの国で貴人に会ったときの作法なのである。

「面《おもて》を上げよ」

やや甲高い声がしたので、眼を上げたところ、上段の座からふりそそぐ、鋭い眼光とぶつかった。

胡坐の信長はその当時四八歳。木瓜《もっこう》と呼ばれる紋所が金色で縫い取られた白い絹製の上衣を着ていて、一見して上等とわかる黒い袴をつけている。腰からは美しい金細工が施された短刀の柄と扇子がのぞいている。

後で知ったが、信長はヴァリニャーノの五歳年上である。失礼にならぬよう信長を観察したところ、日本人にしては背が高く、色が白く引き締まった体つきである。筋骨隆々というわけではないが、ぜい肉もなさそうである。顔は口髭と顎鬚が少々貯えられ、上品に整えられている。

事前に説明してくれたフロイスによれば、信長はときに慈愛を示すが癇癪《かんしゃく》持ちで、冷酷にして傲慢、家臣の助言にはあまり耳を貸さないという。そして、何より怠惰を嫌い、酒は過ごさないらしい。また、度が過ぎるほどに相撲と鷹狩を愛し、鉄炮、槍、乗馬の鍛錬は毎日かかさないそうだ。

ヴァリニャーノは強い緊張感を覚えながら自己紹介をし、キリスト教布教と神学校建設への助力を求めた。

信長は献上品である南蛮の品物に目をやりながら、最初は話を熱心に聞いていた。

しかし、信長は通訳のフロイスとは既に会ったことがあるし、他のヨーロッパ人にも何人か会ったことがある。南蛮人の顔にも驚かなくなってきていたし、南蛮語の響きにも多少慣れていた。それに、結論としては、布教に御助力をとなる話の内容も大差ない。

南蛮人が献上する鉄炮には最初、心が躍ったが、最近では堺でも近江《おうみ》国国友《くにとも》村でも、遜色ないものが作られている。既に地球儀も持っているし、南蛮のマントも帽子も持っている。その上彼らが母国から天竺《てんじく》、マカオを経て数年かけて日本に来ていることも知っている。

信長は途中で会見の儀式に飽きてきた。

——そういえば、近頃、戦に出ておらぬ。秀吉《ひでよし》といい、光秀《みつひで》といい、予の顔を見るたびに戦は我らにお任せをとぬかしおる……。

信長は、重用している部将の羽柴《はしば》秀吉の猿顔や、明智《あけち》光秀の秀麗な得意顔を思い浮かべつつ、ふと、持っている扇で口元のあくびを隠す。

そして、あくび涙の溜った眼を、何気なくヴァリニャーノの背後に移した。

——む。なんだあれは。

信長はヴァリニャーノに向かって話を遮るように手を上げる。最初、部屋の光の影のせいかと思ったが、そうでもないらしい。

「これ。ヴァリニャーノとやら。なんだあれは。肌に墨を塗っているのか」

想定外のことを問われたヴァリニャーノは、少々早口になって通訳フロイスを介して答える。

「あれは。インド……。天竺で購入した奴隷でして、生まれつき肌が黒い黒人と申すものです」

「ほう。もとから黒いじゃと。嘘であったら許さんぞ。蘭丸《らんまる》、脱がせてみよ」

先程から信長の側近に控えていた美しい御小姓頭《おこしょうがしら》の森《もり》蘭丸――信長の秘書長にして、信長の男色の愛人でもあるらしい――が、

「御免」

と、一声かけて、ヴァリニャーノの後ろにいたモーの南蛮衣服の上衣を脱がせる。

「おおお」

黒く逞《たくま》しい裸身に信長の重臣たちがどよめく。好奇心旺盛な信長は、面白げに身を乗り出して命ずる。

「蘭丸。洗《あろ》うてみよ」

「は」

蘭丸は配下の平小姓に水の入った手桶を持ってこさせ、モーの逞しい上半身を水にひたした布でこする。しかし、肌はますます、黒く輝く。

——ふうむ。面白い。

信長は髭をひと撫でする。

——明後日の馬揃えにこの黒き者をそば近くに置くと、公家衆が卒倒するだろう。

蘭丸が首をかしげて言う。

「上様。墨ではありませぬ」

信長は扇子を手で打った。

「む。気に入った。見ればよい体つきをしておる。そうじゃ蘭丸。それに相撲をとらせよ」

「は」

蘭丸はモーに庭へ下りるよう命じ、また、座中にいた、蘭丸によく似た小姓の弟、坊丸《ぼうまる》に命じ、相撲取りを呼びにやらせた。

信長はどこへいくにもお気に入りの相撲取りを召し連れている。

すぐに坊丸と巨漢が入ってきた。

相撲好きの信長は縁側まで下りてきて、庭に落ちんばかりにしてモーと坊丸を見比べている。

モーの前に、上衣をはだけた坊丸が立った。白い肌が露わである。すると、坊丸は何か掛け声をかけ、体当たりをしてきた。モーはなんのことかわからぬまま、しっかりこれを受け止めた。

可憐な小姓の坊丸は、うんうんとうなっているが、モーはぴくりとも動かない。

すると、信長は興味深げにそわそわと体を揺らして叫ぶ。

「うむ。もう良い。次は金剛丸《こんごうまる》じゃ」

悔しげな坊丸が脇に下がると、モーの前に、信長お気に入りの相撲取り、金剛丸が立った。金剛丸はモーと同年輩のようで、モーほどではないが、小柄な者が多い日本人にしては大柄である。

金剛丸はしばらくモーを睨みつけた後、掛け声をかけてモーに体当たりをする。すると、ちょうど金剛丸の肩がモーの鳩尾《みぞおち》に入り、モーはぐっと息が詰まってよろめいた。好機と見た金剛丸は重心低くモーに再度体当たりを食らわす。モーはどっかと尻餅をついてしまった。

信長は大声で金剛丸を制する。

「それまでじゃ。さすがは金剛。したが、その黒き男、十人力と見た」

信長は満足そうな笑みを浮かべ、振り向いて室内を見た。

「ヴァリニャーノよ。一つ聞くが、イエス・キリストとやらは、この世に生があった際、日本という島国があることを知っていたのか」

フロイスが慌てて通訳する。

「それは、御難題です」

信長の目が光る。

「日本という島国があることを知らぬ者が、その島に住まう者に恩恵をもたらすとは思えぬが」

「……」

信長の眼が鋭く光っている。

「いかがした。答えよ」

フロイスが青い顔でヴァリニャーノに通訳する。ヴァリニャーノは腹に力を込める。

「それは。天竺の仏陀とやらも同じことでは」

意表をつかれた信長が下を向いた。肩が揺れている。笑っているようである。

「ははは。そち。機転がきくな。気に入ったぞ。ああ。あの黒き者を予にくれぬか」

ヴァリニャーノは少々驚いたが、すぐに居住まいを正した。

「もちろんでございます。ただ、布教と神学校建設に御助力を」

信長の顔は明るく輝いている。

「よかろう。あの者、名は何と申す」

「モーにございます」

信長の目が笑う。

「モーか。牛の鳴き声のようじゃ。蘭丸、あの者を予の中間《ちゅうげん》とする。名は……。そうじゃ。モウスケ……。茂助、ま、心機一転、弥助《やすけ》とせよ」

六　本能寺御中間長屋

――これは夢か……。

モーは、自分が奴隷ではなくなったことや、新たな主人となった織田信長から弥助という名前を与えられ、信長直属の中間になったことを、およそ、フロイスから聞かされた。

既に、信長は奥に消えている。

モー改め弥助は、呆然《ぼうぜん》と土に座っている。

すると、縁側に残っていた森蘭丸が、ついてこいと手招きをしているようである。手が目にしみるように白い。謁見の広間に残っていたヴァリニャーノも頷いている。

生死をともにしながらも、ほとんど会話をしてこなかった旧主であるが、多少の感慨はわき、モーは目礼をし、廊下につながる短い階段を上がった。とたんに廊下が汚れる。

蘭丸は美しい眉を少しよせ、弥助に懐中から出した布を差し出す。

布からは、えもいわれるよい香りがする。弥助が蘭丸の顔を眺めていると、蘭丸は足の裏を指差して言う。

「遠慮はいらぬ。その布はそちにつかわすゆえ、足をそれでぬぐうがよい」

弥助は、自分の足が美しい木目の廊下を汚していることに気づき、その清潔な布で足の裏をふく。すると、蘭丸は満足げにうなずく。モーが布を返そうとすると手を振った。くれるということらしい。

「よし。ついてまいれ」

蘭丸は勝手知っているらしき本能寺の内をずんずんと歩く。

弥助としては、おいおい知ったことではあるが、中間とは、フロイスが言ってくれたように、奴隷ではないらしかった。

日本の身分の高い武家――武力によって成り立っている家――に仕える者は、大まかに言えば、侍、中間、下人の三階層からなる。

いちばん格上の侍は、一口に侍といっても色々あり、織田家の場合、柴田勝家《しばたかついえ》や羽柴秀吉や明智光秀といった、信長より国や城を与えられて独立大名なみの勢力を持っている国持とか城持とか呼ばれる者がいて、下には田畠を数枚しか持っておらぬ侍もいるらしい。それどころか、中には土地を全く持っておらず、織田家から銭や米で俸禄《ほうろく》を支給されている侍もいるそうだった。

この侍の次が、弥助が取り立てられた中間であるらしい。が、侍と中間の身分差はかなりのものがあるそうで、中間は基本的に名字を名乗ることは許されない。

とはいえ、事実上の天下人――世俗皇帝のこと――である信長直属の中間であるため、世間から、この集団は「御中間衆」と尊称され、皆、小ざっぱりとした衣服を身につけている。さすがに侍が持つような大刀《たち》は普段差すことを許されないが、短い刀である脇差を差すことは許されている。

まだ御中間になったばかりの弥助は持っていないが、脇差とは、自分の主君が戦場で傷つけた名のある敵にとどめを与え、その首をかき切るための短刀のことである。また、侍は、戦に敗れて自害するときにもこれを用いるらしい。

そして、信長直属の御中間衆は、戦の際は、軽装の腹巻などで武装して戦場に出る。戦の際であれば大刀を帯びても良いそうである。また、御中間であったとしても、信長の目にとまるほどの功績を挙げれば、信長によって名字を与えられ、侍身分に取り立てられることもあるらしい。だから、彼らはひとたび戦がはじまれば、餓狼《がろう》のように敵の兜首に襲いかかるという。怯懦《きょうだ》な味方の侍などは蹴散らしていくほどだそうだ。

御中間長屋からは、侍に出世し、信長直属の親衛隊である御馬廻衆《おうままわりしゅう》や御弓衆《おゆみしゅう》に抜擢された者が既に何人かいるとのことだった。馬廻衆か弓衆に取り立てられれば、城持、国持も夢ではない。

そうした、中間から侍に成りあがった者らは、ふと思い立っては、鷹狩でとれた鹿肉や酒などを手土産に御中間長屋を訪れてくる。彼らはかつての仲間を励ましにくるという体裁をとってはいるが、要は、自分の侍姿を見せびらかしたいらしい。

彼らが来ると、御中間どもは、腰を浮かしてわらわら集まる。

今もそうした手合いが来ていた。

「飯田《いいだ》様。よいお日よりで。おや。新しいお刀で。なんとまあ、見違えまする」

「うむ。従前の佩刀《はいとう》を先ごろの戦で手荒う振るうたら使い物にならなくなっての。砥ぎなおしてもと思うたが、御奉公のためじゃ。ちと、値は張ったが、思い切って買い求めたのよ」

弥助が信長の御小姓頭、森蘭丸とともに本能寺御中間長屋に着いたのは、まさにそんな時であった。

「これは。森様」

侍になったばかりの元、御中間の飯田某は、信長の覚えめでたい蘭丸と気づいて、あたふたと礼をして長屋を出て行った。

蘭丸は少々高慢な白い顎をひいて、飯田への返礼とし、弥助を見やる。

「ここが、そなたの長屋。上様御直《おじき》の御中間衆が住まうところじゃ」

弥助にはこの女性のような美しい顔の男が何を言っているのかよくわからない。が、どうやら、ここに住めということらしい。蘭丸は草履をぬいで小屋にあがると、立ったままかしこまっている長屋の者に告げる。

「御中間衆よ。この者は、上様お声がかりにより御中間に取り立てられた者じゃ。名は弥助と申す。言葉を解さぬ異国人ゆえ、親切に致せ」

中間たちは一斉に平伏し、ざわめく。

「何と」

「異国人とは」

「上様お声がかり……」

「果報なことじゃ」

この長屋には御中間衆を束ねる御中間頭がいる。名は熊蔵《くまぞう》という。熊蔵は初老の御中間で、侍になることを望んでいた。しかし、かつて、信長が親の代よりの宿敵、駿河国の今川義元《いまがわよしもと》を屠《ほふ》った桶狭間《おけはざま》の戦場で、右手右足に重傷を負い、それからは杖がなければ歩けない体になっていた。

その後、熊蔵は、信長の温情で御中間頭に取り立てられたものの、合戦に参加することは許されなかった。熊蔵は、それが信長なりの優しさと知っていたので、耐えてはいたが、侍になれぬ鬱屈を自分でも長いこと持て余している。熊蔵はいち早く髭づらを上げる。

「なんじゃあいつは。黒い牛のようじゃ」

長屋のざわめきが大きくなる。

熊蔵の隣には、平の中間、八郎《はちろう》がいる。八郎は髭のそりあとが青々とした人のよさそうな丸顔を精一杯しかめて、ここぞとばかりに、熊蔵に迎合する。

「上様お声がかりとは。いや、しかし、増長させてはためになりませせぬな」

蘭丸は怜悧そうな表情を動かすことなく、不穏なざわめきを黙殺する。そして優雅に踵《きびす》を返す間際、ひとこと言い添えた。

「御中間頭熊蔵。弥助に中間の衣服を与えよ。そして、皆の者。弥助に相撲を教えよ。よいな。これは、御上意である。では、よろしゅう」

蘭丸は、弥助に向かって相撲の身振り手振りをし、長屋から出て行った。

――先程の格闘のことか。

弥助は御長屋に取り残された。

熊蔵が首を振りながら弥助に近づく。

「御上意とあっては、致し方ない。わしはこの御中間長屋を差配する御中間頭の熊蔵じゃ」

言葉がわからない弥助は困って熊蔵の顔を眺める。熊蔵は少々、苛立って自身の胸を指差す。

「言葉がわかろうがわかるまいが知ったことではない。よいか。わしは熊蔵じゃ。森様がそなたに相撲を教えよと仰せられた。しかも、それは、御上意じゃ。上様の御意向なのじゃ」

「……」

「ええい、わかるわけがないか。ま、よいわ。八郎。わしはこの体。相撲を教えることはかなわぬ。そちは割合に相撲が強い。そちが教えよ」

「は。わかり申した」

「ああ。言葉も教えよ」

「それは難儀なことですな。しかし、やらせていただきます」

八郎はもったいぶった顔をして弥助を見上げる。

「八郎じゃ。八郎」

弥助はどうやら、目の前にいる同年輩の人の好さそうな顔している男が名乗っているらしいと気づいた。

「ハチロウ」

「そうじゃ。わしは八郎じゃ。そちは弥助というらしいの」

弥助は、先程の王侯のような男――信長――が、自分の顔を指してそういっていたのを思い出す。

「ヤスケ」

「おお。そちは弥助じゃ。弥助」

「ヤスケ」

八郎は、顔のみならず、人が良い。善良な性質なのだ。さっき言ったばかりの嫌味をもう忘れ、弥助に親切顔を向けて言う。

「そうしたときは、弥助でござると言うのじゃ。よいか。ござるじゃ」

「ゴザル」

「はは。ござるで、ござるわ」

「ゴザルでござる」

八郎は肩をゆすって笑っている。

――どうやら、悪い男ではないようだ。

弥助はこの八郎という男が、日本の言葉を教えてくれようとしているらしいと知る。奴隷であったころにこうした者はいなかった。弥助は久しぶりの人の親切に接して、嬉しいというよりは、困惑した。そうしていると、八郎は弥助の後ろに回って背中を押してくる。どうやら、外へ出よということらしい。

——なんだろう。

外へ出ると八郎が背をそらせる。そして、手早く上衣をはだけて言う。

「弥助。熊蔵様がそちに相撲を教えよと言われた」

「スモウ」

「そうじゃ。相撲じゃ。大切なのは、腰を落とすことじゃ。まあ、組もう。いくぞ」

八郎の丸顔が真顔になる。

弥助も同じように腰を落とす。

呼吸が合ったと思った瞬間、八郎が体ごと胸をぶつけてくる。弥助は先程のこともあるので、咄嗟に鳩尾《みぞおち》をよけてそれを受ける。だから、相手を抱き留めることができた。そして、先程よりは余裕ができてきて、

——スモウか。相手を投げればよいのだな。そういえば、これは子供の頃やっていた遊びに似ている。

そんな風に感じた。

そして、右腕に力を込めて投げようとしたところ、八郎が弥助の帯をつかんできた。

——む。

弥助がそれに気を取られると、八郎は、すっと体を横にずらし、弥助の圧力を避けた。

——お、お、お。

弥助が、たたらを踏んで前のめりになると、八郎は体を回すようにして、右腕一本で弥助を投げた。弥助は見事に土の上を転がされる。後ろを振り返ると、八郎がにこにことこちらを見ている。

「弥助。お主、力が強いのう。それ、もう一番」

八郎は、また腰を落として弥助を見る。弥助も同じようにする。そしてぶつかり合う。弥助も今度はと思い、また右腕に力をこめたところ、やはり八郎はその動きを利用して、弥助を投げる。

弥助は二度もごろごろと投げられ、不思議に思う。八郎は、弥助の腕を取って起こしてくれて言う。

「相撲は、毎日やっていれば、慣れる。じきに強くなろう。時はかからぬと見た」

弥助は、この人のよさそうな男がいうことがなんとなくわかり、つぶやく。

「スモウ。相撲」

「そうじゃ。相撲じゃ。それ、もう一番」

音を立てて二人は組み合う。八郎は弥助ほどではないが、日本人にしては背丈があるほうである。今度は、八郎の腕が弥助の腕を折るようにしながら、弥助の帯をつかむ。つかまれたと思った時には、またもや、あたりの景色がぐるりとまわる。

弥助は、またしても、八郎に助け起こされる。

「弥助。そなたの番じゃ。投げを打ってみよ」

「ナゲ」

八郎は頷き、身振り手振りで、帯をつかんで、投げよと言う。弥助にもなんとか理解できた。

弥助は八郎に向かって腰を落とす。二人は再びぶつかる。弥助は八郎の帯を夢中でつかんで力任せに投げてみたが、八郎は腰を落としてびくともしない。八郎は組んだまま言う。

「相手の動きに乗るのよ」

「ウゴキ」

「うむ。よいか。動くぞ。相手が動くとき、それを利用して投げるのじゃ」

八郎はあえて隙を示して動く。弥助はなんのことかわからない。そこで八郎はもう一度、同じことを繰り返す。そして、

「今じゃ」

と言った。弥助はそれでもわからず、両者は組み合っていたが、八郎は丹念にもう一度、同じ動きをし、同じことを言った。

「今じゃ」

弥助は八郎の動きに合わせて腕を振るった。すると、八郎がごろごろと地面を転がる。

「そうじゃ。弥助。覚えが早いのう。弥助、上様はの、ことのほか相撲がお好きじゃ。よい相撲

をとる者は、ときとして、侍に取り立てられるぞ。侍じゃ」

「サムライ」

弥助はマカオで見た侍を思い出す。

「そうじゃ。いま、お奉行の一人になっておられる青地与右衛門《あおちよえもん》様は、もとは相撲取りなのじゃ。それが先年、上様の前でよい相撲をとられての。それで一躍侍じゃ。うらましい。わしも、青地様のように侍になりたいのよ」

「サムライ」

「うむ。侍よ。なれぬものかのう」

すると、いつからか、後ろで竹杖をついて様子を見ていたらしい熊蔵が悪態をつく。

「けっ。そう簡単にいくものか」

八郎は、踵を返す熊蔵をちらと見て、弥助におどけてみせる。

「さあ。弥助。もう、一番」

八郎は手を広げている。八郎は結局、夕刻になるまでみっちりと弥助に相撲を叩きこんでくれた。八郎は屈託がない。あたりが暗くなると、肌をしまい、弥助に井戸端に行くよう身振りする。

「人のことは言えぬが、お主、なかなか臭いぞ。水を浴びよう」

二人は順に水を浴びる。

二人は少々冷えた体をぬぐいつつ、小屋に入る。すると、八郎は、弥助のために食器を用意し、日本の雑穀飯と汁をよそってくれる。弥助は、八郎が豪快に食べだしたのを見て、空腹を思い出し、まず、汁を飲んでみる。

「オワオワウ」

舌が焼けるように熱い。そして、奇妙な味である。しかし腹が減っているせいか、うまくも感じる。次いで隣の雑穀らしきものに手を伸ばすと、ビシリと手を叩かれる。いつのまにか背後に立っていた熊蔵が竹杖で弥助の手の甲を打ったのだ。

「箸を使わぬか。箸を」

「ハシ……」

弥助が驚いて熊蔵を見返すと、目の前の八郎がにやにや笑っていて、自分の持っている二本の木の棒を振ってみせる。

「弥助。箸じゃ。箸」

弥助は二本の木の棒、箸で食事をせよということらしいと気づき、八郎の動きをよく見て、雑穀を口に運ぶ。横からまた竹が飛んでくるかと思ったが、それはなく、熊蔵は足をひきずりながらいちばん奥の自分の居場所に戻っていく。

八郎は弥助を見てにっと笑い、また飯茶碗にとりかかる。弥助も同じようにして食べ、茶碗が空になると、八郎が雑穀をよそってくれる。弥助にとっては、久しぶりの満ち足りた食事であった。

食事が終わると、八郎は、うーむとひとのびし、弥助のために、藁《わら》で編んだらしい敷物と薄い布きれを数枚、持ってきて、ごそごそと日本風の寝床をつくった。隣に自分の寝床をつくる。八郎は弥助に言う。

「寝床じゃ。覚えたか。寝床じゃ」

「ネドコでござる」

「ははは。そうじゃ。寝床でござるわ」

弥助はよくわからないなりに、八郎に頭を下げる。日本人は色々な場面で頭を下げるらしいと知ったからだ。八郎は頷く。

「寝ながら話そう」

八郎は藁の敷物に身を横たえる。そして、弥助にもそうするように身振りする。弥助も敷物に身を横たえると、心地よい疲労と眠気がやってくる。手枷足枷なしで身を横たえることができるのは、やはりありがたい。

「弥助。先程も言うたが、わしは、いつか侍になりたい。わかるか、侍よ」

弥助の知っている言葉だ。隣に首を向ける。

「サムライ」

八郎がおどける。あたりからは、早くも、獣《けもの》のような鼾《いびき》がなり響いている。

「そうだ。侍だ。侍。弥助ぇ。なんとか、侍になれぬものかのう」

織田家は実力を重視するのが家風である。

弥助としては、おいおいと知ったが、例えば、織田家には、明智光秀という家臣がいる。

光秀は、元々は信長に滅ぼされた前政権、室町幕府の征夷大将軍足利義昭――信長の前の世俗皇帝――に仕えていたそうである。光秀は将軍に任官する前の義昭に気に入られ、当時、尾張国で急速に勢力を拡大していた若き織田信長との交渉役を任されたらしい。その際、光秀の才能は信長に高く評価され、半ば引き抜かれるかたちで織田家の家臣になったそうだ。

その後、義昭は信長の助力で将軍になったが、やがて対立し、中国地方の大大名、毛利輝元の元へ亡命した。しかし、その家臣だった光秀への信長の信頼は揺るがず、光秀は昇進に昇進を重ね、いまだ京都と日本中に精神的な支配権と影響力を持っている、精神的皇帝、天皇を頂点とする朝廷との交渉責任者にまでなったそうだ。

同時に、光秀は、主君信長から近江国坂本城という城郭を与えられて織田家の城持の侍となり、やがて、「近畿方面軍司令官」とでもいうべき軍権をも与えられたらしい。光秀は、今や近畿一円の織田軍団を取り仕切る、押しも押されもせぬ織田家の重臣であるそうだった。

では、光秀が織田家における出世頭かというと、そうでもないらしい。

羽柴秀吉という家臣がいるという。秀吉は信長に仕える御中間衆出身であったが、咄嗟の機転と悪知恵が働くところが、上品ながらも粗暴な振る舞いをあえてせぬでもない信長に気に入られ、信長から、「猿」とか「禿げ鼠」と呼ばれながらも侍に取り立てられたらしい。口の悪いところもある主君の信長であったが、秀吉の才能を正確に見抜いていて、秀吉の幾つかの功績を評価し、近江国長浜城を与えて城持の侍にしていた。その後秀吉はさらに手柄を立て、今では、「中国方面軍司令官」とでもいうべき軍権を与えられているらしい。秀吉は、現在は織田家の軍勢を率いて、中国地方における信長最強の敵、毛利輝元の軍勢を相手に戦うまでになっているそうだ。

つい先ごろまで、織田家の出世頭といえば光秀だったが、最近は秀吉が光秀を追い抜いたとの、もっぱらの噂であるという。

そうしたことを、八郎は弥助に何かと話しかける。弥助がその話の内容をおよそ理解したのはもう少し先のことで、このときは、何を話してくれているのか、さっぱりわからなかった。

——ふうむ。日本語で、先に寝るとは、どう、言えばよいのかのう……。

弥助の瞼《まぶた》は、ついに、くっついた。

七　京都馬揃え

「ウマゾロエ」

「そうじゃ。わしも弥助も、加わるのじゃそうな」

弥助が、京の四条西洞院、本能寺内の御中間長屋に住んで三日が経った。ときは、天正九年（一五八一）二月二八日である。この日、織田信長は、京都で馬揃えと呼ばれる一種の軍事パレードを行なった。

少し前までは、いまだ日本全国に精神的影響力を持つ天皇に仕える公家衆の中には、京都での馬揃えは天皇に対して不敬と主張する者もいないではなかった。しかし、信長による天下統一が、すぐそこまできていることは誰の目にも明らかで、今やそうした声はほとんどない。

その上信長は、さきの右大臣という上級公家たる公卿《くぎょう》の立場も持ち、公家とのつきあいに際して、多少煩わしそうな表情を浮かべることはあっても、それなりに天皇や公家の顔を立てると公家たちは承知している。信長の馬揃えに、朝廷に対する軍事的威圧の意味がほとんどないことも知っている。だから、天皇や大多数の公家は、華麗な織田家の軍勢を見るのを心待ちにしていた。当時は、娯楽が少ないのだ。

信長は、この馬揃えのために天皇の御所である内裏《だいり》の東に八町ほどの馬場をつくり、そこに天皇と公家の豪勢な見物席をつくらせ、華麗な儀仗兵《ぎじょうへい》とともに、全国から集めた駿馬《しゅんめ》を見せる計画を立てていた。

織田勢は辰《たつ》の刻に本能寺を出発し、ゆっくりと室町通りを北に進んで上京に入り、内裏の脇を通って一条大路まで出たところで東に折れ、前もってつくらせていた馬場に入ることになっていた。

軍勢は、見物人の予想に違わぬ美々しい行粧であった。

これより少し以前から、公家や僧や茶人らの文化人の間で、芸術や茶などの風流を愛することを指して「数寄《すき》」という言葉がはやっていた。日本の先進地帯である近畿を制圧している織田家の武士もご多分に漏れず、主君信長を筆頭に数寄者だらけであったので、この日の各人の装束はそれぞれに工夫が凝らされていて、見物人の目を楽しませていた。

行列の一番手には、信長の家老、丹羽長秀《にわながひで》がおり、三番手には信長の重臣明智光秀がいた。

その次の集団が、天下人の座を射程に入れた信長より、一大名としての織田家当主の座を譲られていた信長の嫡男、織田信忠《のぶただ》率いる織田家の一族衆であった。信忠は八〇騎の華やかな騎馬武者を引き連れ、その後ろには三〇騎を率いた次男の織田信雄《のぶかつ》や、一〇騎を率いた三男の織田信孝《のぶたか》がいた。

その後ろの人数は、摂関家筆頭の近衛前久《このえさきひさ》をはじめとした信長との関係が特に良好な公家衆が続き、その次に、信長直属の親衛隊である御馬廻衆や小姓衆の一五騎ずつが続く。その後ろには、たまたま、上洛していた、「北陸方面軍司令官」とでも呼ぶべき、家老柴田勝家《しばたかついえ》と、勝家付きの与力大名である前田利家《まえだとしいえ》らが続いた。

その次に、信長直属の行列が現れる。まず信長親衛隊の御弓衆一〇〇人が徒歩で進み、その後ろには、きらびやかな馬具で飾られた、鬼葦毛《おにあしげ》、小鹿毛《こかげ》、大葦毛《おおあしげ》、遠江鹿毛《とおとうみかげ》、こひばり、河原毛《かわらげ》という、全国の大名や小名が献上してきた信長秘蔵の名馬が続いた。

そして、これらの馬の宰領を行なっているのが、信長お気に入りの元相撲取りの侍、青地与右衛門であった。

その次は信長直属の御中間衆である。御中間はみな立烏帽子をかぶり、黄色の水干《すいかん》に白い袴で素足に草履をはくという出で立ちだった。この中には得意げな顔の八郎がいたが、弥助はいない。御中間頭の熊蔵は足が悪いためか、留守役らしかった。

そのしばらく後、沿道からどよめきが沸く。

美々しい小姓衆と御小人《おこびと》、そしてお気に入りの相撲取りの、たいとうや金剛丸を従えた信長の姿が現れたのだ。

信長は五〇前にしては、若々しい秀麗な顔に公家風の置き眉を描き、秘蔵の大黒《おおぐろ》という名馬に跨っている。馬の口取を行なっているのは、いかめしい、武悪《ぶあく》という能面を付けた大柄な御中間であった。

信長のこの日の衣装は、すべて金糸と唐渡りの上等な布でもって縫製されていた。肌着の小袖は赤と白のだんだら模様で、その上に蜀江錦《しょっこうにしき》の小袖を重ね着している。小袖の上には紅緞子《べにどんす》の肩衣《かたぎぬ》を着て、同色の袴をはいている。そしてそのひとつひとつに、天皇より拝領した桐唐草の紋所が、誇らしげに据えられている。

信長がかぶっている冠は中国風の唐冠で、後ろに花が刺さっている。そして、腰にはやはり天皇より拝領した牡丹の造花をさし、腰には白熊の皮をつけていた。そして、黄金造りの大刀と脇差をさし、猩々緋《しょうじょうひ》の沓《くつ》を履いている。黒く大きな馬に、金糸で縫製された燃えるように紅い衣服の美丈夫が揺られているのである。まさに、輝くばかりの雄姿であった。

沿道からは、地鳴りのような歓声が沸き、

「織田様じゃ」

「右府《うふ》様」

と、掛け声もかかる。

信長も心得て、声がした方に機嫌よく顔を向けてやりながら、悠然と馬をうたせ、内裏脇にしつらえさせた馬場に入った。

見物席の公家衆より、やはり、感嘆の声が漏れる。

ある中納言は、扇で口元を覆いながらうめく。

「なんと。さきの右府の御立派なことよ」

隣席のある左中将がやはり扇で口元を隠しながら、返事する。

「むむむ。まことに。住吉大明神のようでおじゃるのう」

ここで、信長は、前もって打ち合わせたとおり、武悪の能面を付けた馬の口取の肩を鞭で軽く叩いて合図した。

大男は軽く信長に叩頭し、能面をはずした。

あたりがどよめく。

弥助である。

「ほ。中納言殿。さきの右府の傍らにおる黒い者はなんであろ。なんと。顔が黒い」

問われた中納言は身を乗り出して信長の傍らに目を凝らす。やがて、やや姿勢を正し、軽く咳払いしていう。

「おや。御存知ないのでおじゃりまするか。あれはパードレという南蛮僧が連れてきた黒坊主と申す者。さきの右府は、あれをきつうお気に召して、パードレからもらい受けられたとか」

「ほ。それは知りませなんだ。黒坊主と言うのでおじゃるか。何と、大きい。牛のようでおじゃるのう」

訳知りの中納言のまわりでは、

——黒坊主、黒坊主。

と、ひとしきり、さざめいた。

信長は、新たに中間とした弥助に自身の馬の口取を任せていた。目立つであろうと思ったからだし、天皇や公家衆を驚かせようと思ってもいた。

最近の信長は、決して下品には流れぬが、それでもこうして少年の頃に戻ったかのごとく、いたずらめいたことをする。無表情であるが、内心愉快で仕方ない。

弥助は御小姓頭森蘭丸に言われるがまま、黄緑色の四幅袴《よのばかま》を穿き、上半身は漆黒の素裸の上に信長が戦の際に着用する猩々緋の陣羽織を羽織っている。目のさめるような紅色の陣羽織の背中には、信長が気に入っている織田家の替紋の一つ、揚羽蝶《あげはちょう》の紋所が金糸で打たれている。

——晴れがましいことだ。

弥助は、中間仲間の八郎より、馬揃えがあること、弥助が晴れの役を務めることを身振り手振りで聞かされていたので、少々、緊張している。

着飾った京都の群衆の好奇な目が顔に突き刺さるが、それはかつて奴隷市場で売られていたときとは違う。嫌な気はしない。頭は八郎によって、昨晩、剃刀できれいに剃りあげられていた。

信長乗馬の手綱を持った弥助の逞しい足が、のしのしと前に進むたび、頭から湯気がたちのぼる。

信長は馬場に入るとまずは身軽に下馬し、正親町《おおぎまち》天皇に拝礼する。

信長が改めて馬場を見渡すと、諸国よりやってきていた名のある武士が数百人はいて、それらがみな、趣向を凝らした衣装を身につけていた。馬揃えに参加している騎馬武者は総勢で一〇〇〇騎はいようか。

やがて、信長の声が馬場に響く。

「はじめよ」

こうして、馬揃えが始まった。一五騎を一組とする集団が、三、四組ずつ馬場を並足で行進する。信長はそのなかに打ち交じり、引き連れていた秘蔵の六頭にかわるがわる乗りこなし、やんやの喝采を受けた。長男信忠、次男信雄、三男信孝らの息子たちも葦毛、河原毛、糟毛《かすげ》の馬を見事に乗りこなす。

ただ、信長の名馬の内、黒龍という巨大な馬の騎手は失態を犯した。

その馬は気位が高いらしく、黒く逞しい馬体を暴れに暴れさせ、乗り手を拒絶した。ただ、乗り手は乗馬の名手ということで呼ばれた小笠原丹庵《おがさわらたんあん》という者で、馬から振り落とされる際、中空で一回転して見事に着地したので、それはそれで満座の称賛を受けた。

「見事じゃ」

信長も誉めたので、さては、御嚇怒《おかくど》かと緊張した側近たちも安堵した。

未《ひつじ》の刻に行進が終わると、今度は、速足での行進を天皇の叡覧《えいらん》に入れる。馬埃のなか、見物人は誉めそやし、天皇も満悦で、馬揃えの最中に信長に対し、満足である旨の勅使《ちょくし》を下す。

とにかく、華やかな催しであった。

信長は大いに面目を施した。やがて夕刻になって馬揃えは終了し、信長は宿所の本能寺を目指し、再び朝来た室町小路を南へ南へと悠然と引き返す。

しばらくすると、信長は、馬上、化粧顔を後ろに少し傾ける。信長の斜め後ろには、いつもよりもかえって地味ななりの森蘭丸が、濃紺の肩衣、袴という出で立ちで、葦毛の馬に乗っていた。

信長の素振りに気づいた蘭丸は、すぐに馬を寄せる。

「お蘭。公家どもの顔を見たか。弥助に驚いておったであろう」

「はっ。上様の御威光が、いや増してござる」

「ははは。弥助。言葉は覚えたか」

弥助は馬上の信長に話しかけられたことはわかった。が、まだ意味はわからない。馬の鼻づらから振り仰いで、中間仲間の八郎がよく言っている言葉を言ってみた。

「ゴザルデ、ござる」

「なんじゃそれは。ははは」

信長直属の集団が室町通りを四条坊門小路で折れ、本能寺の手前まできたところで、いったん離れていた蘭丸が、再び軽く馬腹を蹴って、つと、信長に身を寄せる。

「上様。あれにパードレたちが」

「うむ」

遠目が効く弥助は、最前から気づいている。

——前の御主人様だ……。

まだ、別れて三日しか経っていなかったが、その短い間に境遇が急変したため、弥助としては大昔の知人を見つけた気分だった。

イタリア人のイエズス会宣教師、ヴァリニャーノは、通訳でもあるポルトガル人宣教師フロイスの他、新顔の宣教師を伴ってきていた。

この新顔の男は、九州長崎の南蛮寺から右京南蛮寺に入っていたスペイン人宣教師、フェルナンド・エスクデロという男で、まだ来日間もなかった。このときヴァリニャーノは、そのエスクデロへの京都案内がてら、馬揃えの見物に来ていたのである。齢《よわい》はヴァリニャーノより一〇歳近く年上で、五〇歳ぐらいであった。

エスクデロは元スペイン海軍の将校にして元傭兵という異色の経歴を持っていた。宗教家でもなければ学者のような風貌のヴァリニャーノとも異なり、まだまだ軍人臭の抜けぬ、独特な鋭い雰囲気を持っている。

エスクデロの左眼には、黒い革製の眼帯がついている。傭兵をしていた頃に負った傷痕を隠すためのものである。

そもそも、彼がスペイン軍の軍籍を失った原因は、軍の将校だった二〇代半ばの頃、上官と喧嘩をしたことにある。よくあることながら、戦場に出稼ぎにきていた美しい売春婦のとりあいになり、かっとなって重傷を負わせてしまったのである。運の悪いことに、その上官は縁者に有力者が何人かいる伝統的貴族の端くれで、エスクデロの方は、平民と貴族の間に位置するイダルゴという、いわゆる新興貴族の家の子で、しかも庶子だった。

こうした力関係もあってエスクデロは軍籍を失い、これ幸いとばかりに、異母兄弟に故郷を追われた。彼は、このような国にいてやるものかとばかりにスペインを出国したものの、やがて食い詰め、流れ流れてアフリカ大陸で傭兵になったのであった。

顔の傷は、彼がポルトガル軍に雇われ、その植民地の鎮撫《ちんぶ》作戦に参加した際に負ったものだった。現地住民にふいをつかれて負傷し、それを雇い主のポルトガル人隊長に冷笑された。彼は、それに激高し、ポルトガル人隊長が制止するのも聞かず、その村でも、次の村でも、そのまた次の村でも、先住民たる罪もない黒人を多く殺した。

ポルトガル軍人もむろん、反抗的な黒人を殺す。しかし、彼らにとって黒人は植民地経営のための必要な労働力であり、なにより奴隷という名の商品だった。

雇い主であるポルトガル人隊長も、最初こそ、エスクデロの振る舞いを鷹揚《おうよう》に眺めていた。しかし、似たようなことが続くと次第に眉をひそめるようになった。そこで自分の命令に服するよう強く求めたが、血がたぎるエスクデロは聞かなかった。すると、当然ながら、その隊長は拠点の都市に戻ると、安くはなかった彼との契約を打ち切った。

傭兵の世界で噂が広がるのは早い。命令を聞かぬ傭兵は珍しくもなかったが、まるで聞かぬとなると話は違う。それから顔見知りの仲介業者もそっぽをむくようになり、やがて雇手はなくなった。

エスクデロは再び食い詰め、病を得て倒れた。そんな彼を熱心に看病したのがイエズス会の宣教師だった。その献身的な看護によってエスクデロは体調を回復すると、熱心な勧めもあってイエズス会に入信した。そして彼は宗教を学び、宣教師となった。失意のなかにあるとはいえ、もともと熱過ぎる血を持つエスクデロにとって、キリスト教各会派の中でもっとも先鋭的で行動的なイエズス会の居心地は、悪くはなかった。

そして、周囲に勧められるまま、半ばやけくそな気分で、アフリカ大陸からインド亜大陸のゴアに渡り、その後は探究心と冒険心のおもむくまま、中国大陸のマカオを経由し、はるばる日本までやって来たのである。

日本に来て以来、彼の心底には野望が棲みついている。

——世界の果てで自身の王国を築き上げん。

彼は夢想家であり、激情家であり、そして野望をうたいあげる行動家だった。

いまエスクデロは、世界の果ての日本、京都四条西洞院の雑踏の中で、信長の一行を見ている。その隻眼はまさしく軍人、傭兵のものだった。そして、先程から苦虫を噛み潰したような表情をしている。

——なんだ、これは。儀仗兵はともかく、警備の鉄炮兵が多過ぎるわ……。いったい誰がこの野蛮な猿どもに鉄炮を与えたのだ。しかもこやつら、どうみても戦慣れしておる。これでは征服するのに骨が折れる……。

戦場を経験した者は、戦場を経験した者かそうでないかをたちどころに弁別しうる。ぎりぎりと歯を食いしばったが、久々に体内にたぎる血を感じてもいた。

黒い服の宣教師たちは、信長に叩頭しようとして、信長の馬を牽く弥助に気づいた。弥助は短い袴、素裸の上に、夕闇の中で渋く映える紅色の陣羽織を着、胸を張って堂々と信長の乗馬を牽いている。経緯を知らぬエスクデロは、スペイン人ながら慣れたポルトガル語でつぶやく。

「なぜ。黒人奴隷が……」

ヴァリニャーノたちも、目を丸くしている。

しかし、白人宣教師たちは、弥助が日本の世俗皇帝である信長の馬を牽いているため、かつての奴隷に向かって、いまいましくも頭を下げざるをえなかった。

エスクデロは、叩頭した際、静かに足元に唾を吐いた。

弥助は旧主人らの頭のてっぺんを眼の端でとらえ、自分が奴隷ではなくなったことを実感する。

――ああ。私は、本当に奴隷ではなくなったらしい。もし、侍になったならば、かつての御主人様も驚かれるであろうな……。

信長を乗せた大黒が雄々しく、足掻く。

――おっと。いかぬ。

弥助は新しい主人を乗せた馬の鼻づらを優しく撫でた。

八　世俗皇帝の城

「もう一度か……」

信長はつぶやいた。

正親町天皇は馬揃えをいたく気に入り、馬揃えのあった翌日、信長に、もう一度あれを見せてほしいとの叡慮《えいりょ》を示した。

——叡慮とあっては、お断りもできぬ……。

信長は再びの馬揃えを急遽、考えることにした。

——趣向を変えねばなるまいの……。

三月五日、信長は先日の馬揃えに参加した一〇〇〇騎以上の騎馬武者のなかから、さらに名馬を選りすぐり、半分の五〇〇余騎をもって、再度の馬揃えを行なった。五〇〇余騎の騎馬武者たちは、再びの栄誉に勇み立ち、念入りに衣装を調えて参加したので、沿道の見物衆は先日同様、大いに盛り上がった。

「おお。右府様じゃ」

「おおお。これは、また、精悍な……」

「右府様の馬を牽いているのは、近頃名高い黒坊主殿じゃの……」

信長は先日とうってかわり、黒い笠に黒い衣服を着て、大黒に跨がっていた。この日の馬の口取も弥助が務めていたが、この日は、弥助も黒い水干に短い四幅袴をはき、素足に草履という出で立ちであった。今日ははじめから能面はつけていない。だから、主従、馬も衣服も含めて、黒ずくめであった。

一行が先日同様、内裏脇の馬場に入ると、見物席には天皇と公家の他、宮中の女性たちが多く出席していた。どうやら天皇は、先日の馬揃えを見逃した宮中の女性たちから、今度こそは馬揃えを見たいとせがまれたらしかった。

とはいえ、そもそも、鷹狩、相撲とともに馬を愛する信長の機嫌は悪くなかった。見物席に天皇の姿をみとめると、やはり身軽に下馬し、拝礼をした。再び鞍上《あんじょう》に戻ると、いずれおとらぬ逸駿に先日同様、並足・速足の行進をさせた。先日よりも参加者が少ないため、速足というよりは駆足に近かったが、それぞれの馬術の技量も素晴らしかったため、馬同士がぶつかることはなかった。

やがて、夕刻が近づくと、信長はまるで花園のような色とりどりの見物席に優雅に拝礼をし、帰途についた。

三月九日、信長の本能寺に勅使があった。

――この頃、よく、勅使を受けることよ。

信長は、公家たちの顔を見るのに、多少、飽きていた。

勅使の用向きは、左大臣に任官してはどうかとの打診であった。信長がそろそろ本拠の近江国安土城に帰りたがっていると聞いた正親町天皇が、京都にひきとめようとしたのである。実は天皇は、その座を自身の皇子である誠仁《さねひと》親王に譲り、悠々自適の上皇生活に入りたいとの希望を持っていて、信長に、その相談を持ちかける機会をうかがっていたのである。

――ふふふ。ここで、左大臣をお受けしては、先日の馬揃えの功績で昇進するようではないか。

信長は内心可笑しかったが、それは表に出さず、威儀を正して、

「いまだ、甲斐《かい》国に武田勝頼《たけだかつより》があり、越後国には上杉景勝《うえすぎかげかつ》があり、安芸《あき》国には毛利輝元が健在であります。左大臣任官は時期尚早かと……」

と、未征服の群雄があることを理由に謹んで辞退した。

道理の通った拝辞であったので、勅使も、

「右府殿の仰せ、ごもっともにおじゃる」

と、さきの右大臣の意向を素直に容れ、天皇にそう復命すると言った。

——さあ。そろそろ、安土に戻るぞ。

三月一〇日の早暁、信長は京都本能寺を出発した。信長は思い立つとすぐに行動する。夜も明けきらぬというのに、わずかな供回りで出発した。

京都と近江国安土城の間を行き来する際、信長は船に乗って琵琶湖を横断することもあったが、気分によっては馬で駆け通しにすることも多い。

先日、馬揃えをしたばかりということもあって、信長は遠乗りに行きたくてたまらなかった。だからこの日は騎行ということになった。信長の伴をしたのは、森蘭丸・坊丸兄弟らの御小姓衆と、御馬廻・御弓衆の一部、御中間頭の熊蔵に八郎、そして弥助といった御中間衆の一部だった。総勢は三〇人ほどである。

御中間の八郎や弥助は侍身分ではないので、走って一行についてゆかねばならなかった。ただ、熊蔵は足が悪いため、信長から特別に乗馬の許可を得ている。

信長は馬術が達者だった。その上、天下の逸物《いちもつ》である大黒に跨《また》がっていて、替え馬にはこひばりを伴っていた。

速い。信長はとにかく速い。天気が良かったこともあって、あっというまに近江国の瀬田《せた》橋を駆け渡り、昼過ぎには安土城下に着いた。その間、弥助と八郎は走りに走った。城下にたどり着き、ぜいぜいと肩で息をする八郎が、さして疲れた様子もない弥助に呆れ気味に言う。

「弥助。おぬし。足が速いのう」

「ハチロウ殿も、足、速い」

そこへ、蘭丸が二人を呼びにくる。二人は何事かと思い、蘭丸についていくと、城下町の出入り口で信長が馬上、天守閣を見上げている。弥助の眼に安土城が映った。

威容という他ない。

小高い安土山が全山、石垣と白壁と瓦をもった、美しい無数の建造物をもって要塞化されている。

——こ、これは何だ。日本人は白人ではないはずだ……。白人ではなくとも、このようなものをつくることができるのか……。

信長は蘭丸に声をかけられ、振り向く。

「おう弥助。あれが予の城、安土城じゃ。いかがじゃ」

信長は弥助に一声かけようと、わざわざ待っていたらしい。蘭丸が直接答えよと目配せする。

弥助はかしこまり、八郎に習っていた言葉を口にする。

「オドロキで、ござる」

「うむ。弥助よ。蘭丸に申し付けておいたゆえ、そのうち、天守閣の内を心ゆくまで見分致せ」

「ハッ」

弥助が平伏すると、勇ましい馬蹄《ばてい》の音が遠ざかってゆく。弥助は改めて城を見上げて茫然とする。

「弥助。八郎。ゆくぞ」

弥助が顔を戻すと、御小姓頭の森蘭丸の美しい顔があった。

「弥助。上様がそちに天守閣を案内せよと仰せであった。明後日、案内してつかわす。八郎もともに参れ」

八郎は嬉しそうに平伏する。

「ありがたき仕合わせにござりまする。あ、弥助、こうしたときは、ありがたき仕合わせにござりまするというのじゃ。ありがたき仕合わせにござりまする」

「アリガタキ、仕合わせにござりまする」

蘭丸は、少々、顔をほころばせる。

「うむ。明後日、楽しみにしておれ。今日のところは、早う城内の御中間長屋に入って休むが良い。さ、参ろう」

蘭丸は軽く馬腹を蹴って、城へと続く坂道を上ってゆく。弥助と八郎は城門をくぐったところで蘭丸に挨拶をし、城中の御中間長屋に入った。

長屋には既に到着していた御中間頭の熊蔵がいて、御中間衆にあれやこれやと指示を出している。

「おう。八郎、弥助、着いたか。足を洗うて、休むがよい。御小姓衆や御馬廻衆の手伝いは、他の者に申し付けた。ああ、そうじゃ。先程森蘭丸様のお言付けがあった。明後日、森様が、八郎と弥助に御天守の案内をしてくださるそうじゃな」

「はっ。そう承っておりまする」

八郎が弥助を見やって答える。熊蔵は多少、弥助に親しみを覚え始めていたのか、渋面をつくりながらも、気をつかうようなことを言った。

「うむ、弥助。着物の丈が合っておらぬの。いかん、いかん。八郎、明日、御城下へ下りて弥助に似合う着物をあがのうておけ」

「はっ。そう致しまする」

その日、弥助はやはり八郎の隣に寝床をつくり、早めに寝た。

次の日は非番ということで、両人は熊蔵の許しを得て、安土城下に下りた。弥助の着物を買うためだ。

中間は侍身分ではないが、弥助らは信長直属の御中間であるため、給金は悪くない。安土城内の人々や安土城にやってきた者の世話をした際には、心付けや、下されものをもらうことも多い。だから、御中間頭の熊蔵などはそのあたりの平侍よりも銭を持っている。今朝も、

「上様御直の御中間衆として恥ずかしくないものを買ってまいれ。但し、華美にはなるなよ。分をわきまえたものを買ってくるがよい」

と言って、銭を四〇〇文くれた。

二人は、城下の古着屋に行った。弥助の背丈に合うものがなかったので、八郎は銭を余分に出して布を継ぎたしてもらい、中間がよく着る上衣と四幅袴を三、四枚あつらえてくれるよう頼んだ。そして事情をざっと話し、明日いるのじゃと言って、そのうち、一揃えはすぐに仕立ててくれるよう頼んだ。

八郎はその間、弥助を伴って安土城下を歩く。安土城下は京都ほどではないが、たくさんの人が行き交っていた。京と異なり、男性も女性も皆若く、老人が少ない。信長がこの地に城をつくる以前は、風光明媚な湖畔の静かな集落であったのが、急に日本でもっとも天下人に近い男の住まう城下町になっただけあって、町全体が若いのだそうだ。

色々な店が出ている。

「あの甲冑《かっちゅう》。よいのう。あれを着て、城下を歩いてみよ。女こどもが手で払うほど寄ってくるぞよ」

八郎は武具屋の前で、弥助に言う。

——あの鎧《よろい》のことか。カッチュウというのか。いかめしいものだな。

「あの大刀を見よ。差してみたいのう」

今度は刀屋の前で立ち止まる。

——大刀。ああ。長いカタナのことだな。

「弥助ぇ。侍になりたいのう」

「サムライ、なりたい」

「おお。弥助。少し、話せるようになったの」

「ハチロウ殿。侍、わかる」

「おお。おお」

二人は古着屋に戻り、仕立ててもらった弥助用の着物を受け取る。実直そうな店主によると、残りは直接、城内の御中間長屋に届けさせるということだった。

翌朝、安土城中の中間小屋に森蘭丸がやってきた。

「弥助。八郎。用意はよいか」

二人は平伏する。

「ははっ」

「上様の格別なご配慮により、そなたらを天守閣に案内せよとのことじゃ。ついてまいれ」

弥助はもちろん、御中間勤めの長い八郎も天守閣に登るのははじめてだった。もっとも、侍身分ではない中間は、そもそも庭先より上、殿中に入ることはめったにない。

蘭丸に先導された二人は、鉄炮や槍を持った警備兵の鋭い眼を受け、そこかしこで行なわれている作事の人々とすれ違い、天守閣に入った。天守は七層であるそうだ。

石づくりの階段を上ったところにある門は、城の構造上、二階にあたるらしい。一階は石垣に覆われた地階になっていて、中は倉庫だという。

各階の部屋は総畳敷きになっていて、二階には鵞《が》の間などの部屋や台所があり、三階には、麝《じゃ》香《こう》の間などの部屋があり、四階には、御鷹の間などの部屋があり、五階は、こ屋の段と呼ばれる物置小屋で、六階は見晴らしのよい望楼になっていた。襖はひとつひとつが狩野派の絵師による金色屛風で、まだ絵師や各種の職人が忙しそうに働いている。板敷の部分は磨き抜かれて光沢がある。真新しい木と畳のにおいでむせるようだった。

「さ。次が最上階じゃ」

蘭丸は、眼を白黒させている二人を最上階の七階にいざなう。

上がると、そこはやはり総畳敷きの大広間になっていたが、部屋の外は四方が廊下になっていた。琵琶湖を見下ろす西側の廊下に、一人の男が腕組みをして立っている。

信長だった。

湖風がそよいでいる。

「おう。蘭丸。ご苦労だったの」

蘭丸は事前に知っていたらしかったが、弥助と八郎は最上階に信長がいるとは夢にも思わず、身を震わせて緊張する。

「弥助よ。お。そちらは八郎だったの」

「ハッ」

「へっ」

「うむ。余人はおらぬ。苦しゅうない。面を上げよ。どうじゃ、八郎。予の城は」

「こっ。この世のものとも思えませず。りゅ、龍宮城のようでござります る」

「ふふふ。龍宮城か。なるほどのう。おう。乙姫でも呼べばよかったの」

「めっ。滅相もない」

「ははは。よいよい。弥助はどうじゃ。八郎、なんとか、しゃべらせてみよ」

「は。弥助、この城、どう思うかとお尋ねじゃ」

弥助はたちどころに信長が何を尋ねているか悟った。

——このような建物は、故郷のモザンビークにはない。まるで神がつくったかのようだ。しかし、入ったことはないが、インドのゴアという地では白人がつくった大きな建物を見た。それと似ているが、この塔ほど精巧ではない。はて。そう申し上げたいが、日本語でどう言えばよいのか。

弥助は八郎の手助けを受けながら、かろうじて言う。

「パードレの仲間の大きな城、見たことあるでござる」

「ほう」

信長の眼が冷ややかに光る。

「ふふふ。そうか。似たようなものを見たことがあるようだのう。蘭丸よ。そのうち、パードレたちに、それはどのようなものか、尋ねるとしようぞ」

「御意」

信長は軽く頷きながら、機嫌よく二人に言う。

「そちたちは、中間とはいえ、天下人の中間なのじゃ。予が直々に侍に取り立てることもあるやもしれぬ。両人とも励むがよいぞ」

——侍……。

思わず、八郎と弥助は眼をあわせ、再度、平伏する。

それから、数日の間、弥助は八郎とともに御中間の仕事をこなした。信長の外出時の諸道具の点検、手入れ、御小姓衆や御馬廻衆の手伝い、庭の清掃などと忙しい。しかし弥助は楽しかった。なんといっても奴隷としての苦役ではないのだ。弥助は喜々として働き、その合間に八郎から日本語と相撲を習った。


それから約半月がたった三月二五日の朝である。

森蘭丸が御中間長屋にやってきた。相変わらず優雅な身のこなしで入ってくると、皆、急ぎ平伏する。

「弥助、上様が御呼びじゃ。相撲をさせよとの仰せじゃ」

毎日、日課のように日本語を八郎に習っている弥助は、多少言葉がわかるようになってきている。このときも、「上様」と「相撲」は聞き取れたので、何用か、およそわかった。

「ハッ。かしこまってござる」

弥助よりも、むしろ傍らにいる八郎の方が、そわそわして、弥助の袖をひく。

「弥助。上様が相撲せよと仰せられているそうじゃ。相撲じゃ。わかるの」

「ウエサマ。相撲。分かる」

「弥助。見せ場じゃ。良いことがあるかもしれぬ。力をつくすのじゃぞ」

御中間頭の熊蔵は、弥助の肩の糸くずを払いながら言う。

「早う、いたせ」

八郎は弥助に親しみと応援の意味を込めて広い背中を叩く。蘭丸は薄く微笑んで言う。

「ついてまいれ。上様がお庭でお待ちじゃ」

蘭丸の後ろをついて歩くと、そこは竹垣に囲まれた、白砂の敷かれた石庭であった。天守閣の脇にある、通称、常の御殿の庭である。

信長は昨日、勅使を受けていた。正親町天皇の用向きは、信長の予想通り、天皇の位を皇子の誠仁親王に譲り、上皇になりたいというものであった。上皇となって余生を静かに過ごすというのは、先代、先々代の天皇も望んで果たせなかった宿願とのことだった。

——わからぬでもない。古昔と違い、是が非でも院政をということでもなかろう。上皇となって、のんびり寺社参詣でもなさりたいのであろう。

しかし、信長からすれば、自身による天下統一が目の前であるので、時期が悪いとも思った。天皇代替わりともなると、即位式や大嘗会《だいじょうえ》といった儀式をしないわけにもいかない。

——全国の群雄を従えた後、関白か太政大臣か征夷大将軍にでもなって、それらの儀式を執り行なえば、それで天下人たる立場を全国に効率的に知らしめることができるのだが……。

そこで、勅使に対しては、皆まで言わず、

「暫時、御延引いただけると幸甚《こうじん》です」

と、短く答えた。勅使がなおも、食い下がってきたので、少々顔を青白くさせながら、

「左大臣任官の御内意を受けた際にも申したが、甲斐には武田、越後には上杉、安芸には毛利がございますれば、折り悪しゅう心得る」

と、物憂げに言った。

ただ、その次の日、同盟を結んだ傘下の大名、遠江国浜松城の徳川家康《とくがわいえやす》より、甲斐国の武田勝頼に衰亡の気配があるとの報せがあり、北陸に派遣している家老の柴田勝家からも、越後の上杉景勝との合戦が優勢であるとの早馬があった。

そのため、信長は、多少機嫌がよくなっていた。

先程から庭に下りて、近頃可愛がっている奥州産の白い鷹に餌を与えながら、鷹狩にいくかどうか思案していたところだった。信長は近頃、気に入っているその鷹を白雪と名付けている。そこへ蘭丸が弥助をともなって白砂に片膝をつく。

「上様。御中間衆の弥助を召し連れましてござりまする」

信長は鷹の白雪から眼を離し、やや顔をほころばせる。

「で、あるか。おう。弥助。相撲の鍛錬のほどを見よう。いつぞやの金剛と相撲をとってみよ」

「ハッ。金剛殿と、相撲、するでござる」

弥助の前に、以前弥助に尻餅をつかせた金剛丸が立っている。金剛丸は余裕をもって弥助を見下ろしていたが、おもむろに上衣を肌脱ぎになり、のしのしと庭の中ほどまでいって、蹲踞《そんきょ》した。

弥助も同じく、上衣を肌脱ぎにしつつ、金剛丸の前に座る。弥助は、

——落ち着け。落ち着け。八郎殿との鍛錬を思い出せ。

と、念じている。

金剛丸は、弥助に隙をみとめたらしく、素早く立って体当たりをする。弥助は反射的に体を微妙に右にかわしながら、これをしっかと受け止める。金剛丸は少々、前のめりになりながらも、右手で弥助の帯をつかもうとする。弥助は左足を後ろに引きながら、右手で金剛丸の帯をつかみ、円を描くように投げをうつ。すると、金剛丸の巨体がごろごろと転がる。この型と投げは、

八郎に習ったものである。

金剛丸は悔しそうに白砂をつかむ。

信長はすっと座を立ち、手を打つ。

「見事じゃ。弥助。これへ参れ」

信長が、美しい朱色鞘の短刀をつかんで弥助に向かって差し出している。

――い、いただけるのか……。

「カタジケのうございります」

弥助は、信長より手ずから短刀を拝領した。

信長は恐縮する弥助の背を見て、満足気に奥に消えた。

弥助は御中間長屋に帰り、あらましを片言ながら興奮気味に話した。皆がどっと祝福する。中でも八郎は手足をばたつかせるようにして喜んだ。そして、弥助が拝領した短刀を見て、それは脇差じゃという。

「ワキザシ、で、ござるか」

「そうじゃ。脇差じゃ。上様からのものとなると、恐らくそれは名品じゃぞ。弥助はそのうち、侍に取り立てられるやもしれぬぞ」

「サムライ。なりたいで、ござる」

後で知ったが、脇差は、国兼《くにかね》という大名が所持するような名刀らしかった。

九

安土城図屏風

天正九年（一五八一）四月一〇日、信長は森蘭丸らの小姓衆五名と、特に声をかけた御中間衆の弥助と八郎を引き連れ、中国毛利攻めで出陣中の重臣、羽柴秀吉の居城である長浜城まで騎馬で移動し、そこから船に乗って琵琶湖に浮かぶ竹生島《ちくぶじま》の弁財天に参詣した。

といって、弥助と八郎にとっては物見遊山というわけではなく、小姓頭蘭丸らの指示を受けつつ、数日前より参詣の際の信長の道具を点検し、城下の水路に繋留《けいりゅう》してある信長専用の船の船頭に申し付けをし、船の点検を行ない、別の御用船に乗って島に渡り、弁財天神社と一体の宝厳寺の住職と面会して当日の確認を行なうという任務をこなしていた。

ふたりはこの日も早暁から起きて、蘭丸やその弟の坊丸の指示を受けつつ働き、信長の弁財天参詣は、まずつつがなく終えた。

天気もよかった上、鷹の白雪をつれてきていた信長の機嫌は悪くなかった。しかし、その鷹に気づいた住職が信長にがばと平伏し、

「お、御鷹狩は御容赦を……」

と言ってしまった。

信長は、なにも狭い神域である竹生島で鷹狩をやろうとは思っていなかった。参詣が終わった後、島から見て東の対岸にあたる長浜城へ行き、そのあたりで鷹狩でもやるかと思っていたのである。

「……」

信長は住職の言わずもがなの言に接して不快になった。怒りがはちきれそうになり、かろうじてそれを抑え、長浜城へは行かず、安土城に戻ることにした。

信長は無言で船に乗って、先程の住職の顔を思い出したが、同時に怒気を自制できた自分に安堵もしていた。

実は二年前の一二月、信長は重臣荒木村重《あらきむらしげ》の妻女や一族多数を大量に処刑していた。

理由は無体なものというほどのことはなく、村重が毛利家の誘いに乗って謀叛を起こしたからだった。信長に目をかけられていたにもかかわらず、である。征夷大将軍足利義昭を庇護する毛利家の勢力は、やはり馬鹿にならない。

信長は天下統一事業の多少の遅れを思いながら、嫡子信忠を中心とした攻城軍を編成し、時間をかけてその本拠、摂津国有岡城《ありおか》を攻略させた。ただ、村重は攻略寸前、妻子や一族を捨て、息子とわずかな供回りのみを引き連れ、自身の支城である尼崎城《あまがさき》に逃げ込んでいた。それを聞いて信長は、

——往生際が悪いとは、このことだな……。

と思った。そこで、

「村重が腹を切り、尼崎城ともう一つの支城である花隈《はなくま》城を差し出せば、捕虜にしている妻女や一族を助けよう」

と、尼崎の村重に言い送った。使者には、心配させぬよう有岡城に残っていた荒木氏の重臣を選んだ。

しかし、村重は自身の切腹も、二城の明け渡しも拒んだ。

——な。何がしたいのじゃ。

京都近くの山城国山崎にいた信長は一瞬、茫然とした。気を取り直して、ふと、うち見やると、馬を飛ばしてきた信忠付きの重臣が、平蜘蛛のように身を震わせている。

——これでは、怒気を発するしかないではないか……。

「捕えておいた荒木の一族、妻女を皆殺しにせよ」

信長は言ってしまった。そして、言ってしまって、心の内でなにかがはじけとんだ。

刑は粛々と執行された。村重の妻女他、身分の高い者は京都六条河原に引き出されての斬首となったが、身分の低い者は小屋に押し込められ、小屋ごと焼き殺された。

細かな処刑の方法の指示まではだしていなかった信長は、執行を終えたとの復命を受けて、無表情を保ったが、

——なんと、むごい。

と思った。しかし、ぞくり、とする快感もあった。信長はかつて、比叡山延暦寺を焼き討ちした際も、伊勢国長島一向一揆を殲滅《せんめつ》した際も、虐殺めいたことをしたが、それらは合戦の延長であったためなんの痛みも感じなかったが、今回は勝手が違う。面白がらねば精神がもたぬような気もした。信長とて、人の子である。

信長は、それ以来、自分の心に魔物が棲みついたのを感じている。

——先程は、危うかった。

信長は周りに悟られぬよう、ぶると身を震わせた。信長の視線の先に弥助がいる。信長は心に魔物を感じてから、つとめて純粋な心を持つ者を近づけ、周囲に優しく接するようにしている。

一方、安土城では、信長付の侍女たちが、

「上様はきっと、お帰りに長浜城にお寄りになって鷹狩をなされましょう」

と、さざめき合っていた。

信長はお気に入りの鷹を連れて出たというし、鷹狩をせぬわけがないことを侍女たちは知っている。

「存外、長浜から御家老柴田勝家様の越前国北庄《きたのしょう》城まで足を延ばされるかもしれませんよ。そうなれば、二日か三日、あるいは、一〇日もお留守になされるやも」

などと年かさの侍女は言う。すると、いちばん可愛げのある年少の侍女が、

「それならば。お留守の間に、お近くの桑実寺《くわのみでら》にお参りに行きませぬか」

と、おずおず言ったので、あたりはぱっと色めき、

「行きましょう。参りましょう。天気も良いことですし、皆で、参りましょう」

と、なってしまった。

桑実寺まで行こうとは思わなかった侍女も、天守閣を出て、天守閣脇の常の御殿や、二の丸、三の丸の知り合いの侍女の部屋に遊びに行ったりした。

そこへ信長が帰城した。

出迎えた重臣や御小姓衆はいつもどおりであったが、天守閣二階の居間兼政務室の白書院《しろしょいん》に入ったのに誰も出てこない。

「たれか、ある」

信長は入って来た蘭丸に、侍女へ白湯《さゆ》を持ってくるよう申し付けよと言った。しばらくして、蘭丸が戻ってきて、

「侍女どもがおりませぬ」

と告げ、事情を語った。

信長は心中の魔物がむっくり起き上がったのを感じつつ、

「懈怠《けたい》の女どもを、ひっとらえ、常の御殿の石庭に引っ立てよ」

と言った。

数刻後、天守閣脇の常の御殿の石庭に、恐怖におびえた侍女たちが引き立てられてきた。桑実寺の住職が必死で侍女たちを弁護する。そして、次に、年かさの、当然ながら信長も顔を知っている尾張以来の侍女が、額をこすりつけて謝罪をする。

しかし、信長は眉すら動かしもせずに言った。

「すべて斬り捨てよ。蘭丸、坊丸、人を斬ったことのない小姓に斬らせてやれ」

「はっ」

御小姓頭の蘭丸と坊丸の兄弟は、配下の美しい小姓たちに命を下し、支度をさせる。そして年少の配下の平小姓に向かって、

「よいか。手本と致せ」

と言って住職の首をばさりと斬り落とした。続いて、弟の坊丸に年かさの侍女を斬り捨てさせ、

「はじめよ」

と言った。

前髪の残る、まだあどけない顔の小姓たちは、哀れな侍女たちの首をばさばさと落としていったが、いちばん年少の小姓が手元を誤り、自分の受け持った侍女の首の下の貝殻骨に刃をあててしまった。すると、その侍女がぎゃあっと悲鳴をあげて転げまわったため、腰を抜かしてしまった。

「愚か者めっ」

蘭丸は、そこへ駆け寄り、半狂乱の侍女を袈裟斬に斬り捨てた。

信長はそれを冷然と眺めていたが、

「ようやった。見事じゃ」

と言い捨て、奥に下がった。

弥助と八郎はその一部始終を庭の隅で見ていた。両人とも足が震えて動けない。すると、その背後に、蘭丸の使いに呼ばれていた御中間頭の熊蔵が現れ、

「弥助っ、八郎っ、何をしておる」

と、怒声が飛んだ。

そこで我に返ったふたりは、熊蔵と他の御中間衆がもってきたむしろを首のない遺体にかけた。そして、それをやはり御中間衆が持ってきていた戸板に乗せた。

その後、御中間衆は、格下の御小人衆とともに重い戸板をかついで、城内の不浄門との間を何往復かし、そのあと鮮血に染まった石庭の砂を運び出した。

気づけば、時刻はもう深更《しんこう》である。

そこへ蘭丸が近づいてきて、声をかけてきた。

「八郎、弥助。御苦労であった。上様は、誉めるべきときに誉め、罰するべきときに罰せられる。信賞必罰ということじゃ。とは申せ、今日見たことは他言無用じゃ」

八郎は弥助の袖を引っ張って平伏し、

「かしこまりました」

と答え、弥助もそう言った。

御中間長屋に帰り、八郎に片言の日本語で今日の出来事について物問いしたあと、弥助は、冷え冷えとした感覚の中で考えていた。

――上様は私を拾い上げた人だが、心中に悪魔を飼っておられるのやもしれぬ……。しかし、かまうものか。お仕えつくすまでのこと。


二日後の四月一二日、イエズス会宣教師のヴァリニャーノが、同じく宣教師のエスクデロや通訳のフロイスとともに安土城にやってきた。信長に呼ばれたらしい。弥助は、信長の命を受けた蘭丸に伴われて、天守閣の入り口で一行を出迎えた。蘭丸が口を開く。

「御一同。上様がお待ちじゃ。ヴァリニャーノ殿はよく御存知であろうが、これなるは上様御中間衆、弥助じゃ。上様がお気に召しておられる。弥助、挨拶せよ」

弥助は、

「ハッ」

と言って半歩前に進み、両手を腿にあて、小腰をかがめ、練習していた日本語で朗々と挨拶を述べた。

「ヴァリニャーノ様。お久しぶりです。皆様。弥助にございます」

日本語で挨拶した弥助に一同は驚く。フロイスが通訳をしたが、ヴァリニャーノは驚いて口もきけない。

――あの黒人奴隷のモーには、知能があったのか……。信長殿のお気に入りだとは……。

一瞬の後、蘭丸の視線に気づいて、慌てて、最近板についてきた日本風の会釈を誰へともなくする。フロイスは如才なくそれに倣う。エスクデロは、ブツブツ言いながら蘭丸のみに挨拶をし、弥助を意識的に無視する。

蘭丸はそうしたことを見逃さない。しかし、信長の客であるし、冷笑して受け流し、弥助に一行を天守閣二階の謁見用の大広間に案内するよう言って、自身は同階の白書院の信長に客人の到来を告げに行った。

エスクデロは前を歩く弥助に不快感のこもった隻眼の眼差しを向ける。ただ、それはともかくとして、先程より、この日本の巨大城郭に圧倒されている。回廊を経て、弥助に指示された畳敷きの大広間で信長を待つ間、

――なんだ、この城は。猿どもはなぜこのようなものをつくれるのだ……。ヨーロッパ諸国にある城と遜色ないではないか。というより、中はこちらのほうが清潔、清浄か。それに、この主郭は、いったい、何階建てなのだ。ヴァリニャーノ殿の言うように、やはり日本人は普通の野蛮人と違うのか。しかも、明国よりも鉄炮兵が多いようだ。おまけに、先程見たのは、小型ながら大砲であった。この城に、サムライとやらと、鉄炮兵が立て籠もってみよ……。落とすには、鉄炮と大砲で装備したスペインの精鋭が、少なくとも五、六万は必要か……。

エスクデロは、日本を征服する野望を抱いていたが、計画を大幅に修正する必要があると唇を噛んだ。

——しかし、だ。スペインはオスマン帝国との戦に忙しいとのことであった。力を落としたポルトガルの併合も近いとか……。この極東の地に、我が国自慢の艦隊を派遣するゆとりなどあるまい。はて。どうすれば我が大望が叶《かな》うか……。

エスクデロは、横を向いて金泥のまぶしい屏風を睨む。

——布教にかこつけて日本にある勢力をうまく利用すればなんとかなるやもしれぬ。こうなれば宣教師の立場は都合がよいの。日本のサムライについて、せいぜい学び、時節を待つとするか……。

エスクデロの表情が和らいだ頃、蘭丸が大広間に入ってきて、挙措《きょそ》爽やかに言った。

「上様の御成り」

皆、平伏していると、入ってきた信長は、上段の座にどっかと座るなり言った。

「ヴァリニャーノ。よく来たのう」

ヴァリニャーノは、最初のひとことだけは日本語で挨拶した。

「ウエサマには、ご機嫌、うるわしく恐悦至極《きょうえつしごく》にございます。これは最近参りましたパードレのフェルナンド・エスクデロでございます」

「ほう。エスクデロか。む。よい面構えじゃのう。というより、もともと武人であるな。ま、よい。どうじゃ。この城は」

信長は機嫌よさげにエスクデロを見やる。

――もう武人と知れたか。ま。この面相ではな……。

エスクデロは冷や汗を覚えながら、フロイスを介してポルトガル語で答える。

「驚きました。ヨーロッパの城と似ています。しかも、こちらの方が清潔です」

「ふむ。して、そちの国の軍勢でこの城、落とせそうか」

――そのようなこと。答えるものか。

エスクデロは唇をひとなめして答えた。

「武人であったころから随分たちました。今は神に仕える身。よくわかりませぬ」

「そうか。侍大将くらいなら、今でもすぐに務まりそうじゃがのう」

エスクデロは、信長の威光を受けて腋下に汗を覚えた。

――さすがは、世俗皇帝だのう……。

「これは、おそれいります」

信長は、上段から汗を浮かべるエスクデロに、もう一瞥《いちべつ》をくれて、ヴァリニャーノに向き直る。

「ところで、ヴァリニャーノ。今日、呼んだのは他でもない。頼みがあるのじゃ」

「何なりと」

「うむ。九州、豊後国の大名、大友宗麟と、肥前国の大名、龍造寺隆信の配下にある大村、有馬より聞いたが、そちは近いうち、日本の少年たちを伴ってヨーロッパに行くとか」

「はい。その通りです。日本の少年たちを伴い、イエス・キリストの地上における代理人、ローマ教皇に謁見が叶うよう、取り計らうつもりです」

「らしいのう。大友というより、大村や有馬が熱心なようだの。あやつら、キリシタンになったとか。なかなか、思い切ったことをやるものだのう。ま、そこでじゃ。そのローマ教皇とやらに、予も贈り物をしたいのよ」

「それは。ありがたき、仕合わせ」

「うむ。これじゃ」

森坊丸と弥助が巨大な金色の屏風を運んできた。屏風には、湖畔の城下町とたなびく雲、そして凛然《りんぜん》と立つ安土城が、まばゆく描かれている。

「安土の城の絵じゃ。狩野派の絵師による。これを教皇に贈り、我が国のこと、予のことを語って聞かせよ」

「はは」

ヴァリニャーノは、信長より屏風の他、多額の金銀を拝領し、城を辞去することになった。

弥助は一行を城門まで見送る。

弥助はあえてポルトガル語を使わず、ヴァリニャーノに日本語で、

「ビョウブは、あとで、宿所にお届けするでござる」

と言った。

フロイスに通訳されたヴァリニャーノは思わず、弥助に会釈した。

城門を出た一行は、城下町への坂道を下りながら、ひそひそと語る。まず口火をきったのはエスクデロであった。

「信長殿は、何故、黒人奴隷を重んずるのだ。巡察使殿は黒人が何者か説明なさったのか」

ヴァリニャーノとフロイスは複雑な表情をして黙って坂を下っていく。文化人を自認するイタリア人のヴァリニャーノは、スペイン人であるエスクデロのどこか粗野な部分を煩わしく思っている。母国、ナポリ王国がスペインに属国扱いされていることも愉快ではない。

ポルトガル人のフロイスも、母国がスペインに併合される形勢だとうすうす聞いていたこともあって、なにかと横柄なエスクデロとそりが合わない。

「……」

「……」

二人の沈黙に接し、エスクデロも鈍感ではないので、もう口をきかなかった。

ヴァリニャーノはローマに旅立つ支度のため、大望を抱いて九州に下った。信長に託された安土城図屏風は無論持っている。そして、天正遣欧少年使節団《てんしょうけんおう》という、彼の人生上最大の事業に取り掛かる。

一方、フロイスは日本に残って見分を広め、彼の高名な著作、『日本史』の執筆にいそしむことになる。

エスクデロは、日本に残りながらも、フロイスとは距離をとり、表向きは布教のため、真の目的としては、日本征服の好機を探るべく、安土南蛮寺に腰を据えた。

一〇　近江国荒神山

弥助がヴァリニャーノと会った数日後、天正九年（一五八一）四月中旬のことである。

弥助が安土城の御中間長屋で、すっかり友人となった八郎と相撲をとっていると、森蘭丸の使いがやってきた。用向きは「両名は、明日、上様の鷹狩の伴を致せ」というものだった。

八郎は何度か信長の鷹狩に加わり、獲物を追い立てる勢子《せこ》を務めたことがあったので、弥助に、ひとしきり鷹狩とは何かの説明をし、身振り手振りでどうにかそれを伝えた。そして一言付け加えた。

「上様は鷹狩で活躍する者を重く賞せられる。侍に取り立てられることもある。ただ、相撲と同様、油断は許されぬ」

弥助は、

――動物狩りは得意だ。

と思い、同時に、久しぶりで故郷のモザンビークを思い出した。六、七歳のころ、生まれた村近くにあったビンガ山という国でもっとも高い山で、年上の異母兄と狩りをしたことがある。はじめて仕留めた獲物は日本でもよくみかける鹿のような獣であった。弓の名手であった兄が矢で致命傷を負わせ、倒れた獣に弥助がとどめを刺した。兄がそれを手慣れた様子で背負って野営地に運び、その日は兄がさばいた獲物の肉を火であぶり、二人してたらふく食べた。

――懐かしい。ビンガ山は相変わらずであろうか……。

弥助は少し感傷に浸った。しかし、鷹狩での手柄はよい相撲をとるのと同様、侍に昇進する道との八郎の話を思い出し、気分を入れかえて、八郎とともに早めに寝床にもぐりこんだ。


信長は度が過ぎるほどの鷹狩好きだった。

周囲からは「民百姓の暮らしぶりを御覧なさるためだ」などとお追従を言われているが、なんのことはない。若い時分より単に好きなだけだ。

馬と鷹を愛し、怠惰を嫌う信長としては、鷹狩ほど自分の性に合うものはないと思っている。しかも最近、柴田勝家、羽柴秀吉、明智光秀らの重臣どもは、

「天下人たる者、戦場に軽々しく出てはなりませぬ」

などと言う。信長としては、

――何を言うか。いちばん、戦がうまいのは予ではないか。

とも思うが、その諫言《かんげん》には理を認めざるを得ず、言い返しはしない。確かに、信長が陣頭指揮をとって勝てば良いが、負けると織田家の名声に傷がつく。おまけに信長が戦死などしようものなら、目もあてられない。嫡子の信忠は、織田家当主として、一人の武将として、順調に成長しているが、まだまだ心もとない。

だから信長は、先ごろより、北陸の戦は勝家に、中国の戦は秀吉に、丹波や丹後の戦は光秀に任せ、信忠には甲斐国の武田勝頼攻めの用意をさせている。

そうしたわけで、信長は最近、無聊をかこっている。

――髀肉《ひにく》の嘆《たん》、というやつだな。いや、少し違うか……。

そんな信長にとって、野に出て馬に乗り、鷹を飛ばし、鉄炮を撃つ鷹狩は、かっこうの気散じだった。

信長は奥州の伊達《だて》や南部《なんぶ》や安東《あんどう》といった大名から良い鷹が贈られてくると、いまだ少年のように目を輝かせて気に入ったものをとり、他は家臣にくれてやっている。

翌日早朝、弥助と八郎は、四月中旬の寒くも暑くもない良い気候の中、信長の鷹狩に参加すべく、指定のあった大手門内の広場に赴く。

するとその途中、弥助の耳に、遠くからの軽快な馬蹄の音が響いてきた。

弥助がまだ醒めきらぬ頭で、蹄の高い音にあっと後ろを振り向くと、狩装束を身にまとった信長が、短い掛け声とともに突風のようにそばを駆け過ぎた。

弥助の少し前を歩いていた八郎が、慌てて声をあげる。

「い、今のは、上様ではなかったか」

弥助は頷く。

「イマ通った。上様。間違いない」

馬埃が消えぬうちに、また別の掛け声と軽快な馬蹄の音がする。二人して振り向くと、森蘭丸だった。蘭丸は珍しく少々焦った顔で、

「弥助。八郎っ。今、ゆかれたのは上様じゃ。ついてまいれっ」

叫んで通り過ぎる。

「あっ」

「ハッ」

弥助と八郎は慌てて二騎を追う。

八郎の足は速かったが、弥助ほどではない。

「弥助。先に行けっ」

と八郎の声を背中で聞いて、弥助は無心で走った。

先を行く二騎は、もはや姿も見えない。しかし、幸い馬の足跡と蘭丸がいつも着物に焚き込め

ている香のまざりあった匂いが、弥助の野生の鼻には濃厚に匂い、迷いはしない。

早朝であるため、人通りはほとんどなかったが、それでも野良仕事に向かう老農夫が黒旋風のような弥助の走りを見て腰を抜かしてへたりこむ。

弥助は、城から北東方向に走りに走り、川をざぶざぶと渡って、ふと、蘭丸と馬の匂いが濃くなったと思って前を見た。

すると、信長が蘭丸を従えて馬を止めて、こちらを振り返った。

「おう。弥助。そなた、足が速いのう」

肩で息をしていた弥助は、唾を飲み込んで答えた。

「ハヤイでござる」

信長は蘭丸を見やって、機嫌よく笑い、

「感心なことじゃ」

と言った。

ここは安土城から見て北東に二里半ほどの距離にある荒神山《こうじんやま》という山の山裾だった。山の名前は三宝荒神からきていて、山中には、荒神山神社という神社と四九の仏教寺院があるという。

信長は闊達《かったつ》だ。他の供回りが到着するのが待ちきれず、見事な手綱さばきで、その場でかつかつと馬の輪乗りをしている。

「蘭丸。まだこぬか」

「は。あれに人数が見えまする。今少し、お待ちを」

信長が弥助に向けて、笠の中から白い歯を見せる。信長は大好きな鷹狩にでかけるとすこぶる機嫌が良い。ただ、信長は笑貌を見せながらも、眼だけは戦場さながらに鋭く、あたりを見渡し、早くも獲物を探している。

片膝をついてかしこまっていた弥助は、八郎から鷹狩の際の振る舞いを聞いていたので、息を整えた後は、獲物を探すべく遠くに眼をこらしていた。

しばらく春の野に目をこらしていると、はるか遠くの草叢《くさむら》が、かさかさと動いている。

アフリカ生まれの弥助は遠目が利く。弥助は思わず、

「ウエサマ」

と信長に呼びかけ、草叢を指す。

弥助は、まだすらすらとまでは日本語が出てこない。黙って両手を動かし、鳥の真似をして、はるか遠くの草叢を再び、指差す。

信長は眼を細め、

「鳥じゃの。むう。あの草叢か。ちと遠いの」

と、つぶやく。

そこへ、息せき切って鷹匠《たかじょう》が追い付いてくる。信長は気に入っている鷹匠に、

「ほれ。あの草叢じゃ。飛ばしてみよ」

と申し付ける。

鷹匠は、

――遠いな。

と思ったが、信長がこうしたときの口答えを許さぬ性質をよくのみこんでいる。

信長に向かって叩頭すると、すばやく鷹を籠から出して眼覆いをとり、一呼吸入れて、草叢に向けて鷹を放った。さすがに鮮やかな手つきであった。

今日の鷹は、信長が幼鳥のころより育てた中型の鷹の逸品で、信長はこれを、ひいら、と呼んでいる。信長は、若いころは大型の鷹をひたすら好んだが、壮年になって、中、小型の鷹にも関心を持つようになっていた。

鷹のひいらは、地面すれすれの低空を飛んで草叢に近づく。すると、見事な雉《きじ》が驚いて草叢から飛び立つ。ひいらは一瞬、舞い上がり、軌道を急速降下させて雉にとびかかる。ひいらの爪の下には青黒く長い雉の首の根があった。

鷹匠が獲物のもとへ走る。

信長は、ややあって、

「弥助、いくぞ」

と言って馬腹を蹴る。

信長が速やかに馬を寄せると、片膝ついた鷹匠は回収した赤い頭の雉を見せる。信長は大満足だ。

「見事じゃ。そちも、ひいらも」

馬から下りた信長は鷹匠よりひいらを受け取り、なめし皮の手袋をはめた左腕にとまらせながら、鷹匠より受け取った獣肉の餌を右手で与える。

信長は鋭い眼を和ませながら弥助を振り返る。

「弥助、そちは相撲が強いだけではなく、鷹狩にも役立つのじゃのう。良い眼をしておる」

「ハ。恐れ入りまする」

「うむ。戦でも使えそうじゃ」

信長は、遠目が利く弥助のおかげで多数の獲物をあげた。ひとしきり鷹を飛ばした後、興が乗った信長は、小姓を従えて馬を乗り回し、敏捷な野兎《のうさぎ》を鉄炮で数羽仕留めた。

昼過ぎ、

「あっ。大猪《おおいのしし》じゃ」

勢子役の八郎が叫ぶ。八郎の指先に、木の根元で鼻をひくつかせる大猪がいる。

信長は、どう、どう、と言って手綱をあやつって、ひらりと馬を下り、

「中間衆よ、猪の後ろへ廻って、これへ追いたてよ」

と低く言った。

勢子役を務める御中間衆は、大きく迂回して大猪の後ろへ回り込む。自然、指示役となった八

郎は、傍らの御中間仲間に、

「呼吸を合わせて、鬨《とき》の声をあげよ」

と頼んだ。御中間仲間も生唾を飲み込んで頷く。端の方から八郎へ鉦《かね》と太鼓がまわってきた。八郎は弥助から鉦を受け取ると、太鼓は弥助に持たせ、

「いいか。叩きまくれっ」

と叫んで、鉦を乱打した。あっ、と弥助も夢中で太鼓を叩いた。すると、同時に御中間仲間があたりの木を揺すりながら鬨の声をあげたため、大猪は背後の物音に鼻息荒く驚き、信長がいるほうへ、まさに猪突猛進、駆けはじめた。

蘭丸は長槍を持たせた小姓衆五名に信長の前に折敷くよう命じ、自身は徒立《かちだ》ちで、万一に備えて弓を構えた。

地響きを立てて接近する大猪を見た信長は、

「よこせ」

と短く言い、慣れた手つきで鉄炮を構えた。信長の傍らには、撃ち終わった鉄炮を受け取る役と、弾込め役と、火縄を一吹きして渡す役の者が控えている。このおかげで、信長はほぼ間断なく射撃ができる。

大猪が信長まで五、六間に迫った瞬間、乾いた銃声が鳴り響き、大猪はどうっと音を立てて大地に転がった。

「長槍、とどめを刺せ」

信長は、念のため弾込めされた別の鉄炮を受けとりながら、体をがくつかせながら折敷いていた小姓に命じた。それを受け、小姓の一人が少々よろめきながらも、なんとか立ち上がって長槍を繰り出すと、狩野に巨獣の断末魔が響いた。

「皆、ようやった」

信長は満足げに言った。

やがて、夕刻近くになると、信長は随行の衆に命じ、眺望の良いところに陣幕を張らせた。そして、城から持ってこさせていた餅と獲物を焼かせ、自分も食べ、随行の衆にもくまなく振舞った。信長は上機嫌で、勢子役を務めた弥助や八郎らの御中間衆にも遠慮なく、餅や肉を食べるようにと言った。

八郎とともに、皆の酒や食事の用意に走り回っていた弥助も、焼いた餅と焼いた兎のもも肉にありついた。塩をふりかけただけのものであったが、空腹の身にはこたえられないうまさだった。ただ、咀嚼と嚥下を数度繰り返して人心地つくと、やはり、故郷での狩りと、狩りに連れていってくれた異母兄の顔を思い出さざるを得なかった。その兄は、その翌年頃に奴隷狩りにやってきたポルトガル人に抵抗して殺されてしまっている。兎肉のうま味がほろ苦くなり、竹筒に入れていた清水で胃に流し込んだ。

四月二一日、信長は安土城天守閣脇の常の御殿の庭で相撲を行なわせた。

相撲の奉行は、元、相撲取りの青地与右衛門が務めた。信長は弥助と金剛丸も出場させたが、弥助はこの日、神がかった強さを見せた大塚《おおつか》新八《しんぱち》という侍身分の相撲取りに敗れた。新八はめっぽう投げがうまく、敗れた弥助はすがすがしいほど地に転がされた。新八は弥助を破った後も連戦連勝し、その日いちばんの強さを誇った。

二番手は、たいとうという名の相撲取りで、金剛丸はこれに敗れた。たいとうは強烈な張り手が得意で、金剛丸はその右の張り手を顎に食らって膝をついてしまった。

三番手は永田《ながた》刑部《ぎょうぶ》少輔《しょうゆう》という侍が召し抱えていた、うめ、という者で、これは面白い相撲をとった。うめは巨漢揃いの相撲取りの中ではかなりの小兵であったが、取り組み相手を身軽にひらりひらりとかわして相手の側面や背後をとる相撲をとり、信長は大喜びであった。

それを見ながら、弥助は、顎が腫れ上がった金剛丸と思わず顔を見合わる。弥助は心中、

――うむむ。相撲は奥が深い。

と思ったところ、顎を押さえた金剛丸が弥助に向かって、

「これは。互いにまだまだ修業が必要じゃのう」

と言った。弥助は、なんとなく意味がわかり、

「マッタクで、ござる」

と答えた。金剛丸にはその言い方が可笑しかったらしく、あとは二人しての呵々《かか》大笑となった。

信長は上機嫌で縁側に西洋風の椅子をおかせて面白げに相撲を見ていたが、夕刻になり、いちばんの相撲をとった大塚新八に対し、

「新八、よい相撲であった。そちへは俸禄一〇〇石を与えることにする」

と言って、軽やかに奥へ消えた。


四月二五日のこと、溝口金右衛門《みぞぐちきんえもん》という者が、朝鮮半島渡りだという高麗鷹を六羽購入したとかで、これを信長に献上した。信長は以前、高麗鷹を眼にしたことがあったが、なかなか手に入らない逸品であったこともあり、大いに喜んだ。

そこで信長は、五月に入ると御小姓頭の蘭丸や弥助ら中間衆にも告げず、年少の小姓二名に、その高麗鷹のうちの気に入ったのをもたせ、馬を駆って近隣の山裾まで鷹狩に出かけた。

すると折あしく季節外れの氷雨に遭い、身体壮健な信長にしては珍しく風邪をひき、帰城の後、寝込んでしまった。

信長としては、多少気恥ずかしく、蘭丸に風邪のことは口外するなと厳命し、五月のうちは安土城天守二階の奥の間で、じっと、寝ていた。

風邪は存外治りが遅く、何か重い疲れもあって、信長はこの日も朝粥を食した後、床に戻った。

——予も歳をとったものよ。

と大きく息を吐いた信長は、やがてとろとろと眠りに落ちた。

ふと妙な気配がして、枕元から足元を見た。

幾つもの美女の生首がこちらを見て、不気味に笑っている。

信長がそれを凝然と見ていたところ、首どもが、ひたひた、と胸元まで近づいてきた。手が届くかに見えたとき、それらは飛びあわさって巨大な生首となった。生首は、桑実寺に参詣したせいで斬られた顔なじみの年かさの侍女であった。

「うぬっ。怪異めがっ」

跳ね起きた信長は枕元の名刀を引き抜き、おどりあがって巨大な生首を真っ二つに斬り下げた。すると二つに割られた首は、二つともながらゆらゆらと空中に舞いあがり、やがて切り口を綺麗に合わせ、もとのようにくっついた。そして怪鳥の鳴き声のような気味の悪い耳障りを残し、狩野派の絵師に描かせた、龍がとぐろを巻く極彩色の天井に吸い込まれるようにして掻き消えていった。

信長は目が醒めた。右手には氷のように輝く枕刀が握られている。

――夢かうつつか。

信長は総身に冷たい汗を覚えた。そして、重い体を動かして傍らの鞘をひろい、刃を納めた。息をはきながら右手で美しい顎鬚をひとしごきし、

「たれかある」

と低く言った。汗をぬぐわせるためである。

信長は、近づいてくる小姓の気配を感じながら、天下統一を急がねばならぬと、強く天井を睨んだ。

二　光秀の憂愁

天正九年（一五八一）八月、信長の側室、妻木《つまき》の方《かた》が病死した。妻木の方は、織田家重臣明智光秀の異母妹である。彼女は光秀より一〇歳ほど年下で、享年三〇半ばであった。

光秀はこの頃、木の香りも新しい、というより三年前から築城の最中である丹波国亀山城天守閣二階の居間で起居していた。これは信長の真似である。

八月の丹波の夕刻は、まだまだ蒸し暑い。蟬の声もかまびすしかった。

丹波国といえば、緑の青い、有名な山国だが、この亀山城のある亀山は京都盆地の西、大堰川《おおいがわ》の流域にあたる。馬を走らせれば洛中まで一刻ほどで着く。城の北東には山城国と丹波国の国境、愛宕山《あたごやま》があり、そこには防火の神として知られる愛宕神社がある。光秀は近江国の琵琶湖湖畔に坂本城も持っているので、大規模な持ち城としては二城めである。ちなみに、坂本城についても二年前から築城にとりかかったばかりであるため、これも築城のただなかにある。

琵琶湖畔の近江坂本城には、湖と比叡の山々が織りなす風景の良さがあるが、光秀としては、丹波亀山城の静かなたたずまいにも愛着が湧いてきている。

光秀は両城を漠然と思い浮かべつつ、そこそこ長い放心状態にあった。

が、ふと、それが長過ぎることに気づいて眉をしかめた。

その薄い眉には、ちらほら白いものが交じり始めている。光秀はこのとき四〇半ばで、主君信長より少し年下である。足利将軍家に仕え、後に織田家家臣に転じて以来の戦場暮らしのためか、引きしまった武人らしい体つきをしている。

ただその面差しは、いわゆる面長色白の公家顔である。若い時分には、かくやと思わせる美貌が、まだうかがえる。

光秀は、死んだ異母妹の顔を思い浮かべて、大きくため息をついた。

——世話になったものよ。

彼女は信長の閨《ねや》から遠ざかって久しく、子もなさなかった。ただ、信長に邪険にされていたわけではなく、信長は世間話をしに、よくその部屋を訪れていたらしい。光秀も正月や盆や節句に必ず挨拶に赴いたが、異母妹はいつも明るく、それなりに幸せそうだった。

異母妹は、光秀がまだ将軍家と織田家とに両属するような立場であった頃、半ば人質のようなかたちで信長の側室に差し出した者であった。信長は、自分自身が美貌な上、父親の信秀《のぶひで》も母親の土田御前《どたごぜん》も妹のお市《いち》の方《かた》も、群弟たちも、揃いも揃って美貌であるため、そこそこな美人には驚かない。

その信長が、二三、四歳の頃の光秀の異母妹を見て、気に入ったのである。兄である光秀の目から見ても、妹の美しさは尋常ではなかった。

後に光秀が、将軍家を辞去して完全に信長の家臣となった頃には、すっかり信長に気に入られていた異母妹の存在は大きかった。

――南無。

光秀は胸中で、改めて異母妹の冥福を祈った。

ところで、この妹の母は、先年亡くなった光秀の妻、妻木熙子《ひろこ》の遠縁にあたっていた。妹と妻の実家、妻木氏は明智家庶流である。

では光秀の家はといえば、これは美濃国の名族、美濃源氏《みのげんじ》の土岐《とき》明智家の傍流の傍流にして、数代前より京都に流れ着いて代々将軍家に仕えていた幕臣の家である。とはいえ、それほど高い役目についていたわけではなく、光秀自身、名族、明智家の血を本当にひいているか否か、よく知らなかった。

しかし、時は乱世である。かつての主君、将軍足利義昭は、光秀の公家顔と弁舌爽やかな点を気に入り、名族明智の血を濃くせよとばかりに、明智家庶流妻木氏より妻を迎えさせたのである。

半ば強制された妻であったが、光秀はこの美濃からやってきた熙子を気に入り、病で亡くすまで仲睦《なかむつ》まじかった。

この妻の血は、光秀が将軍家を辞去し、信長の家臣となった後も大いに役立った。

信長は尾張出身であるため、織田家臣団では、いわば尾張閥が幅を利かせているが、信長が手始めに征服した美濃出身の美濃閥が、これに次いで勢力をもっている。信長は現在近江国安土城にいるため、近江出身の近江閥も急速に勢力を拡大させているが、古参の尾張閥やそれに準ずる美濃閥には及ばない。

では、光秀はというと、その来歴から細川藤孝《ほそかわふじたか》・忠興《ただおき》親子を中心とする旧幕臣閥に属している。旧幕臣閥は、他派閥から敬して遠ざけられるような、どこかよそよそしい扱いを受ける。しかし光秀については、そもそも明智家が美濃の出自であることと、妻木氏出身の妻のおかげで美濃閥の者と親しくなり、今では半分旧幕臣閥、半分美濃閥という恰好だった。

だから光秀の家臣と信長が光秀につけてくれている与力は、近江坂本と丹波亀山周辺の者を除くと、きれいに旧幕臣と美濃の者の半々で構成されている。

光秀が信頼する知勇兼備の家老、斎藤利三《さいとうとしみつ》は美濃国の名族斎藤氏の出で、家の乗っ取りを重ねて身代を太らせ、やがて美濃一国を乗っ取った蝮《まむし》の道三こと斎藤道三《さいとうどうさん》から見れば、本来、名跡の上では本家筋にあたる家の者であった。

光秀は、そうした明智家家臣と信長より付けられた与力を率い、ここまで朝廷や公家衆との交渉役や、近畿での訴訟や雑務を行なう京都代官という任を務める傍ら、丹波国や丹後国の反信長勢力との合戦で目覚ましい功績を挙げてきていた。

その一方で、四国は土佐国の戦国大名、長宗我部元親《ちょうそかべもとちか》と織田家の取次役も務めている。光秀は持ち前の勘のよさから、元親の才能にいち早く気づき、斎藤利三の妹を元親に嫁がせ、元親宿願の四国統一を陰助していた。

光秀は、空になった茶碗をまだ、さすっている。

——元親殿め。働き過ぎなのじゃ。あれほどに長宗我部家が大きゅうなろうとは。あの才、買ってはいたが、これほどとはの。

自らたてた茶は既に飲み干しているが、その絶妙によい景色となっている碗を、くるくると手の内でまわしている。

元親がきっと四国で強勢になろうという、自身の予見が外れなかったことに満足しないではなかったが、いささか当惑もしていた。

当初、元親から伝えられた四国の戦況を主君信長に言上すると、信長は随分、面白げにそれを聞いていたものだった。しかし、元親に四国全土平定の目が出てくると、様子が変わった。光秀が四国の戦況を伝えると、信長は無表情に光秀の口元をみつめるのみになったのである。

——これは。上様は、元親殿を警戒されておわす。

と、鋭敏な光秀は気づいた。とはいえ、元親の正室である斎藤利三の妹は、元親の嫡子、長宗我部信親《のぶちか》を産んでいる。信親に信長から「信」字を賜るよう周旋したのは、他でもない、光秀である。

――ちと、深入りし過ぎたかの。

とは思うが、どうしようもない。

どうやら、聞けば信長は、案の定元親を警戒し、元親率いる長宗我部家による四国統一を妨げていた阿波国三好《みよし》家を後援するようになっているらしい。そして、この三好家の織田家への取次役を務めているのが、羽柴秀吉なのである。

「猿め」

光秀はつぶやく。

秀吉は猿のような面相をしている。髪は薄く前歯が出ているため、信長からは、禿げ鼠とからかわれるほどの醜男《ぶおとこ》だった。光秀とは対照的な外貌である。

そんな秀吉が三好家取次役を買ってでたのは、長宗我部家に攻めたてられている三好家に泣きつかれたためではあるが、

――予に張り合うために相違あるまい。

光秀はそう思っている。

このところの秀吉の活躍は目覚ましく、西中国筋一帯を支配していた大大名、毛利家を相手に優勢に戦を進めている。当初こそ荒木村重や別所長治《べっしょながはる》らの裏切りにより苦戦したが、それらが片づいたことで、ついに秀吉は毛利家との直接対決に乗り出し、今や山陰は因幡《いなば》国鳥取城にまで攻め込んでいるという。

——このまま猿めが毛利家を降すと、織田家の出世頭はあ奴ということになる。

光秀としては、出世争いにおいて秀吉に抜き去られつつあることを焦りとともに、自覚している。

但し、光秀はこれ以前に、信長より惟任日向守《これとうひゅうがのかみ》という九州ゆかりの名乗りを与えられ、きたるべき九州攻めでは期待しているといったようなことを言われたこともある。

であるからこそ四国長宗我部家と親密にし、やがてはこれを従え、九州の豊後国あたりに攻め込む日もあろうかと、家老の斎藤利三ぐるみでつきあってきたのである。

それが長宗我部元親のあまりに早過ぎる勢力拡大のせいで、信長としても目算が狂い、方針を転換し、秀吉が取次役を務める阿波国三好家を後援して元親を攻め潰そうということになったのである。

どうやら、四国攻めというより長宗我部元親攻めの大将は、鋭敏との聞こえが高い信長の三男、織田信孝が務めるらしい。

土佐国へ嫁ぐ日が決まり、光秀のところに泣き腫らして挨拶にきた利三の妹の晴れ姿が瞼に浮かぶ。彼女のことを不憫《ふびん》なとも思うが、その一方で、自分本位に、

——やれ、やれ。このままでは、四国攻めどころか、九州攻めですら、予に重責が与えられることは、ないやもしれぬ。

とも思う。

そんな光秀は、このところ、信長に対しある懸念を持っている。

それは、信長は何かの拍子に怒りだすと、自分でその怒りを抑えることができなくなってきているのでは、というものである。

信長は平素は鋭敏にして明朗で、世間で思われているよりも優しい気性である。特に女性にはことのほか優しい。しかし最近、時として人変わりしたかと思えるほどに、激しく怒ることがある。

先頃信長は、信長の留守中に無許可で寺参りに出かけた侍女と寺の住職を斬り捨てさせたという。

また、去年、天正八年八月には、大坂の石山本願寺《いしやまほんがんじ》攻めにおいて粘り強い功績を挙げ、ついにこれを降伏させることに成功した二番家老の佐久間信盛《さくまのぶもり》・信栄《のぶひで》親子を、怠慢という、わかったようなわからぬような理由で高野山に追放した。続けて、一番家老の林秀貞《はやしひでさだ》までもが同じ理由で、追放された。

林家老の追放は、重臣の割に功績が少ない、つまりは怠慢であるということに加え、かつて信長の弟の信行《のぶゆき》が信長に対して謀叛を企てた際、これを援助したということも加味されているらしかった。しかし信行の件は、そもそも二〇年以上も前のことである。

光秀から見ても、林の功績は確かに大きくはないが、佐久間信盛の本願寺を屈服させた功績は小さくない。酷な評価と思う。

また、現在、北陸で敵闘中の三番家老柴田勝家は、かつて信行派として林氏の意を受け、信長排除の急先鋒にあった。しかし、それにもかかわらず、今回は罰せられていない。その点矛盾している。

――おお。忘れていたが、一番、二番家老が失脚されたのだから、今後は柴田様が一番家老ということになるのかの。

光秀は、林・佐久間の両人と勝家の処遇の差について、

――功績の差もあろうが、林、佐久間、御両人の物の言い方、少しの振る舞い、物腰などが、上様にとってお気に召さなかった程度のことが、溜まりに溜まって、ということかの。

と思っている。

――上様は心に病をお抱えなのではないか。

このところ光秀は、正月などに安土城で偶然秀吉と会っても、昔と違い、腹を割って話すことはなくなった。しかし、

――猿めも、恐らく、上様の心の病のこと、気づいておろう。というより、予よりも早くに気づいていたやもしれぬ。

と思う。

だからこそ、光秀は、信長の怒りを買わぬことに細心の注意を払っている。

ただ、秀吉はどういうわけか、よく信長の意向や命令に背く。それについて光秀は、あれだけ

は真似できぬと妙に感心している。あの猿のような男は、信長の怒りを買ったとしても、愛嬌のある物言いでその激しい怒りをかわす自信があるらしい。

とはいえ、秀吉にも細やかな工夫があり、例えば、信長の四男於次《おつぎ》を養子に迎え、将来これに羽柴家を継がせると、周囲に言っている。

確かにそうすれば、秀吉がどんなに信長から加増されようとも、その巨大な羽柴家の領地を相続するのは信長の子ということになるから、信長も領地をやっても惜しいとは思わないだろう。

──うまいやりくちじゃ。

と光秀は思う。が、その方策を軽蔑したりはしない。

なぜなら、光秀は光秀で、異母妹を信長の側室とするのみならず、自分の実の娘を信長が目をかけている信長の甥──信長が殺した弟信行《のぶゆき》の子──の織田信澄《のぶずみ》に嫁がせているからである。

この夫妻は絵に描いたような美男美女夫婦だった。光秀も隠居する際は、所領の一部は嫡男光慶《みつよし》に相続させるが、大部分は娘聟《むすめむこ》の織田信澄に譲って明智家の安泰を図るかと、本気で考えている。

であるからこそ、ここにきての異母妹の死は痛かった。信長の四国政策の転換とともども、将来にさほど明るい展望はない。

──林様や佐久間様のようにはなりたくないものよ。いっそのこと、信澄殿を養子にし、跡を譲って早めに隠居するかの。

光秀は部屋で黙然と考え込み、夜の訪れに気がつかなかった。体の汗は冷たく乾き、手の内の茶碗も、ひんやりとしてきている。

障子の向こうに、家老斎藤利三の気遣わしげな大きな影がさした。

「殿。殿。いかがなされました。またぞろ、物思いに耽《ふけ》ってござるか。考え過ぎはいけませぬぞ。酒でもいかがでござる」

「酒か」

光秀は近頃、さほど酒は飲まない。とはいえ、今宵は利三の誘いにのることにした。

一二　望郷の念

天正九年（一五八一）九月、信長の居城安土城の本丸を中心とした主要部分がほぼ完成した。

信長は、この城を気に入っている。

城中では悦びの宴が催された。御中間衆の弥助は、森蘭丸ら小姓衆の手伝いに忙しい。弥助は大きな躰を敏捷に動かし、こまごまと働く。

――私は、この国の中心にいる。

弥助は織田家に仕えて約半年になる。ここまで、八郎らの御中間衆仲間と働き、寸暇を惜しんで相撲をとり、武芸の鍛錬もした。既に片言であれば日本の言葉を話せるようになっている。そして、皆が憧れる、侍とは何かをおよそ知った。要は平時においても腰に刀と脇差を差すことを許され、場合によっては領土や城を持ち、従者を持ち、自身に恩を施した主君に対し、軍事でもって奉公する特権階級のことを指すらしい。

そして、侍を多く召し抱えているのが大名で、弥助の主君織田信長は、一大名の立場からなみいる敵対大名をなぎ倒して強大化し、大名のなかの頂点に立とうとしているようだ。そうした超越的立場、世俗皇帝のことを、この国の者はみな天下人と呼んでいる。

弥助は、自身に目をかけてくれている主君信長がどれほどの者かを理解したとき、ぶると、身震いした。

それ以来弥助は、時折、中間部屋に置いてある机に向かい、紙に繰り返し、侍、侍と書いてみている。八郎は弥助が机に向かおうとすると、

「どれ、水でも飲んでくるかな……」

と言っていなくなる。八郎はどうやら、読み書きが苦手らしい。

弥助はそんな八郎を、苦笑とともにほうっておき、閑さえあれば墨をすって、侍、侍と書く。しかし、すぐには上達しない。するとある日、熊蔵が、ふいに顔をのぞきこませてきた。そして、

「ふむ。それは侍と書いているつもりか」

と、紙をとりあげた。

弥助は、嫌がらせを覚悟したが、熊蔵は意外にも字の手本を書いてくれ、

「ほれ。これを手本に書いてみよ」

と言って、書き方の指南をしてくれた。熊蔵は、弥助が真摯に書き方を学び、なんとか侍という字をものにしたのを見ると、

「ふむ。弥助は、侍になりたいのじゃな。ということであれば、異国生まれであろうと、読み書きができぬでどうする」

と言い、ついには簡単な読み書きを教えてくれるようになった。

しばらくして、弥助は悟った。熊蔵はかつて、自分が侍になる日に備え、読み書きを覚えたに違いない。弥助は自分の胸に熱いものを感じた。

――いつか、侍になろうぞ。

安土城内の御中間長屋は、今日も活気に満ちている。


安土城の南の町のはずれに、信長より土地を与えられたイエズス会宣教師の住む屋敷があった。土地の者はそれを、南蛮寺と呼んでいる。無論、安土の者で、ヨーロッパ人を、明人でも朝鮮人でもない異国人ということで、毛嫌いする者もいた。しかし安土の城下町は、既存の大都市である京都や商都堺では伝統的商人の間に割って入れなかったことで、新天地を求めてやってきた

ような者が多い。

だから、この町は若い。

——異国人に会っても、顔色変えずに接するのが、安土流よ。

とする気風が濃厚だった。

そうしたわけで、この町は、宣教師たちにとって布教のための恰好の拠点だった。

安土南蛮寺のスペイン人イエズス会宣教師のエスクデロは、信長直属の御中間、弥助を安土城に訪ねることを思い立った。

エスクデロは、弥助の元主人ヴァリニャーノから、弥助が、ポルトガル王国の植民地、アフリカ大陸モザンビークの出身と聞いていて、そこには呪わしい思いしかなかったため、これまでは近寄らぬようにしていた。

——あの黒人は、信長に気に入られているらしい。中間というのは、サムライではないらしいが、信長近くで働くらしい。ふむ。近づいておいて損はあるまい。なに、予はポルトガル人ではない。スペイン人よ。分かりはすまい。

この日も黒い革製の眼帯をつけたエスクデロは髪をなでつけ、口髭を整え、通訳を連れて城に行った。そして城門の番兵に弥助への面会を求めた。

エスクデロは、何事かと城門まで出てきた弥助に対し、彼にしては精一杯のぎこちない笑顔を見せ、ポルトガル語で挨拶する。

「御久し振りです。弥助殿。以前、少しだけ、お会いしましたが」

エスクデロは、かつて弥助に向けた侮蔑的な表情を忘れたように、改めて名乗った。

弥助としては、この眼帯の男に得体のしれぬ嫌悪感を覚えている。しかし、それが何かはわからない。

エスクデロは弥助をそれとなく誘い、城門の脇の木陰に歩む。

「どうじゃ。弥助殿。この際キリスト教に入信されませぬかな。この国の人々に神の御加護が与えられるよう、ともに手助けしようではありませんか」

この男には、信長の眼にとまる御中間の弥助をキリシタンにすれば、布教に何かと便利だという打算がある。

エスクデロは以前、この国全土を征服する大望を持っていたが、日本人の好戦的姿や、予想外に彼らの保有する鉄炮の数が多いといった国情を見て、日本の諸勢力の対立を利用しながら自身の影響力を強めようと、計画を心の内で修正していた。

眼帯の宣教師は、弥助に熱心に入信を説く。しかし弥助はヨーロッパ人に良い思い出がない。特に、弥助の故郷、モザンビークはポルトガル王国の植民地であるため、ポルトガル語を聞くと、多少の懐かしさとともに嫌悪感も覚える。それ以上に、この男から押し寄せてくる、言いしれぬ不快感をぬぐえない。

――むう。我が一族を滅ぼしたのは、ポルトガル兵だった。この男はスペイン人と言っていたが。しかし、なんだ。この不快感は……。

エスクデロは、やや、不快感の混ざる無表情な弥助を見て、

――うぬ。この黒人は。頭にのりおって。まあしかたあるまい。大望のためよ。

と思い直し、今一度、唇をしめらせ、

「弥助殿。気乗りされませぬかな。貴君の国を蹂躙《じゅうりん》したポルトガル人を嫌うのはわかります。が、しかし、私はスペイン人です。それに、貴君の旧主、ヴァリニャーノ殿はイタリア人であられた。何もイエズス会士の全員がポルトガル人というわけではありませぬよ」

弥助は、いまだ眉間の皺《しわ》がとれぬながらも、

――ま。それもそうか。

と思い、やや眉を開いた。すると、その瞬間、エスクデロはぐっと身を乗り出し、殺し文句を口にした。

「いかがですかな、弥助殿。織田家での布教に協力していただければ、貴殿が故郷のモザンビークに帰ることができるよう、取り計らわせていただくが」

弥助はそれを聞いて、文字通り絶句した。

――故郷に帰る、だと。考えたこともなかった。

考えたことがないというより、考えたところで無駄なことであるので、みずから考えを封印していたというべきか。

弥助は、心に強い衝撃を受けた。そして、わずかに口を開き、ポルトガル語で、

「ひとまず、考えておきます。今日はお引きとりを」

とだけ言った。

エスクデロは、自分の殺し文句の手ごたえを感じつつ、ゆっくり顎を引いた。

弥助は城門脇の木の下から、坂を下るエスクデロの背を見送りながら、今更ながら自分を顧みた。

——私は、黒人だった。笑うべきことだが、忘れていた。名前が変わっても、黒人であることに変わりはなかったのだ……。

弥助はエスクデロの姿が消えた坂を見ながら、立ち尽くす。

——どうすべきか。この国、日本で、上様に仕え、侍を目指すべきか。それともあのスペイン人に協力し、モザンビークに帰るか。

弥助は晩夏の安土で、遠い故郷を想って悩んだ。


この頃、弥助の主君、信長は、安土城城内に摠見寺《そうけんじ》という寺を建立していた。

信長は、大名にはありがちだが、作庭の趣味を持ちはじめていた。若い時分は庭なぞにさほど興味を持たなかったが、歳をとり、閑ができてみると興が湧いた。それもあって、摠見寺の庭づくりは自身で指示を出すことにし、やれ石をここにおけ、やれここに木を植えよとやった。

もともと茶器や掛け軸を好む数寄の心を持っていたこともあり、鷹狩や相撲観戦ほどではないが、面白くなってきた。興の向くまま、気の向くまま、庭には盆山と呼ばれる築山も造った。庭はそれほど時もかからず、完成した。素人が指揮したものであるので、出来栄えは至って普通、可もなく不可もなくというものだった。ただ、信長の機嫌を損ねぬよう、信長直属の御同朋《ごどうぼう》衆《しゅう》という僧体の芸術家集団のうちの、作庭に長けた梵阿弥《ぼんあみ》という者が微調整をしたため、それなりに仕上がった。

信長はこの庭をいたく気に入った。そこで、安土城下の民衆を見物に招くことにした。ただ招いただけではつまらぬと思い、信長は彼らから冗談半分に見物料をとることにした。信長は、このごろは立場を考えて慎んでいるが、そもそもふざけるのが好きな陽性なたちなのだ。

「おう。中に入りたくば、銭を払え」

若い時分に尾張国名古屋城下で見た見世物小屋の主よろしく声を張る。

「そちは、一〇文、そちは、五文、ああ、貴様は身なりが良いゆえ、五〇文じゃ」

安土の町衆は、新しい町の新しい主君、信長を敬愛している。だから信長の居城の中に入れるとあって、驚き、喜んだ。しかも運の良い町衆は、見物料を直に信長に渡すことができると聞いて、我も我もと城へ押し寄せた。

日によって信長は、南蛮帽子に南蛮服まで着込んだ上に、日本の金覆輪の大刀を横たえ、ざるを持って、張り切って銭を集めた。

ある日、その安土城摠見寺見物の群衆に、城の南はずれの安土南蛮寺のエスクデロと通訳が混じっていた。

エスクデロは群衆に閉口しながら、城門へと続く坂を上りきった。ただ、信長はその日は見物料集めをやっていなかったらしく、幾つ目かの城門で、侍であるのか否か曖昧な雰囲気の大男に五〇文ほどの銭を支払い、城内に入った。少し歩いて振り返ったエスクデロは、

――ああ。あれはサムライではなく、チュウゲンだな。弥助と同じような恰好よな。

と気づいた。

そして、彼は、ぞろぞろと前を歩く町人の髷を見下ろしながら、時折、ふと顔の向きを変えて、眼帯に覆われていない方の眼を光らせる。

――そういえば、先達は、信長をキリスト教に改宗させる試みをもったことはあったのだろうか。聞いたことがない。ああ、信長は女色のみならず、男色も好むそうだったな。ふむ。それはキリスト教とは相容れぬのう。ま、無理強いして機嫌を損なうべきではないということか……。

と、思索を巡らせていた。

少し歩いて城内の摠見寺に着くと、日本式に倣って履物を脱ぎ、磨かれた木目の清い回廊を歩いた。そして、城内であればどこからでも仰ぐことができる巨大な天守閣を、片目で鋭く眺めた。

――まったく、いつ見ても大きいのう。自身が攻城戦の指揮官であったら、どう攻めるか……。

そう、思いあぐねるうち、逆の方の視界が、明るく、開けた。

——おお。

これが信長作の庭らしい。

エスクデロは、庭にシンプルな美を感じた。そもそもスペイン人も邸内に美しい中庭を造るのを好む。だから、彼としては珍しく、野蛮人たる日本人の趣味に共感を覚えた。

しばらく清涼な気分で白い砂と岩と木でできた庭を眺めていたが、庭の中心部より、やや右寄りに、白い砂を固めてできた人工的な小山を見つけた。小首をかしげたエスクデロの片目には、それは山ではなく、何かのモニュメントに見えた。

すると、エスクデロと同じ方向を向いている小商人らしい町衆が、感に堪えぬように同じような風体の隣に立つ者に話しかける。

「あの築山は、富士山にお見立てかのう。あるいは、須弥山《しゅみせん》であろうか」

すると、同じような風体の者は、

「はて。ここはお寺ゆえ、やはり、須弥山であろうかの」

と言う。そして両人は、どちらからともなく山に向かって手を合わせている。

エスクデロは次第に山のことが気になり、同行していた日本人通訳に、彼らは何を言っているのか、何故手を合わせているのかと尋ねた。すると通訳は、

「あれは、須弥山といって、仏教世界の中心にあるといわれている山に見立てた築山なので拝んでいるのです」

と答えた。

「ふむ。仏教のものか……」

エスクデロはつぶやき、一応、自分は宣教師であるので、走りよって小山を崩したい衝動を感じた。ただそれは児戯に等しいとも思い、自身の心の騒がしさに、心中苦笑した。

寺の回廊を回りきると、前を行く群衆たちは改めて巨大な天守閣を振り仰ぎ、口々に、

「織田大明神」

「信長大明神」

と言って騒いでいる。エスクデロは再び通訳に大明神の意味を聞き、驚いて、

「な。何。信長は神を称しているのか」

と聞き返した。

すると通訳は少々困った顔をして、

「そのように思う者もいる、ということです。信長様が自称しているか否かはわかりかねます」

そう答えた。

エスクデロは宣教師ではあったが、それほどの信仰心はない。神など大砲で吹き飛ばしてくれると思うほどである。しかし通訳の実力不足もあり、信長は自分を神に擬していると即断し、それなりに衝撃を受けた。

――そうか。信長は神になりたいのか。では、先程の小山は自己神格化の象徴か……。予が先

達と同じく、信長をキリスト教の保護者と位置づけては会で目立つことはあるまい。むしろ信長を近い将来、イエス・キリストに、イエズス会に挑戦する者と非難した方が、特異な立場を築けるやも知れぬ。

エスクデロは駆け下りるようにして安土南蛮寺に帰った。帰るやいなや、他のヨーロッパ人宣教師に対し、信長が自己を神になぞらえ、悪魔的所業を行なっていると述べた。

エスクデロはあえて怒ってみせていたが、口を開いているうちに、次第に自分でも意外に思うほど激してきて、

「日本人は我らのことを南蛮人と呼んでいる。意味を知っているのか。南の野蛮人という意味だ。東洋の野蛮な日本人が、我ら偉大な白人を野蛮人と呼んでいるのだ。それでも貴君らは日本人に頭を下げるのか」

と、常に感じていた不満を唾とともに吐き散らした。

その場にいたポルトガル人やイタリア人らヨーロッパ人宣教師の中には、エスクデロと似た感想を持つ者も、少数いた。

が、エスクデロの誤解ではと思う者の方が多かった。彼ら多数派は、折角の信長とイエズス会の友好な関係を想い、唾を避けつつ、眉をひそめた。しかし皆、元スペイン軍将校の肩書を持つこの眼帯の男を刺激したくないと思い、沈黙を守った。

エスクデロは、それらの無表情に気づいて、自身の興奮のし過ぎに気づいた。そして、咳払い

をし、静かに言った。

「貴君らは少々、信長殿に毒されておるのではないかな。しかし、予の見立てが間違っておるのやもしれぬ。予は近日中に右京南蛮寺に移るつもり。安土を少し離れ、信長殿の観察を続けてみよう」

一三　伊賀の忍びたち

名も知らぬ野鳥の声が、夜の森にこだましている。

天正九年（一五八一）一〇月の伊賀国。

弥助は御中間衆仲間の八郎とともに、騎行する信長の後ろを黙々と歩いている。

秋の山々を背にした信長が、ふと振り返る。

「弥助。そちは戦に出たことはあるのか」

小姓の森蘭丸が、直答せよと目配せをしている。

「ハ。何度か。最初は、生まれたムラに攻めてきた敵と戦ったで、ござる」

「ほう。勝ち戦であったのか」

「イエ。我が一族、滅んだで、ござる」

「そうか。そうしたこともあろうの……」

伊賀国では、凄惨な戦が終結したばかりだった。国内には累々と死骸が横たわり、焼け落ちた砦《とりで》からあがる煙はいまだ絶えていない。まさに余燼《よじん》冷めやらぬといったところだった。

いわゆる天正伊賀《てんしょういが》の乱である。

戦は、信長の次男信雄が功にはやり、信長に無断で伊賀に攻め込み、手痛い敗北を喫したことに端を発する。

敗報を聞いて信長は激怒した。そして、信雄に対し、

「勝手なことをした上、敗戦するとはけしからぬ。このままであれば、親子の縁を切ることもいとわぬ」

と激しく叱りつけた。

――茶筅丸《ちゃせんまる》の馬鹿めが。伊賀など攻める必要もなかろうが……。

信長は、まだ茶筅丸と呼ばれていた信雄の幼い頃を思い出している。

――子の頃から頼りなかったからのう。

信雄を破った伊賀国は、本来、将軍足利家の一族、仁木《にっき》氏が大名のような立場にあった。が、仁木氏には国を治めるほどの実力はなかった。そのため伊賀では、国衆・地侍といった武家領主が、霞みのかかった山々谷々に独立的に割拠していた。いわゆる伊賀者である。

忍びの者として知られる伊賀者は、北隣の近江国甲賀郡の甲賀者同様、農閑期になると三好、松永《まつなが》、筒井《つつい》といった近隣諸国の大名に雇われ、細作《さいさく》と呼ばれる探索を行なったり、傭兵となって戦ったりして銭を得ていた。

当然、隠密の場や戦場で顔見知りの伊賀者に敵として出くわすこともあった。ただ伊賀国には、他国の軍勢が国境を侵してきた際には、日ごろの宿怨を捨ててでも、国を守らねばならぬという、鉄の掟があった。

その掟に従い、伊賀者たちは侵攻してきた織田信雄勢に対し、勝手知ったる山野において変幻自在な戦術をもって翻弄し、やがてこれを退かしめた。

しかし、一度敗退して信長より激しい叱責を受けた信雄は、圧倒的な大軍と大量の鉄炮兵をもってして、再びこの狭い山国に攻め込む。

信雄は木瓜紋の陣幕に覆われた本陣の奥で、

「撃てっ。撃てっ。なで斬りにせよ」

と、いらいらと幾度ともなく叫んだ。

こうして、伊賀の忍びの軍勢は硝煙の中で滅んだ。

夜は明々と松明《たいまつ》で照らし、昼はしつこいほどに物見を出し、伏兵・奇襲を警戒されると、伊賀者とてどうしようもなかった。忍びは万能ではない。

戦が終わると、信雄勢による凄まじい残党狩りが待っていた。

伊賀は文字通り地獄の刻を迎えた。

それだけに、辛くも生き延びた伊賀者たちの織田家への、信雄への恨みは深かった。

信長の一行は、そんな戦場特有の異様な臭いのなかを進んでいる。

ただ、久しぶりに戦場にやってきた信長の機嫌は悪くない。愛馬、大黒を器用に乗りこなしながら、山景を物珍しげに眺めている。

一〇月一〇日に伊賀国一宮敢国神社《いちのみやあえくに》に参詣し、一二日に信雄の陣所を訪れた。

陣所で信長はこの出来のよくない息子をしげしげと眺めた。顔は自分によく似ている。自分に怯えているようだ。信長は、信雄に付けてやった家老どもを眺め回した上で、多少表情を和らげ、

「まあ。良しとしよう」

と言った。

信雄の蒼白な顔に赤みがさした。家老どももである。信雄は地獄の閻魔よりも父を恐れている。

信長は、長男信忠・三男信孝と比べると、武将としての資質に劣る信雄を、それなりに心配している。そして、表には決してださないが、自分の性質のうち、癇癪持ちの部分のみを受け継いだような信雄を、それなりに可愛く思っている。信雄の苦戦の原因は、とどのつまりは優秀な兄信忠と弟信孝に負けたくないという焦慮《しょうりょ》にあるとも分かっている。

とは言うものの、信雄が再び、伊賀国で敗れた場合は、

――厳罰に処さねばなるまい。

と、父としてというより、天下人として、厳しい覚悟を決めていた。だから信長は、この戦勝を見て、内心信雄以上に安堵していた。

――やれ、やれ。心配させおって。

信長は、一三日の早暁、陣所で起床し、晴れ晴れとした顔で、

「皆の者。安土へ帰城じゃ」

と告げた。

信長は大勢で移動するのを嫌う。だから、供回りはいつも少ない。この時も御小姓衆・御馬廻衆・御弓衆・御中間衆・御小人衆の総勢、三〇人ほどであった。

まだ暗い朝もやの中、信長は上機嫌で馬を進める。

しばらく一行が、甲冑の金属音を小気味良く立てながら進んでいると、路傍の大木の葉が揺れた。

異様な気配に気づいた弥助が絶叫する。

「ウエ様っ」

信長は、咄嗟《とっさ》に身を捻《ひね》って落ちてきた黒い影をかわし、狂奔《きょうほん》する愛馬を見事な手綱さばきでいなす。

「無礼者っ」

信長は、その場で輪乗りし、大喝した。

弥助は慌てて走りより、その黒い影に夢中で張り手を食らわした。

影は強烈な張り手をくらい、二、三歩たたらを踏んで、かろうじて、踏みとどまる。

影は、黒い布で顔を包み、顔の下半分に武者髭のついた面頰を付けていた。影は面の下から陰々とした声を発する。

「織田信長公と見た。信雄公を狙《ねろ》うていたが、これも天道の引き合わせか。われは伊賀の地侍、柘植《つげ》三郎左衛門《さぶろうざえもん》」

「む。柘植とやら、何故、予を狙うか」

「こたびの信雄公の伊賀攻めで、妻と娘が殺され申した。その返報でござる。お命、頂戴つかまつる」

「下郎、推参なり」

須臾《しゅゆ》の間に、あたりは小さいながらも、白刃きらめく激烈な闘争の場に変じた。

森蘭丸をはじめとした御小姓衆や御馬廻衆を中心とした護衛は、柘植三郎左衛門の配下らしき者たち五、六名を相手に応戦している。御中間衆の八郎は組みついてきた影に豪快な投げを食らわせている。

凶徒の首領、三郎左衛門の領地は田畑数枚という狭小なものであった。それでも土地では殿様である。末家ながら、伊賀国の名門柘植家の累葉という、誇りもあった。

ただ、領地が少ないのだから、下人、伊賀や甲賀で言う下忍の数は少なく、忍び働きができるのは五人しかいなかった。だから、三郎左衛門は殿様の身でありながら、他国の大名や商人に雇われ、自ら細作や傭兵務めを行なった。農閑期は下忍を差し向ければなんとかなるが、農事に忙しい時期ともなると、下忍を外にやってしまっては田畑を耕す者がいなくなる。だからその時期は、自らが忍び働きに出ざるをえなかった。

伊賀では、そうした、領主であるのに忍びの仕事を請け負う者のことを、上忍と言った。上忍である三郎左衛門は、夜目が利くので、夜討ちや暁闇《ぎょうあん》の頃の襲撃を得意としていた。

信雄の二度目の伊賀攻めの際、三郎左衛門は、大和《やまと》国奈良の染物屋、紺屋弥兵衛《こんややへえ》による殺しの依頼を果たすため、下忍三名を引き連れ堺に赴いていた。三郎左衛門は自分でもほれぼれするほどの手練で仕物相手を永遠に眠らせ、事を終えた。

殺しの後、三郎左衛門は奈良に戻り、依頼主より半金の一五貫文の銭を受けとったが、その際、

「お国が織田様の軍勢に攻められておるそうですぞ」

と聞いた。

――うぬっ。織田勢が……。

それから速やかに伊賀へ戻ったが、帰ったときは、既に故国は織田勢に呑み込まれていて、自身の屋敷は、妻と娘と残してきた下忍二名と、元忍びの作男の遺骸を残して、すすどく焼け落ちていた。

その日以来、三郎左衛門は、信雄への復讐の機会をうかがっていたのである。

三郎左衛門が信長に、式正《しきしょう》に声をかけたのは、これは常の忍び働きとは少々異なる酔狂な仇討めいたものであるので、つい普通の武士のように名乗ったということもある。ただ、多分に、先程食らった張り手で頭が揺れていたので、時を稼ぐためでもあった。

——これが、天下人の気迫か……。

ぐらつきがおさまりつつある三郎左衛門は、改めて馬上の信長をぐっと睨まえた。信長の白眼より溢れる精気に気圧されるものを覚える。が、心中、

——ふ。わしも伊賀者よ。

と笑い、

「臨、兵、闘、者、皆、陣、烈、在、前」

と虚空を縦横に切り払いつつ口早に真言の九字を唱え、つつ、と信長に走りよったかと思うと、怪鳥のように跳躍した。

しかし、同時に信長の前で三郎左衛門の様子をうかがっていた弥助も影に向かって飛び、中空で、再び三郎左衛門に張り手を食らわせる。

「うぬっ」

三郎左衛門は気が遠くなりかけるも、とんぼを切って音もなく地面に降り立つ。三郎左衛門は、自身の技を二度も防いだ信長の前にいる男を改めて見た。

——ぬかったわ。なんと、これは、堺で見た黒き異国人か……。

三郎左衛門は、面頬の内で頬を歪めながら敗北を悟って言った。

「信長公よ。他日、また、見参する」

伊賀者は討死を誉れとしない。

とはいえただ逃げるのではない。三郎左衛門は懐より取り出した飛苦無《とびくない》を振り返りざまに信長に投げつけた。

弥助はあっと言って振り向いたが、信長は間一髪、馬上で身をねじって電光をかわした。

ちっと舌打ちした三郎左衛門は低く号令する。

「退けっ」

ようやく用意が整った鉄炮が、二、三発、火を噴いたが、忍びたちの姿は深い山に吸い込まれていった。あたりには戦慣れしていなかった小姓の遺骸が数体、転がっている。

弥助は三郎左衛門のあまりの敏捷《びんしょう》さに驚き、数歩走って茫然と立ち尽くした。

――何だ、今のは。侍とは、少々違うようだったが。

そこへ馬から下りた信長が近づいてきた。信長の白い頬には薄く血がついている。飛苦無がかすめたらしい。信長は持っていた鞭でぴしりと我が手を叩いた。

「弥助。あれは、忍びの者じゃ」

「シノビ」

「そうじゃ。闇に蠢《うごめ》く化け物よ」

「バケモノ」

「おう。それはさておき、弥助、よい働きじゃ」

弥助は、反射的にひざまずく。

「ハッ。おそれいり、たてまつるでござる」

「うむ。よいおりじゃ。弥助。そちを侍に取り立ててつかわす」

弥助は我に返り、顔を輝かせる。

「サムライで、ござりまするか」

「そうじゃ。嬉しいか」

「ウレシュウございますでござる」

「ふむ。となれば、名字がいるのう……。ああ。ヴァリニャーノが、そちを天竺で買ったと申しておったの。なれば名字は、天竺とせよ。実名は……。予の一字をつかわそう。ふむ、春に出会った故、天竺弥助信春《のぶはる》とせよ」


安土に戻った信長は、正式に弥助が天竺弥助信春と名乗ることを許す。そして、弥助を信長の名誉ある親衛隊、御馬廻衆の一人にするとの触れを出した。

弥助は慣れ親しんだ御中間長屋の仲間に別れを告げに行った。

弥助のまわりを御中間衆が、わらわらと取り囲む。

弥助に読み書きを教えた御中間頭の熊蔵が口火を切る。

「おめでとうござる」

続いて、眼を輝かせた八郎が声をかける。

「弥助。よかったなぁ。あ、弥助殿、いや、天竺様とお呼びすべきかな」

弥助はどぎまぎとして、大きく手を振る。

「イヤ。弥助でよいでござる」

八郎はそれを好もしげに眺めたが、

「そういうわけにはいかぬ。天竺様は、侍になられたのだから」

と言った。

弥助は少々居住まいを正して、八郎に、改めて問うた。

「ハチロウ殿。改めて、侍の心構えは」

「さ。自分を見込んでくれた方に、忠義を尽くす。で、ござるかな」

「チュウギ……」

「天竺様の場合、信長様、上様に懸命にお仕えすればよろしかろう」

そこへ、天守閣で雑用をこなす顔見知りの同朋衆、良阿弥《りょうあみ》がやってきた。弥助を迎えにきたのである。

弥助は、皆に今一度挨拶をし、少ない荷物をまとめて良阿弥についていった。歩きながら、良阿弥が笑顔で告げる。

「天竺様。天竺様には、天守閣脇、常の御殿の隣にある御侍長屋で御部屋が与えられまする」

「ナント」

弥助はそのまま御侍長屋のいちばん奥の角部屋に案内された。

部屋は小さいながらも、清潔で美しい。個人部屋のようだった。

——これが、私の部屋か。

廊下から室内に入ると、左手のあけ放たれた障子から、日の光がやわらかくさし込んでいる。

——ああ。まるで私は、いつか聞いたヨーロッパの騎士ではないか。

弥助は、良阿弥の介添えを受けながら、自室となった部屋で、御中間の衣服から用意されていた侍の衣服に身を改めた。中間の頃は膝までしかなかった袴が長くなり、何より上衣も袴も肌触りが違う。袴は黒色で、上衣は黄味がかった上等なものだった。

弥助が喜びにひたっていると、森蘭丸がやってきた。

「おう。似合うではないか。それは拙者が用意させたものなのじゃ」

「モリ様。かたじけのうござる」

「うむ。して、弥助。そちの俸禄はひとまず八〇貫文に相成った。そして御馬廻衆となったからには、乗馬の鍛錬を致しておくこと」

「ハッ」

「御馬廻衆とは、上様の御身辺を警護し、上様の御馬の世話をする。戦の際は本陣を固める栄誉ある御役じゃ。ただ、弥助よ。そちは御馬廻衆となったが、以後もわしの申しつけを聞くようにとの上様の御諚《ごじょう》じゃ。良いの」

「ハハッ。承りまして、ござりまする」

蘭丸は、相変わらず涼しげな表情であったが、わずかに笑みを見せ、

「よかったのう、弥助。わしもうれしい」

と言った。

そして、普段使いにと言って、無銘ながら美濃国関の業物《わざもの》だという大刀をくれた。

「弥助。そちは、侍になったのじゃ。御拝領の国兼の脇差とともに、この大刀をさすがよい。これは、わしが気に入って、かつて美濃国岐阜城下で買い求めたものである。遠慮のう振るうがよい。おう、刀の鍛錬も忘れるでないぞ」

弥助は感激しつつ、片膝ついて大刀をおしいただく。

「ありがとうございまする」

蘭丸は頷く。

弥助はふと、やわらかな良い匂いを嗅いで、蘭丸の後ろを見やると、良阿弥の隣に美しい侍女が控えていた。

「天竺様。上様付の侍女、椿《つばき》にございます。以後、天竺様の身の回りのお世話もするよう仰せつ

かりました」

「ソ、それは、かたじけないでござる」

椿は、蘭丸と良阿弥が天守閣へ引き返すと、やや居住まいを正し、弥助に向かって言った。

「私の夫は御当家で侍大将を務めておりましたが、先年の三方ヶ原《みかたがはら》の戦いで、甲斐の武田信玄《たけだしんげん》殿の軍勢に討ち取られ申しました……」

弥助はなんとか意味がわかり、言った。

「ソレハ、残念でござる」

「天竺様。そうした際は、御立派であられたな、と言うのです。侍にとって討死は名誉なことなのですから」

弥助は怪訝に思って聞いた。

「ウチジニが名誉でござるか」

「はい。無論、本音を申せば、妻となったばかりでしたので、帰ってきてほしゅうございましたが」

弥助は、

――ああ。そういえば、故郷の村の隣村だったか。戦や狩りで命を落とすことを名誉とする戦士の村があったな……。

と思っていると、椿は少々遠くを見ながら、言った。

「あの戦の折の織田勢は、上様の同盟相手、徳川様への援軍。そのとき上様は近畿のことで手一杯であられましたので、数は多くございませんでしたが。それだけに夫は、織田勢の誇りをかけて、徳川様のために戦ったのです」

さすがに弥助には理解できず、押し黙っていると、椿は続けて言った。

「それに比べ、そのとき家老であられた佐久間信盛《さくまのぶもり》様は、その援軍の大将であられましたが、ほとんど無傷でお帰りになりました。それがためもあって上様の御不興を蒙《こうむ》り、先年、追放となりました。私は夫の討死を誇りに思います」

「……」

「あら。はじめてお会いするというのに、私ばかりがしゃべってしまいました。失礼つかまつりました。あ。天竺様。私、森様から、閑をみつけて天竺様に日本の言葉をお教えせよと言いつかっております」

「ア。言葉。それ、嬉しい。よろしくでござる」

弥助は椿に微笑みかけられ、華やいだ気分になった。

一四　堺天王寺屋

天正九年（一五八一）一〇月一六日、安土城で戦塵《せんじん》を落とした信長は、津田宗及《つだそうぎゅう》を茶頭として招き、小人数の公家と、近畿にいた織田家部将数人を呼んで茶会を開いた。会は天守閣二階の白書院に緋毛氈《ひもうせん》を敷き詰めて行なわれた。室内の違い棚には、信長秘蔵の名物が品よく飾られている。

宗及は六〇歳を過ぎていたが、背筋を伸ばし、さらさらと茶筅を動かし、濃茶《こいちゃ》をたてている。泡立った緑の茶の入った天目茶碗を信長の前に据える。茶碗は白い。信長はそれに一礼し、見事な挙措で一服し、隣の公家へ回した。

宗及は、鉄炮商いで財を成した日本最大の商都堺において、もっとも富裕な大店《おおだな》、天王寺屋《てんのうじや》を営む豪商である。信長より知行地を与えられている身でもある。その上、茶器・美術・工芸品を保護する当代一流の数寄者——少々、度を過ぎて美術品や工芸品を愛する者のこと——で、かつ今井宗久《いまいそうきゅう》や千宗易《せんのそうえき》らと並ぶ、著名な茶人でもあった。

信長の御馬廻衆となり、天竺弥助信春となった弥助はこの場にいるが、それは他の御馬廻衆の同僚とともに信長を護衛するためであるので、廊下ぎわの障子の前に控えているだけで、茶が回ってくるわけではない。髪はのばすか迷ったが、世話係の椿に剃ってもらっている。

御馬廻衆は、近頃は織田家重臣有縁のなよなよとした者も増えてきたが、もともとは武芸自慢、力自慢が多い若者の集団であった。しかも、織田家は、羽柴秀吉や明智光秀や滝川一益《たきがわいちます》といった、家柄ではなく実力でのし上がった者が数多くいたため、武功など実際の働きの成果を重んずる。

御馬廻衆にも低い身分出身の者が何人かおり、相撲取りの身から引き上げられた者もいた。

おまけに、伊賀の襲撃の際に信長に随行していた御馬廻衆の数名が、弥助の働きぶりを目撃し、それを朋輩《ほうばい》に語っていたため、弥助は温かく仲間に迎え入れられていた。信長がその際に重傷を負っていれば、まず、その場にいた全員の切腹は免れなかったであろうということもある。

宗及の眼に弥助が留まる。

「ほ。上様。あの黒き侍は」

「あれは、南蛮僧よりもらい受けた者じゃ。伊賀で良い働きをしたゆえ、侍に取り立てた」

「左様でござりまするか」

「うむ。予の馬廻衆とし、名は天竺弥助信春とした」

「おお。良い名でござりまするな。あ、上様。あの弥助殿。やつがれめに、暫時、御貸しくださいませぬか」

「なんとするぞ」

「御馬廻衆となれば、いやしからぬ甲冑や武具一式がいりましょう。しかしあの体軀《たいく》。御城下のみでは見合うものがなかなかございますまい」

「む。それは道理じゃ」

宗及は商人だけあって、取り入るのがうまい。

「それゆえ弥助殿を堺に伴い、よう似合う武具一式をすべて取り揃えてみとうござりまする」

「ははあ。なるほど。読めたわ。それも、そちの数寄ということじゃの」

人の好いところがある信長は、単純に喜ぶ。

「御明察恐れいりまする」

「うむ。しかしのう、宗及。来年春、当家は甲斐の武田勝頼を攻める。弥助も出陣させるつもりじゃ。新しゅう作らせては間に合わぬ。堺にあるありあわせのものから見繕《みつくろ》うてくれ」

「は。しかと承りました」

「うむ。宗及よ。恐らく、こたびで武田家は終わりであろう。その戦で用いる、鉄炮、弾、火薬を所望じゃ。奉行と相談致すがよい」

「ははっ」

宗及は、心中、算盤《そろばん》をはじいてざっと儲けの見当をつけた。

——ふふふ。一〇〇〇貫文は下るまい。いや、二〇〇〇貫文を越えるか。天下人との商いはこうでなくてはならぬ。

宗及は頭を上げると、障子ぎわの弥助に向け軽く会釈した。

——おう。やはり見事な体軀じゃ。これにどういう武具をもたせるか。それは数寄の道よ。

冷徹な豪商の顔が雅味ある顔に変じている。

その数日後、弥助は、先日の茶会ではじめて見かけた宗及に連れられ、安土から京で泊まって堺に赴いた。弥助はまだ馬を用意していないため、信長より拝領した国兼の脇差と、上司の森蘭丸より贈られた美濃関の大刀を腰に差し、徒歩で宗及の輿に続いた。

着衣は侍女の椿が用意してくれたもので、白い肌着の上に紺の小袖を着て、黒色の袖無羽織を羽織り、薄緑色の立付袴《たっつけばかま》に黒の革足袋、草鞋という、上級武士の出で立ちであった。弥助の手には編み笠がある。

編み笠を渡された際、椿からは、

「冬が近いですが、日が照りますと、日に焼けますから。あら……」

とくすくす笑われた。

弥助にも何となく意味がわかり、椿に剃ってもらったばかりの頭を撫でて苦笑したが、上品ながら、ずけずけと物を言う椿を好もしく思っている。

一行は堺に入った。この町は京都と異なり、エキゾチックな雰囲気が漂う活気あふれる大都市である。

――おお。あれは、私と同じ、黒人ではないか。

堀で囲まれた町の中に入ると、ヨーロッパ人商人の伴をしている黒人奴隷が少なからずいた。

黒人の弥助から見ると、日本人の区別は難しいが、日本人からすると、黒人も白人も皆同じに見えるという。

が、実は白人といっても色々あるように、黒人といってもすべてがアフリカ系というわけではなく、アラブ系の富裕な商人もいる。インド系もいれば東南アジア系もいる。

そして、アフリカ系であっても、奴隷ではなく、傭兵として、白人宣教師やアラブ人の用心棒をしている者もいる。中には、奴隷であっても、主人のアクセサリーでもあるため、立派な衣服を身につけている場合もある。かつての弥助のように、主人のために大きな日傘をさしかけている者もいた。

しかしさすがに身分の高い日本の侍の恰好をしている黒人は一人もいない。二本の刀を差した弥助は、通りを歩く黒人奴隷から好奇と羨望の眼差しで見られた。

——そうじゃ。私は織田家の侍なのだ。

弥助の背筋は自然と伸びる。

やがて宗及の行列は、その大店、天王寺屋に到着する。

一息ついた宗及は、弥助を自邸の中にある瀟洒《しょうしゃ》な茶室に案内した。

茶室とは、市中の山居を身上とする。都会の中にわざと田舎くさい小屋を作って面白がる、金持ちの趣味らしい。大半の堺の豪商の邸内には、そうした樵《きこり》の山小屋のような茶室があるという。一見貧しげな小屋だが、建材ひとつひとつに恐ろしく銭をかけた、見る者が見ればわかるという、妙な代物であるそうだった。当然、弥助にはまだよくわからない。

先に茶室に入っていた宗及は、身を小さくかがめて入ってきた弥助に対し、

「大きいのう」

と言って笑う。

「ハッ」

弥助は、小さな引き戸を閉め、小腰のまま膝を滑らして客座に端坐《たんざ》し、武者容儀に、

「オマネキ、かたじけのうござる」

と言って叩頭した。

実は弥助は、茶の招きがあろうことを見越した森蘭丸の説明を受けた椿より、一通りの作法は教えられていた。

宗及は、

「ふむ。ようできた。まあ楽にしやれ」

と言うと、無造作に、そして見事な手さばきで、茶をたてた。

釜から湯気が出ている。

宗及は、泡立った茶の入った、武骨な茶碗を弥助に押しやる。

「どれ。飲んでみやい」

「ハ。いただくでござる」

弥助には気がつきようもなかったが、その黒茶碗は日本では城や国が買えるほどの価値のあるものだった。

――に、苦い。

弥助はおよそ作法通りに濃茶をあおったが、慣れぬ味に、むせる。

「ははは。弥助殿よ。苦いかの。ふむ。茶を飲む真似事はできるようじゃが、上様の御馬廻衆ともなると、それなりの茶の喫し方を覚えねばならぬぞ」

「ハッ」

――確かに。上様も森様も茶の話をよくされる。茶を覚えねばなるまい。

翌朝、宗及は弥助を連れて甲冑の店に赴いた。

堺の商人で宗及のことを知らぬ者はいない。宗及が輿からおりると、猫屋藤兵衛《ねこやとうべえ》という甲冑屋にしては妙な名のでっぷりとした初老のあるじが、泳ぐようにして出てきて言った。

「これは、天王寺屋の宗及様。ようこそ、わが店へ。お待ちしておりました」

猫屋は揉み手した。

「うむ。猫屋殿よ。こちらが書状でお知らせした織田様御馬廻衆、天竺弥助信春殿じゃ」

「これは、お初に。ひところ京都で噂されました黒坊主様ですな。猫屋でございます。御馬廻衆に御出世とは。おめでとうござりまする」

「カタジケナイ。拙者、天竺弥助でござる。よろしく、お願い致すでござる」

「おや。天竺様。日本の言葉もお上手で」

薄緑色の暖簾をくぐって中に入ると、あがりかまちに腰をかけた宗及は、楽しげに眼を細め、猫屋に向かってぐっと身を乗り出す。

「さっそくだが、猫屋殿。書状でざっと記したように、この天竺殿の体軀に見合う甲冑を頼みたい。ただ、織田様の御出陣まで時がないゆえ、ありあわせのものでの。しかし、そうは申しても、わが、数寄者の沽券《こけん》にかけて上様をうならせ奉りたいのじゃ」

するると、猫屋の主は、

「へえ。宗及様よりご書状をいただいたものですから、八方手をつくしました。そして、宗及様の御注文に合うものを見つけておいてございますよ」

と言って奥に合図した。

すると、奥から店の小者が二人がかりで大きな鎧櫃《よろいびつ》を運んできた。その後ろに、兜が入っているらしきややこぶりな唐櫃を持った別の小者が続いている。

最初の二人組の小者は主の目配せを受け、中から漆黒の鎧を取り出した。

「宗及様。天竺様。これは、南蛮の商人より手に入れましたものを日本風に仕立て直した、南蛮胴の鎧にございます」

「おお。これはよい。申した通り、南蛮胴を黒漆で塗り直したものじゃな。む。要所、要所、申した通り、銀色の縁取りがなされているの。縁取りは金と迷うたが、ふむ。銀でよかったわ。うむ。気に入った。して、兜の方は」

猫屋が目配せすると、後ろにいた小者が唐櫃より兜を取り出し、兜置きに載せる。

兜は漆黒の頭成兜《ずなりかぶと》だった。

宗及は眼を見開く。

「ほうほう。この兜、当節のはやりのとおり。頭を守る鉢が鉄炮の弾を後ろにそらせるよう、全体に丸みを帯びた鉄板でつくられておるの。うむ。眉庇《まびさし》の縁取りは、やはり、銀色にしておいてよかった。ふむ。申した通り、錣《しころ》は三枚ついた三枚兜だの。うむ。忍緒《しのびお》は緋色と迷うたが、紺色でよかった。ううむ。思い描いたものの通りじゃ。さすがは、猫屋殿よ」

「へえ。恐れ入ります。お申し越しのような品を探してみて、こう、並べて見ますると、一段と、宗及様のお見立ての確かさがわかります」

「はっはっは。わしの眼も捨てたものではなかろう。では、猫屋殿。この二つ、色をつけて買わせていただくぞ」

「へえ。ありがとうございます」

宗及は弥助をうながして店を出ると、

「次は、戦で用いる武具だがの。実は、それは、あてがあるのじゃ」

とささやいた。

宗及は楽しげに、輿に乗り込むと、一行はあらかじめ宗及の指示を得ていたらしく、移動を開始する。どこに行くのかは知らない弥助も同行した。

少々歩いて着いてみると、そこは堺の海に面した天王寺屋の倉庫群で、多数の傭兵らしき者が警衛していた。

潮の匂いが濃い。波の音もするようだった。

宗及はそのうちのひときわ大きく古い蔵の前にくると、従者に命じて鍵を開けさせた。そして、手燭を持った従者を従え、弥助をうながし、中に入る。

弥助が物珍しげに薄暗い蔵の中を見回しながらついていくと、宗及は、

「確か、この奥のはずじゃ」

とひとりごちている。

そして、弥助を置いて、階段を上がっては下り、上がっては下がりして、あの唐櫃、この唐櫃と覗き、そして、

「あ。やはり、あれじゃ」

と言い、最初覗いた唐櫃の前に戻り、

「この唐櫃、もう一度、開けよ」

と従者に命じた。やがて手燭を近づけさせた宗及が、自ら、その中を覗き込むと、

「あった。やはり、あったわ」

と小さく叫んだ。

従者に取り出させたそれは、長大な刀箱であった。

宗及は少々興奮気味である。従者に命じて、弥助に中を見せて言った。

「弥助殿よ。これをつかわそう」

「ア。かたじけないでござる」

「うむ。この大大刀には、新月という号がある。ちょうど、刀身の湾曲したところが、新月を思わせるということであろう」

「シンゲツ」

「うむ。しかしこれはの、月などという生易しいものではないらしい。剛刀中の剛刀と聞いておるぞ」

宗及はここで息を継ぎ、弥助を見てにっと笑いかける。

「しかしの。長過ぎて誰も使えず、定寸に短くしたいと堺の刀鍛冶に持ち込んださる西国の大名がおっての。それを偶然聞きつけた天王寺屋の先々代であるわしの祖父が、何やらもったいなく思い、その大名に数倍の銭と唐物の壺をつけて買い取ったのじゃそうな」

「ハア」

「それがこの蔵で眠っていると、先代当主の父から聞いたことがあったのじゃ。ははは。先頃、それを思い出したのよ」

「ヌイテも、よろしゅうござるか」

「いや。待て待て。ここはひとまず砥師に任せるがよい」

宗及は新月の入った刀箱を弥助に持たせ、玄斎《げんさい》という堺市中随一の刀砥師を訪ねた。

もう、あたりはすっかり暗くなっている。

そこかしこの店々から明かりがもれ、あでやかな女性の嬌声がこだましている。今日の堺は、既に夜の街になっているらしい。

御刀砥所という外連《けれん》のない暖簾の奥にいた老砥師の玄斎は、最初、新月が余りに長いため、

「お飾りの刀は砥ぎませせぬよ」

とにべもなく言った。

宗及は苦笑する。

「いや。玄斎殿。ほれ、こちらにおわすのが、織田様お気に入りの御馬廻衆、天竺弥助殿じゃ。この体軀、御覧あれ」

玄斎は、さすがに堺の豪商宗及に対して、一通りの辞儀はしていたが、それがすむと、弥助が差し出した大大刀新月のみを見ていて、弥助が何者かまるで気がついていなかった。

玄斎は、はじめて弥助を凝視した。

「ほ。おお。何と、大きい。おや。黒い。異国人か。織田様は黒い異国人を御馬廻衆になさったのか。はあ。さすが、新しもの好きの織田様。思い切ったことをなさるものよ」

「玄斎殿。この弥助殿が戦場で振るうのじゃ。飾りではなく、今度の武田攻めで使うのじゃ」

「ふむ。左様で。そういうことなれば」

玄斎は、不眠不休でこれを砥ぎあげると約束した。

翌朝、弥助は、宗及がつけてくれた案内の者とともに、堺を後にした。弥助の背には甲冑の入った鎧櫃がある。相当に重いが、自分のものであるので苦にはならなかった。弥助は、その晩は案内のまま、来たときと同じ天王寺屋ゆかりの下京の宿に泊り、翌日の昼過ぎ、安土城に帰った。天守閣脇、常の御殿の隣にある御侍長屋の自室に着くと、

「お帰りなさいませ」

と赤い帯のあでやかな、椿が出迎えてくれた。

「タダイマ、戻り申したでござる」

と返事した弥助は、椿を通じて、帰着を上司の森蘭丸に届けた。すると、信長がすぐ来るよう言っている、とのことだった。

弥助は旅装のまま、鎧櫃を背負い直し、急ぎ、信長が待つ天守閣二階の大広間に向かった。

弥助が末席で控えていると、すぐに蘭丸がでてきて、

「御成りである」

短く言うと、信長が闊達に出てきた。

「おう。弥助。いかがであった、堺は」

「ウエサマ。只今、戻りました。宗及様、よくしてくれました。大大刀あとで届きます。甲冑これにあります」

信長は、興味ありげな顔をして言った。

「ほう。大大刀か。考えたのう。甲冑はその鎧櫃の中か。蘭丸、弥助の介添えをして、その甲冑をつけさせてみよ」

弥助は、信長に一礼をした蘭丸の介添えで、南蛮胴の漆黒の鎧を着、同色の頭成兜をかぶって見せた。

信長は、一つ、大きな音を立てて手を打った。

「うむ。よう似合う。さすがは数寄者、津田宗及よ。よう見たてたわ」

信長には審美眼がある。上段よりずかずか降りてきて、整った顎鬚をしごきながら、甲冑姿の弥助の周りをぐるぐると回る。そして言った。

「蘭丸。予からは鷹の羽をつかわそう。手配をして、この兜の頭飾りとせよ」

「はっ」

「カ、かたじけのうござる」

信長は、至極、満足そうである。

一五　新月到来

天正一〇年（一五八二）正月、信長の嫡男信忠、次男信雄、三男信孝以下の織田家一門と重臣が、揃って近江国安土城に登城し、信長に新年の挨拶をした。

丹波国亀山城にいた明智光秀も、その数日後、やはり信長に新年の挨拶をするため、安土城に赴いた。

光秀は、自身が心血注いで構築してきた織田家と土佐国長宗我部家との長年の友誼《ゆうぎ》を、主君信長が突然の四国政策の転換によって壊してしまったことに、いまだひっかかりを覚えている。

おまけに、信長の側室であった自身の異母妹、妻木の方が死去したことも気持ちを暗くする。

以前は安土城に赴くと、城中にあった妹の部屋へ必ず手土産をもって訪れたものであった。兄妹はよく似ていて、言葉少なに近況を語り合っていると、自然とほのぼのするといった間柄であった。妻木の方の母親は光秀の母親とは別人だが、光秀としては寂寥感にさいなまれている。

「上様。本年もよろしゅうお願い申し上げまする……」

光秀の丁寧な挨拶は続いている。

――こやつ。表情が暗いのう。

信長としても、苦楽をともにした光秀が最近何かと不運続きであるのを気の毒に思わなくもない。

実は、今日、光秀がくると聞いていたので、小姓の森蘭丸に命じ、光秀のために名物――美術・工芸の名品のこと――の茶器を一つ用意していた。

長口上が終わったので、信長は、

「日向守。光秀よ。去年、妻木の方が亡《の》うなったのは、予としても残念であった。しかし、本年は当家にとっても、そちにとっても、大切、大事の年じゃ」

と優しげに言った。そして、さらに言葉を重ねる。

「日向守よ。今年は、甲斐の武田家を滅ぼすつもりだ。それに、そろそろ秀吉の毛利家攻めも目鼻がつこう。さすれば九州攻めが待っておる。そちには九州攻めで大いに働いてもらわねばならぬ。そのための秀吉の筑前守《ちくぜんのかみ》、そちの日向守《ひゅうがのかみ》なのじゃ。気分を立て直してもらわねば困るぞ」

「は。恐れいりまして、ございまする」

「うむ。日向守よ。これは丹波国の仕置きが見事に進んでおることへの褒美じゃ。名物、沢蟹の茶壺よ。元は足利義政《よしまさ》公が東山御物の逸品じゃ」

「ははっ。かたじけのうございまする」

蘭丸は光秀の傍らに移動し、金襴《きんらん》の袋に入った茶壺の載った白木の三方を置いた。

――おお。沢蟹の。上様は、予をいまだ大切に思うておいでか……。

光秀は、改めて信長に向かい、

「ありがたき、仕合せにございまする」

と乏しい表情で言った。

これが秀吉であれば、すかさずここで信長を和ませる諧謔《かいぎゃく》の一つも言ったに違いない。しかし、戯言《ざれごと》が下手な光秀にはそれができない。内心嬉しかったにもかかわらず、それを言葉にできなかった。

信長は折角心遣いをしたにもかかわらず、光秀が無表情でいたため、むらむらと癇性《かんしょう》がもたげてきた。そして、それでも、光秀が何も言わぬので、扇子で膝を打って、つっ、と立ち上がり、

「このキンカン頭。茶壺を持って、さっさとさがれっ」

と言ってしまった。

光秀は、はっとして信長を見あげるが、もう遅い。主君の顔には青筋が浮かんでいる。

信長は信長で、内心、またしても癇性を抑えることができなかった自分に、暗い驚きを感じている。そして、自身に対する驚きと、光秀に対する怒りがないまぜになってきて、ぷいと奥に戻った。

蘭丸は、気の毒そうに、

「日向守様。上様には、私の方から良きようおとりなししておきましょうほどに」

と言って下がっていった。

光秀は、静かに金襴の小袋の締め口を開け、中から茶壺を取り出した。なるほど、手の中におさまる小壺の横の腹に、沢蟹のような模様が浮かんでいる。

――よいものだな……。

光秀は、松もとれぬというのに寂として誰もいない天守閣二階の大広間で、背を丸めて茶壺を撫で続けた。

その数日後の夜、堺の老砥師玄斎が大大刀新月を持って、自ら安土城内御侍長屋の弥助を訪れた。玄斎は、時刻が遅くて申し訳ないが、一刻も早く天竺様に新月を見せたかったと詫びを言った。

玄斎は、弥助の夕餉の給仕のために偶然居合わせ、白湯を出してくれた椿に一礼し、長大な刀箱を膝の前に置きながら顔をほころばせる。

「天竺様。幸い、地金がようございました。急ぎに急ぎましたが、よく仕上がったと存じます」

「オオ。かたじけないでござる」

「あの後、津田宗及様が、鞘師に御依頼になり、鞘まで立派なものと相成りました。どうぞ、お改めを」

弥助は、玄斎が置いてくれた刀箱に丁寧に一礼してこれを開け、新月を両手で取りだした。新月の鞘は光沢のある黒漆塗りであった。大刀の柄には鮫皮が張られ、美しい紺糸巻きになっていた。

ほっと一息ついた弥助は、再び刀に浅く一礼し、ぎこちなく抜刀した。新月は大大刀なので、腕が長い弥助でも座ったまま抜刀するのは難しい。左手に鞘を持ち、二挙動、三挙動で、間違っても玄斎に当たらぬよう、そろり、と抜きはらう。すると、鏡のような長い刃が姿をあらわした。息を飲むような美しさである。椿も感嘆の声を漏らす。

偶然、美しい波紋の刀身に月が映った。

「オオ。月が映り申した。美しい刃でござる」

「へえ。新月という名にふさわしい景色にございますな」

「ハイ。とても美しい。宗及様、この大刀、古いと言っておられた。でも、とても、新しいものに見えるでござる」

「あ。天竺様。日本の刀と申すものは、新しいものより、古いものの方が、よいものなのでございます。しかも、価値も高いのです」

「エ。何故《なにゆえ》、でござるか」

「はて。それは、私ども砥師にも、刀鍛冶にも、よくわからぬのです。古い時代は大刀を持つ侍の数が、今よりは少のうございましたので、一振り打つのに、今の二倍、三倍の手間をかけていたからでございましょうか。あるいは、失われた鍛冶の技もあるのやもしれませぬ」

「ホウ。では、この大大刀は、相当によいものなのでござるか」

「それはもう。大名の道具でございますよ」

「ダイミョウ……。なんと、そのような物をいただいていたとは驚きでござる」

「さすがは、天王寺屋宗及様といったところでござりましょうな」

「カタジケナイことでござる。砥ぎは大変でござったか」

「へえ。しかし、職人冥利につきる仕事でありました。精魂込めさせていただきました」

「サヨウでござるか。しかし、なんと美しい」

「誠に。しかし、その大大刀、美しいばかりではござりませぬ。戦場で振るうに長けた、重厚、肉厚な剣です」

「タシカに」

「ただ、振るうには相当な臂力《ひりょく》がいると存じます。しかし、天竺様ならば大事ありますまい」

「ハア。いや。これは、拙者にも重い。力、いりそうでござる」

「へえ。商売柄、侍の御客が多いので、伺ったことがあるのですが、戦場では、刀を振るうにせよ、槍を振り回すにせよ、いかに息切れせず、いかに腕に力を込め続けられるかが肝要だとか……」

「ハイ。ひと息をついたときが、いちばん、危ないと、拙者も思うでござる」

「おや。既に戦に出たことがおありなのですな。これは、余計なことを申しました」

「イエイエ。これから、新月を毎日、振るって、戦場で後れをとらぬよう、修練するつもりでござる」

玄斎は、それに小さく頷く。

「織田様には、武田攻めが近いと聞き及んでおります。今、堺では、宗及様を中心に鉄炮や火薬の取り揃えで大忙しです。刀の砥師としては、少々、寂しいところですが。いや、余計なことを。天竺様。御武運をお祈り申し上げております」

弥助は威儀を正し、

「カタジケのうござる」

と改めて礼を言い、城門まで玄斎を見送った。弥助は玄斎に泊まっていくよう言ったが、城中に泊まるのは恐れおおいし、城下に知り合いの鋳物師がいて、酒を酌み交わす約束をしているのだ、と断った。

弥助は夜の城門で、坂を下る老刀砥師を見送りながら、

――武田攻めか。侍としての、私の力量が試されるな……

と武者震いした。


一月一五日、信長は、雪や風が強い悪天候の中、安土城下で馬揃えを行なった。

当然、御馬廻衆の弥助も軍装で参加したが、これは過日、京都で行なわれたものとは随分様子が違う。軍勢が華やかながらも殺気だっていたのである。この日、信長は馬揃えに先立って、近頃気に入っていた爆竹を多数鳴らさせたが、その火薬の音と匂いは、織田勢自慢の鉄炮を連想させた。

あれやこれやの指示を出し、文字通り忙殺されていた森蘭丸が言うには、この馬揃えは甲斐武田攻めのための閲兵式でもあるらしい。

安土の町衆も、いつもながらの織田勢の美しさにどよめきながらも、敏感に雰囲気を察し、粛然としている。

弥助は、このとき御馬廻衆の二番組にいたため、信長のすぐ後ろを歩んでいる。馬は蘭丸の家からの借り物だった。乗馬の練習はいつもこの馬でさせてもらっているので、慣れている。しかし、馬の方は弥助の巨軀が辛いらしく、鼻づらを地につくかというほどに下げ、とぼとぼと歩を進めている。

信長は京染めの小袖に狩で用いる笠をかぶっている。袴は赤地錦でその上に白熊毛の腰巻をつけ、沓は猩々緋である。大刀は黄金造りであった。

弥助が、その黄金の鞘を見るでもなく見ながら馬に揺られていると、信長がふと振り向いて弥助に白い歯を見せる。

「おう。弥助。その背に負うているのが、堺より届いた大大刀か。長いのう」

「ハッ。名前、新月というでござる」

「新月か。よい名じゃ。一層、はげめよ」

「ハッ。かたじけなき仰せでござる」

「うむ。しかし、馬が小さいのう」

「ハッ。小さいでござる」

馬上、信長は、愉快そうに笑っている。

馬揃えの一行には、桔梗《ききょう》の紋所を旗印とする明智光秀の軍勢も加わっている。光秀は中国戦線への転出に備えて居城丹波国亀山城で軍備を調え、それが終わり次第に小勢で甲斐に出陣することになっている。

その青白い不健康そうな顔色の光秀の傍らには、対象的に、健康そうな顔色の斎藤利三の鹿毛が続いていた。

髭面の利三は、自身の妹が土佐国の長宗我部元親の妻となり、嫡子である信親を産んでいることもあって、大の長宗我部びいきであった。そのため、主君光秀の主君たる信長が利三の妹聟にあたる元親との手切れを宣言した際は、大いに憤慨した。

そして、信長が、光秀の競争相手でもある羽柴秀吉が後援する土佐の北隣、阿波国の大名三好家を後援すると知って、光秀に対し、髭を逆立てて怒ってみせた。

事実、四国では、既に織田家傘下となった阿波三好勢が、土佐長宗我部勢に対し攻勢にでているという。利三としては、元親の妻である妹や甥の信親の身が心配であった。しかし、光秀が今年の正月に信長の勘気を蒙ったと聞いて、利三は後悔した。

――ぬかった。明智家家老として、私事は脇に置くべきであったわ……。

利三が闊達な髭面を急にしぼませて唇を噛んでいると、その視界の遠くに黒い騎馬武者が映った。

見れば、頭成兜に鷹の羽が一枚飾ってあるようである。遠い上、黒い大武者は前を向いているので顔はよくわからない。しかし、根っからの武人である利三としては、武者の体軀の大きさと背負っている大太刀に興味が湧いた。

——ほう。見事な武者ぶり。あの位置は、信長公の御馬廻衆であろうの。話をしてみたいものよ……。

利三は安土城に戻った後、人に尋ね歩いて騎馬武者を探し当てた。

「上様御馬廻衆で、大太刀を背負った巨軀の黒い武者を御存知であろうか」

と城内で聞いて廻ると、二人目ですぐに知れた。

親切な中間らしき者に教えられた通りの場所へ行くと、目当ての武者がいた。

巨漢の武者は、本丸近くの信長専用の馬小屋で信長の馬を洗っている。

——おお。やはり、大きい。

「もし。拙者、明智日向守光秀が家老、斎藤内蔵助《くらのすけ》利三と申す。卒爾《そつじ》ながら、そこもとの御尊名は」

弥助は手を止めて振り返った。はじめてみる武人である。

「セッシャ、上様御馬廻衆、天竺弥助信春と申すでござる」

利三は目を見開く。

「おお。そなた、先ごろ都で騒がれた、上様お気に入りの黒坊主殿か。むむ。主人光秀より聞いたことがござる。天竺殿と申されたか」

「ハイ。弥助信春です。伊賀で武功を立て、中間から侍になったでござる」

「うむうむ。ほのかに承ってござる。ようござったのう」

「ハイ。かたじけないでござる」

「して、天竺殿。先程お見かけしたが、御馬揃えで大大刀を背負われていたか」

「ハイ。新月というでござる。堺の津田宗及様くれたでござる」

「おう。天王寺屋の宗及殿か。失礼じゃが、拙者、武具に眼がのうての。よろしければ、見せてもらえぬか」

「ハイ。お待ちを」

弥助は御馬廻衆の朋輩に断り、自室より新月を持ってきた。

「近くで見れば、一層、長いのう。背に負って、抜いてみてくださらぬか」

「ハイ。実は、抜く、難しい。使い方も、よく知らないでござる」

弥助は新月を背に負って新月を抜いてみせる。抜くのに、ぎこちなく、二挙動、三挙動かかる。利三は、顎鬚から手を放し、

「ふむ。貸してみなされ」

と言って、受け取った新月を背に負う。

そして、胸の前でざっと紐を結ぶと、柄に手をやり、背中を動かし、長さや重さを確かめつつ言った。

「これは、やはり剛刀じゃ。抜くのは難儀じゃが、左手で背中の鞘の口をつかみさげ、右手で斜め横に、弧を描くように抜くのが肝要じゃ」

利三は大刀を抜いてみせた。

弥助が見るところ、腰の据わった、ほれぼれとするような、舞のような抜刀であった。利三は言う。

「美しい刀じゃ。しかし、重いのう。拙者には向かぬようじゃ。ふむ。これは使い方もなにも、重さを活かして振り回せば良いわ。下手な小細工はいらぬ。頭をねろうて振り下ろすか、横殴りに致せば良ろしかろ」

弥助が頷くと、利三は、重ねて言った。

「むむ。これは納刀《のうとう》も難しいの。ま、抜刀と同じように致すのがよさそうじゃ」

そして利三は、やはり右肩口の鞘を左手で前にひきだし、刀身をなんとか納めた。背の鞘をはずして新月を弥助に返し、

「やってみられよ」

と言った。

弥助はぎこちなくも利三の言う通りに抜いた。そして両手で新月を持ち、びゅうびゅうと音をたてて振って見せる。

利三はそれを見て言った。

「ふむ。筋がよい。剣の振りを止めるとき、体がもっていかれぬよう鍛錬されよ。また、馬上から振り下ろす稽古も忘れぬようにの」

顎鬚を撫でながら続けて、

「あとは納刀だの。抜刀と合わせ、毎日、鍛錬されるがよろしかろう。御貴殿なれば、うまく扱えそうじゃ」

と言った。

そして、利三は眼で笑った。

「しかし、拙者には、それと対峙《たいじ》した際、秘策がなくはないがの」

「エ」

弥助が聞き返すと、利三は愉快そうに髭と肩を動かす。

「言わぬが花よ。また、会おう」

利三は丁寧に辞儀をして、去っていく。

――むう。爽やかな。よい侍だな。

弥助は、遠くなる利三の背を見つめつつ、その武人らしい挙措に好感を持った。

一六　信濃国高遠城の戦い

天正一〇年（一五八二）一月の末、信長は、森蘭丸を介して弥助を安土城天守閣脇、常の御殿の大広間に呼んだ。

信長は武家礼法が身についてきた弥助に対し、

「弥助よ。予は、甲斐の武田勝頼を攻めることにした。こたびは、亡き信玄入道のこせがれ、勝頼がそっ首、落とすつもりじゃ」

と告げた。

信長の目は異様に輝いている。

当時、日本の本州で信長に敵対する者は、中国の毛利家、北陸の上杉家、そして甲斐国の武田家のみであった。関東の北条《ほうじょう》家と奥州の伊達《だて》家他の諸大名は、既に信長に服属を申し出るか、友好関係にある。

信長は細い顎鬚をしごいて、弥助に言う。

「武田家を滅ぼせば、予の天下布武も終わりに近づく。ここまでくれば、大きな戦は、あと数度といったところであろう。それが片づけば、天下は我が掌中のものとなる」

「ハッ」

ここで、白小袖、黒袴姿の信長は、身を乗り出し、弥助にぐっと視線を向ける。

「弥助よ。武田攻めの先鋒は、嫡男信忠に申し付けておる。ついては、しばらくの間、信忠の側近くにおり、あれを守ってくれ」

「カシコマリました」

「信忠は、何やら、気がはやっておるようでの。そうしたときが、最も危ないのじゃ」

「ギョイ」

信長は蘭丸に目配せする。

すると、蘭丸は縁側に出て手を叩く。すると庭先に、漆黒の巨大な馬がひかれてきた。

馬は鼻息が荒く、隙あらば口取の小者を跳ね飛ばそうとしている。頭を振るたびに、黒く豊かなたてがみが揺れる。どうやら、というより、どう見ても悍馬《かんば》である。乗り手を選ぶらしい。ただ、馬体は筋骨隆々としていて、たてがみから尻尾の先までが、美しい黒毛である。

信長は立ち上がって、持っていた扇子で馬を指す。

「弥助。あの馬、名は黒龍という。奥州の伊達と言う大名が贈ってよこしたのだ。よい馬じゃが、先頃、京の馬揃えでも一騒動、あった荒れ馬よ。予の手には余る。どう思う」

「ハ。よい馬です。南蛮人が乗る馬のようです。大きい」

「ふむ。弥助。そちの野性ならば乗りこなせようと思いついたのじゃ。あの馬、そちにつかわす。遠慮のう乗りつぶせ」

「アッ。かたじけのう、ござる」

「む。信忠を頼む」

「ハッ」

弥助は感激で打ち震える。

翌日、弥助は、椿の介添えを受けつつ、漆黒の頭成冑と南蛮胴鎧をまとい、新月を背に負う。腰には信長より拝領した国兼の脇差と蘭丸よりもらった美濃国関の定寸の大刀を差している。

そして、御馬廻衆のみが用いる厩《うまや》に行き、信長より新たに拝領した黒龍をひき出す。

黒龍は、弥助に鼻づらを優しく撫でられると、おとなしく、されるがままになっている。黒龍とは相性が良いようだった。

「セッシャも黒い。そなたも黒い。仲良くするでござる」

弥助が語りかけると、黒龍は同意したように、足掻《あが》いた。

弥助が黒龍をひき出していると、蘭丸が、熊蔵と八郎を伴ってやってくる。

「弥助。よい武者振りじゃ」

「天竺様。ご立派でござる」

「天竺様。なんと、凛々しい」

弥助は、がちゃりと甲冑の音を立てて振り向く。

「ア。皆様。今より甲斐へ出陣致すでござる」

蘭丸が苦笑する。

「ははは。弥助。皆、見送りにきたのだ。まずは礼を申すがよい」

「コ、これは。森様。熊蔵殿、八郎殿、わざわざ、かたじけない」

「おお。天竺様。ますます日本語が御上達されておいでですな」

「相撲をお教えしていた頃が懐かしい」

戦に行く緊張で顔が強張っていた弥助の顔がほころび、日本式に頭を下げる。

「ミナ、熊蔵殿、八郎殿のおかげでござる」

蘭丸が一歩、進み出て、少々からかうような表情を浮かべる。

「ところで、弥助。美濃国岐阜城への行き方を知っておるのか。道中に食するものや銭は持っておるのか」

「ア……」

蘭丸は品よく笑う。

「そんなことであろうと思った。椿殿が心配しておられたぞ。弥助。今より上様御中間衆の八郎はそなたの中間となる。上様のお言いつけじゃ。ゆくゆくはそなたの家臣として侍に取り立てよとのことじゃ」

「エ。八郎殿を。八郎殿はそれでよいのでござるか」

「はい。無論でござる。天竺様。いや、我が殿。以後、よろしくお願い申し上げまする」

「コ、こちらこそ。たのむでござる」

弥助は、今気づいたが、八郎は小袖の上に腹巻をつけ、腰には長い脇差と粗末ながら大刀を差すという中間の出陣姿だった。八郎は、背中の大きな道中袋をひと揺らしし、

「上様と森様の御文書、当座の食べ物、銭、薬などはすべて、森様と椿様からお預かりして、これに入れてござる」

と言った。

微笑をたたえた蘭丸は、

「八郎。弥助を頼むぞ」

と言い、弥助に向き直り、

「弥助。馬に乗ったらば、御天守の二階を見上げよ。上様がお見送りになるとのことじゃ」

と言う。弥助は目を白黒させ、従者になった八郎に言う。

「ウ、上様が。八郎殿、急ぐでござる」

「殿、八郎とお呼びくだされ。さ、参りましょう」

弥助は改めて蘭丸と熊蔵に会釈をし、馬上の人となった。八郎は心得たもので、黒龍の轡《くつわ》を器用に引き回し、しばらく進んで鼻づらを天守閣のほうに向けた。

弥助が馬上、天守二階を見上げると、信長がいる。傍らには、遠目にもあでやかな椿がいるようだった。

弥助を見下ろした信長が、戦場で鍛えた高声で叫ぶ。

「あっぱれ。弥助。よい武者振りじゃ。信忠を頼む」

――上様。お任せを。

心中、そうつぶやいた弥助は、深々と一礼し、城門をくぐった。


弥助と八郎は、近江国安土城から、信忠の居城、美濃国岐阜城へ急行する。八郎は元々尾張国の秋武村《あきたけ》という集落の生まれであるため、このあたりの道はよく知っている。

「殿。この黒龍、見事な馬でござるな」

「ウム。確かに。乗り心地もよいでござる」

「暴れるかと思いましたが、殿に懐いたようでござる」

「ハイ。拙者もそう思うでござる」

「殿。八郎めに対しては、わしと申されませ。それから、従者に対してゴザルをつけるのは、おかしゅうござる」

「ソウいうものでござるか」

「殿。また、ござると仰せられましたぞ」

「キュウには、ならぬでござる」

二日後、弥助と八郎は岐阜城の城下町に着いた。八郎が言うには、この城は、信長に攻略される前は美濃国斎藤家の居城で、稲葉山城と呼ばれていたらしい。

城下町は出陣準備のためごった返していて、ひっきりなしに車が行き交う。がらがらと鳴る木製の車輪がついた人力で動く車には、米俵や武具が入っているらしき箱が、縄でくくりつけてある。

弥助と八郎は車や足軽の波を避けつつ、山頂の本丸に着くと、門番に頼んで信忠の家臣に来てもらい、信長の親書と森蘭丸の添状を渡す。信忠家臣団では美濃閥が力を持っているため、美濃閥である蘭丸配下格の弥助に対する城内の者の態度は柔らかい。

弥助は八郎ともども慇懃《いんぎん》に城内に招じ入れられた。

案内の侍に伴われ、弥助は天守閣二階の書院の間に通される。通訳のため、八郎は中間身分ではあったが、許可を得て弥助の後ろにいる。ややあって、信忠の側近が、

「御屋形様の御成り」

と高く告げる。信忠は既に美濃と尾張を領国とする大名、織田家の当主の座を信長から譲られていたので、御屋形様と尊称されている。

軽快に畳を踏む音を立てて現れた信忠は父信長に顔がよく似ている。色白の面長で、唇は赤く、目は切れ長である。弥助が見たところ、信忠は既に戦場にいるかのような気の入れようだった。

「おう。上様御気に入りの黒坊主の弥助か。何度か顔を合わせたの。声をかけそびれていたが、伊賀では見事な働きであったそうな。御馬廻衆に取り立てられたとか。今の名乗りは天竺弥助で

あるか。目出度いことじゃ」

「ハッ。おそれいりまして、ござりまする。天竺弥助信春にござりまする」

「信春か。うむ。よい名じゃ。上様の御書状と、御小姓頭森蘭丸の添状、しかと拝読した。こたびの武田攻めでは、予の側近におってくれるとか」

ここで八郎が叩頭した上で代弁する。

「は。御上意により、罷《まか》り越しましてござりまする。及ばずながら、天竺弥助、暫時、御屋形様にお仕え致しまする」

「うむ。弥助よ。予の幼名は奇妙丸といった。それゆえか、信忠となった今も奇妙な者を好む。弥助、気に入ったぞ。音に聞こえた武田武者の首、見事、挙げてみせよ」

「ハッ。必ず挙げるでござる」

弥助は、信忠の陽性な気品にひかれた。


二月上旬、信忠は三万の軍勢を率い、甲斐国武田勝頼討伐に出陣した。弥助は本隊を率いる信忠のすぐ後ろにある。信忠御馬廻衆の中には、黒坊主の弥助が加わると聞いて、眉をひそめる者もいないではなかったが、信長上意とあっては反対できなかった。

しかも、漆黒の甲冑に身を包み、ほぼ同色の黒龍に跨った弥助の雄姿を見ると、根が武人集団の信忠御馬廻衆は、弥助に畏敬の眼差しを向けるようになった。

「さすがは、森蘭丸様の御配下よ」

「見事な武者ぶり」

弥助は称賛を浴びる。

黒龍の口取は当然のごとく、弥助の中間、八郎がとっている。八郎の背には新月がある。

道中、弥助は八郎に声をかける。

「ハチロウ殿。新月、重くござらぬか」

「殿。いい加減、八郎とお呼びくだされ。新月は殿の御道具。何で重いことがありましょうや」

「サヨウでござるか。新月、自分の背にあると、抜く、手間取る。言うとおり、八郎殿の背にあると、馬上から抜きやすい」

「ええ。そうでしょうとも。この八郎、時折よいことを申しましょう」

「トキオリだけ、よいこと申すでござる」

「殿。意味をわかっておられるのか否か、わかりにくうございます」

「ニホン語、難しい」

「……」

信長の懸念とは裏腹に、武田家はもろかった。

木曾谷の木曾義昌《きそよしまさ》、駿河の穴山梅雪《あなやまばいせつ》をはじめとした武田家の有力一門・有力家臣たちが、次々に織田家への寝返りを申し出ていたのである。

信忠勢は美濃国から北東に進んで信濃国に侵入し、二月一八日、美濃と信濃国境地帯の要衝《ようしょう》、信濃国飯田を過ぎる。ここまで信忠勢は、小競り合いのみとはいえ、連戦連勝であった。

信忠本陣にある弥助には出番はなく、新月は八郎の背で静まり返っている。

やがて織田勢は、武田家の牙城、高遠城に迫った。

高遠城には、武田勝頼の異母弟、仁科盛信《にしなもりのぶ》が三〇〇〇の死兵とともに立て籠もっている。武田家としては、この城を失うと信濃国を失い、本拠の甲斐国に敵の肉薄を許すことになる。勝頼は一万五〇〇〇の軍勢を率いて近くまで来ていたが、信忠の大軍を知って、新たに築城していた甲斐国新府城に撤退した。

三月一日、信忠は、信長が親心で城の西側に築かせていた攻城戦のための陣城に入る。着くや否や、近隣の僧を開城勧告の使者とし、高遠城につかわした。しかし、既に死を決していた城主仁科盛信は、この使僧の耳と鼻を削いで拒絶の意志を伝える。

嚇怒した信忠は、翌二日、高遠城東側の大手口に廻り込み、攻撃開始の下知を飛ばす。

攻撃を合図する法螺貝《ほらがい》の音が、びょうびょう、と戦場にこだまする。

数段に分けた、織田勢の将兵が鬨の声とともに城に攻めかかる。しかし武田勢の抵抗も激しく、織田家の一族部将にまで戦死者がでる。

それを聞いた信忠は、家臣が止めるのも聞かず、性急に城の大手門すぐ近くまで馬を進めた。

本隊の木瓜の旗が移動する。

弥助は黒龍に乗って信忠に続く。

流れ矢が、妙に心地よい音をたてて地面に突き刺さる。

弥助にとって、これは、日本での初陣である。しかし弥助は、既に幾多の戦闘を経験している。気を呑まれることはない。頭成兜に信長がつけてくれた鷹の羽をなびかせながら、ゆうゆうと、日本にくるまでの海賊との死闘を思い出す余裕さえあった。

――そういえば、ヴァリニャーノ様は、お元気であろうか……。

そのとき、武田勢の鬨の声がどっと聞こえ、弥助の甲冑の右袖を銃弾がかすめる。

焦げ臭い。

しかし口取の八郎も動じない。黒龍が時折雄々しく足掻く程度である。

ただ戦場を見やると、信忠勢の勢いがぴたりと止まっている。

先程の咆哮からすれば、武田方の新手の軍勢が大手門から打って出たらしい。籠城する気はないようだった。

距離をとっていれば、織田勢自慢の鉄炮兵で、これを冷静に撃ちしらめばよかった。しかし気負った本隊が城門前まで詰め過ぎたため、白兵戦になってしまったのだ。

その打って出た武田勢の新手の中に、特に、目立った槍働きをする赤い具足の騎馬武者がいた。その赤い色の鮮やかさは、元からの甲冑の色なのか、織田将兵からの返り血なのか、もはやわからない。

赤い暴風のようだった。

その赤武者のせいで、一人、二人と、織田勢の騎馬武者が突き落とされ、次第に織田勢は浮足立ってくる。城門前まで攻め寄せた織田勢は進むに進めず、退くに退けず、芋を洗うような乱戦となった。

織田勢の先鋒部隊をかき分けるように城門近くまで馬を寄せていた信忠は、赤い騎馬武者を火を噴くような眼光で睨みつけていた。そして獣のような声をあげて馬を進めようとする。

「あっ。なりませぬ。御屋形様。御短慮です」

信忠の側近たちが慌てて信忠の馬の轡をおさえる。猩々緋の陣羽織に銀色の具足をまとった信忠は、いらいらと叫ぶ。

「ええい。わかった、もう、進まぬわ。誰か、あの赤武者を討ち取ってこようという者はおらんのか」

赤武者の豪勇ぶりを目の当たりにしていた信忠の御馬廻衆は、皆、一様にうつむく。信忠は、手にしていた鞭で、轡をおさえる側近の一人を激しく打ちすえる。

「口ほどにもない。誰かおらぬのか。おお、弥助がおるではないか。これっ、弥助っ。あれを討ってまいれ」

弥助は、咄嗟に日本語が出てこず、八郎の背から大大刀新月をすらりと抜き放ち、肩に担いで、信忠に一礼する。そしてそのまま黒龍の馬腹を蹴った。

敵の赤武者の勢いに及び腰の織田勢は、後ろの味方勢からの異様な気配に気づき、歓声とともに黒い疾風の通り道を開ける。

弥助は、砂塵を巻き上げながら、群がる武田勢に割って入る。そして、新月を二閃、三閃させて武田の雑兵を地に沈める。そして、赤武者の顔が見えるところまで馬を進め、輪乗りした後、これを睨みすえる。走って追いついてきた八郎に目配せすると、八郎は大音声をあげる。

「やあやあ、これなるは、さきの右大臣織田信長公御馬廻衆、天竺弥助信春。そこの赤武者、敵ながらあっぱれ。尋常に勝負致されよ」

赤武者は、対峙していた織田勢の騎馬武者を、またもや槍で突き落とし、振り向く。

「織田右府公の馬廻とな。おお、めずらしや。異国人か。拙者、武田勝頼公が家臣にして、仁科盛信殿与力、諏訪《すわ》兵庫助頼宗《ひょうごのすけよりむね》。日本武士の槍の味を知れ。勝負っ」

諏訪兵庫は、乾いた戦場を栗毛の馬ごと突進してくる。

弥助も黒龍をだだだっとそれにぶつけるようにすると、兵庫の馬は巨大な黒龍に慄《おのの》き、前の両足を浮かせていななく。しかし兵庫は心得たもので、すっと身を伏せ、馬が前足を地に降ろすのと同時に搔い込んでいた自慢の短槍を弥助めがけて鋭く繰り出す。

後ろから駆けていた八郎が、あっと叫ぶが、弥助は馬上、右半身をひねってその光芒をかわす。そして、黒龍をさらに一寄せし、無言で新月を叩きつけた。

新月は凄まじい切れ味を見せ、兵庫の頭を真っ二つに割り、あたりに鮮血の雨を降らせた。

八郎が大音声をあげる。

「織田右府様御馬廻衆天竺弥助、武田家家臣、諏訪兵庫殿、討ち取ったり」

固唾を飲んで一騎打ちを見守っていた信忠は、馬上、伸びあがって絶叫する。

「弥助。あっぱれじゃ。今ぞ、総攻めじゃ」

織田勢は、一気呵成に攻めかかる。城外に打って出ていた武田勢は城内に戻ったが、大手門を閉めることができず、織田勢による城内への付け入りを許した。

その後、城内の女性までもが参加しての激戦が展開したが、それはすぐやんだ。

織田勢の完勝だった。城方の武田勢は枕を並べて討死し、城主仁科盛信は数度打って出た後、見事、自害して果てた。

木瓜紋の織田勢は、武田菱の軍旗を踏みしめている。

一七　武田家の滅亡

――落ち着いておられる。

弥助の目から見ても、どうやら、織田信忠は良将になりうる。

信忠率いる織田勢は、信濃国高遠城を攻略した後、南下して武田勝頼の本拠、甲斐に侵攻していた。主君信長の命を受けた弥助は、今、信忠の傍らにある。

勝ち戦というものは、馬のいななきを誇らしくし、軍旗のたなびきさえ勇ましくするらしい。黒龍は弥助の思い通り、力強く走るし、口取を務める中間の八郎の働きにも満足している。そして何より弥助自身、名のある敵を討ち取った。

——充実している……

弥助は、戦場の風を心地よく感じている。

敵の総大将、武田勝頼は打ち続く裏切りを食い止めることができなかった。本拠、新府城で籠城戦をすることすらできず、これを放棄した。そして、最後には重臣小山田信茂《おやまだのぶしげ》の裏切りにあって路頭に迷い、天目山の山麓にある田野という集落の空き屋敷に追い込まれる。

信忠麾下《きか》の織田勢は浮かれ立つが、弥助は信忠の傍らで静かに戦況をみつめる。信忠も名門武田家の滅びを厳粛な眼で眺める。高遠城攻めの際とは、別人のような、神色自若といった様子であった。

天正一〇年（一五八二）三月一一日、追い詰められた勝頼は田野で自害する。

四月三日、信長は本隊を率いて遠江国の大名にして盟友の徳川家康とともに甲府に到着する。

信長の傍らには、黒革の眼帯をつけたスペイン人イエズス会宣教師、エスクデロの姿があった。エスクデロは、僧服の下に、携行に便利な短筒という最新の銃を忍ばせている。腰には短いサーベルさえ帯びている。そして、器用に馬を片手であやつりながら、もう片方の手で短筒の冷たい感触を確かめている。元軍人であるエスクデロは油断せず、馬上から甲府の町を見下ろしているが、脳裏では出発前の信長との会見を思い返していた。

エスクデロは、信長出陣の直前、安土南蛮寺にいた。

武田攻め従軍を思い立ったエスクデロは、通訳を伴って安土城に赴き、弥助に面談を申しこんだ。従軍の口添えをしてもらおうと思ったのである。

すると、弥助の上司である森蘭丸が出てきて、

「弥助は出陣中でござる」

と告げた。エスクデロは慇懃に一礼して通訳を介して言った。

「弥助殿を介し、見分を広げるため、上様に武田攻め従軍をお願いしようと思っておりました」

蘭丸はこのとき、信長は出陣の手配りを終えてかえって手持無沙汰になっていることを知っていた。

「左様でござるか。しばし、待たれよ。上様への拝謁、叶うやもしれぬ」

蘭丸はそのまま信長の意向を聞きに戻った。そうしたところ、信長が会おうという意向を示したため、急遽、エスクデロは信長に拝謁できることになった。

黒い僧服のエスクデロと通訳が、案内の茶坊主に伴われ、天守閣二階の大広間で待っている

と、信長がやってきた。

「おう。隻眼のパードレか。その面構え、覚えておるぞ」

エスクデロは気圧されるものを感じながらも、通訳を介し、信長と言葉を交わした。

「お久しぶりです。上様にはお変わりもなく」

「ふむ。用件は」

「いよいよ、武田攻めとか……」

と願いを言いかけたところ、信長が口を挟む。

「以前にも聞いたが、そち、もとは武人であったのであろうな」

エスクデロは、隠しても仕方がないと腹をくくって答えた。

「はい。スペイン海軍におりました」

「ふむ。水軍か。予は、大坂の石山本願寺攻めをした際、本願寺を助けようとした毛利家水軍と戦うべく工夫をこらした軍船を作らせた。船体を鉄で覆い、大鉄炮と大筒を載せての……」

扇子で手のひらを軽く打って続ける。

「おう。その折、他のパードレを船に招いたがの」

エスクデロは、通訳を見つめながら、

——ああ。フロイスから聞いたことがある。鉄で造った日本の軍船、安宅《あたけ》船のことだな……。

エスクデロは信長の胸元に視線を戻しながら、ふと黒い着想を得た。少々危険かとは思ったたが、そろりと、話を進めてみることにした。

「上様。日本の天下を統一された後、いかがなされるおつもりでしょうや」

「うむ。それについては考えていることがあるがの。軽々しくは言えぬ」

「あえてお尋ね致します。異国に攻め込まれますするか」

「尋ねて、何とする」

「私の母国、スペインは、日本の南にあるルソンという島を支配しておりまする……」

「ルソンか。聞いた名だの……」

信長は、傍らにある地球儀に手を伸ばした。以前、宣教師よりもらったものである。既に信長は地球儀を複数所有しているので、そのうちの一つは、細字の朱筆で国号や地名を書き込んでいた。

しばらくして、信長は顔を上げた。

「ここだの。ふむ。スペインはここを知行しておるのか。こうみると存外遠くもないところまで、出てきておるのう」

「は。それゆえ、上様がもし朝鮮や明に攻め込まれるのでしたら、ご協力ができるやもしれませぬ」

「ほう。明の南へ兵を進めた場合は、援軍を頼むやもしれぬの」

「はい。と仰せられますと、ひとまずは朝鮮をお攻めになる御意向でいらっしゃいますな」

「ふ。のせられたわ。他言は無用ぞ。そち、やはり戦がわかるようだの。いかほどの兵を率いたことがあるのか」

「三〇人ほどの兵を指揮していたに過ぎませぬ。私の家はスペインの伝統貴族ではなく、新興貴族で、私自身は父が愛人との間にもうけた庶子ですので」

「しかし、武人ならば家柄だけですべてが決まるわけではあるまい。それは、そちの国とて、そうであろう」

「は。しかし、その……。私、若き頃、上官と諍《いさか》いを起こしまして。それで軍を追われました。その後、神に仕える道を選んだのです」

エスクデロは、何とはなく傭兵時代の話は省略した。

信長は話に興がのったようであった。

「ほう。予も、若き頃は至らなんだわ。ま、それはそうと、朝鮮に仮に攻め込むとなると、もっとも肝要なことは何と心得るか」

「は。それは、海軍が大切と心得ます」

「そうじゃ。なるほど、そちは、水軍の武人よの」

「恐れいりまする。上様。少々愚見を申し上げてもよろしゅうございましょうや」

「ああ。聞こう。苦しゅうない」

「他のパードレからも伺いましたが、上様御工夫の軍船、鉄で船体を覆うとは、誠に素晴らしい御発想です」

「うむ」

「しかし、それでは、外洋を渡るには重過ぎるかと」

「そうなのじゃ。あの鉄の船はの、大坂の海を封ずるために造らせたものだからの。船足のことは脇に置いていたのよ」

「なるほど。それは、道理に叶っております」

「うむ。ただ、朝鮮を攻めるとなると、確かにあの船から鉄板を取り払わねばなるまい……」

「上様。そのことです。私は以前、明帝国のポルトガル人居留地、マカオにおりました。今も私の知人が大勢おります。そして、そのマカオにはたくさんの船があります。明の帆船、ジャンク船が多いですが、それをヨーロッパ風軍船に改修したものや、稀《まれ》にではありますが、ポルトガルやスペインの正規の軍船が入港することもあります」

「ほう」

信長は地球儀から手を離し、一層身を乗り出した。エスクデロは隻眼の光を消しつつ、

「いかがでしょう。スペインの軍船は外洋航海に慣れております。ご関心がおありなら、ご参考までに、数隻、堺あたりに呼び寄せましょうか」

と問うた。すると信長は、エスクデロを凝視しつつ、顎鬚をしごいた。

「……そうよな。見てみたい。うむ。呼ぶがよい」

――我がこと、なれるや。

エスクデロは、心中、沸き立つものを感じながら、最前よりも重々しく、

「承りました」

と言い、なおのこと、日本の戦を見ておかねばと思い、改めて願った。

「上様。武田攻め従軍の願い、叶いましょうや」

信長は、立ち上がり、

「ふむ。京都の公家衆もくることだ。パードレがきてもかまわぬわ」

と言って、奥に下がっていった。

エスクデロは、深く叩頭しながら会心の笑みを浮かべている。

その頃、確かに、信長の元には、物見遊山気分の公家から従軍の申し出がきていた。信長は多少の煩わしさを感じつつもこれを許していたし、異国の武人にも興味があったので、エスクデロの申し出を受けたのである。


今、エスクデロは信長本隊の端にいて、甲府の街路を馬に揺られている。相変わらず片手で短筒をさすっている。

――ふむ。来て良かった。信長直営の織田勢一万のうち、一割、いや、二割が鉄炮兵か。残りは槍兵、騎兵と弓兵だな。それに、日本風の口径の大きな鉄炮がある。ただ、陸戦で大砲を使う

発想は、まだ、ないようだな……。

　エスクデロは、少々、顔をしかめる。

　――この軍容はヨーロッパの小国を越えておるわ。しかも、信長の息子どもの兵と地方に派遣されておる重臣どもの兵を合わせてみよ。スペイン軍船数隻程度ではどうにもならぬ。やはり、日本の勢力を利用せねばの……。

　甲府出陣の間際、エスクデロは信長から、スペイン軍船三艘が堺に入港することを許すとした朱印状――天下布武という印文がある信長の印章が捺《お》してある――という保証書をもらった。それを、安土南蛮寺より堺南蛮寺に行く用事のあったパードレに託し、堺にいる知人のスペイン人商人に、マカオよりスペイン軍船三艘を堺に呼び寄せる依頼をした。

　――ま、兵はあるにこしたことはない……。

　武田攻めが無事終わった陣中は、賑やかである。

　この日の本陣は、元は武田家一門か重臣のものらしき、豪壮な屋敷に置かれていた。

　信長はその奥の広間の上段にいる。

　上段の間には、虎皮の上に中国風の四脚椅子が置かれていて、信長は、ゆったりとそれに腰かけている。明るくざわめく家臣たちに笑顔を見せてやりながらも、目の端で眼帯の宣教師を捉えている。

　――あの男、過日の話は面白かったが。そういえば、予に向かってキリストとやらの話を一度もしておらぬ。ふむ。パードレであれば、何度も申すはずの布教への御助力を、というようなことも一度も言うておらぬ。で、スペイン軍船か。油断のならぬ奴……。

顎鬚をしごく信長の前に、いつの間にか信忠が拝跪《はいき》している。

「おう。城介《じょうのすけ》殿。信忠殿よ。こたびは、ようやったの」

それに続き、列座する同盟相手の徳川家康や、従軍してきた公家、織田家の重臣も、口々に信忠を称賛する。席の端にいたエスクデロも、片言の日本語でお愛想を言う。信忠も相好を崩している。

「はあ。いや何。すべては上様の御威光によるところです」

「ほう。奇妙丸が言うようになったわ」

「父上、幼名でお呼びになるのはおやめくだされ」

「お。これはすまん。御屋形様よ」

信長が、珍しくおどけて謝ったので、信忠は嬉しそうにし、一同は大いに盛り上がった。その後、酒肴《しゅこう》と山海の珍味が山と運ばれてきて、祝宴となった。

信長は、昔から酒があまり強くない。数杯傾けたところで、少々頭痛を感じる。そして、こめかみを押さえながら、

「ああ。そうじゃ。城介殿。恵林寺《えりんじ》を焼き払ろうておかれよ」

と言った。

恵林寺は武田信玄の菩提寺で、近江国六角《ろっかく》家一族など、信長に長年敵対していた者の亡命を数多く受け入れてきた寺だった。

信長としては、焼き討ちは当然と考えての命である。甲斐の人々の信玄や勝頼への敬慕も断ち切らねばならない。しかし、その寺には、正親町天皇も深く帰依する名僧快川紹喜《かいせんじょうき》がいた。

——馬鹿な。

と思った部将がいる。

明智光秀である。

光秀は、中国出陣の準備をあらかた終え、少ない供回りのみで、甲斐に来ていた。光秀は床几《しょうぎ》より飛び降り、片膝をつく。

「上様。彼《か》の寺には、主上《しゅじょう》も帰依《きえ》される快川和尚がおわします。この寺を焼いては世上の聞こえ、悪しゅうございましょう。天下人たる者、徳を第一にすべきと存じます。どうか、おやめくださされ」

実は信長は、去る二月、ついに四国は土佐国の長宗我部元親の征伐を正式に決め、英邁《えいまい》の聞こえ高い三男信孝を総大将としていた。

長年、織田家と長宗我部家の間を取り持ってきた光秀としては、面目まるつぶれである。

その不満もあって、光秀はいつになく強い言葉で恵林寺を燃やすことが不可なることを信長に言上した。

信長は、顔を青白くさせて椅子から立ち上がる。

「黙れ。キンカン頭」

信長は戦勝の良い気分を台無しにされて逆上する。そして大股に上段から下り、つかつかと、光秀の前に行き、その肩を蹴り下ろす。一度、蹴ってみると、信長の中でなにかがはじけ、よろめいた光秀を、二度、三度と蹴り続けた。

信忠や家康のみならず、エスクデロまでもが慌てて止めに入って、ことはおさまった。

平伏する光秀の羽織っていた水色の陣羽織は、怒りで小刻みに震えている。

——おのれ。いつか、この恥辱、晴らしてくれる。

光秀の眼には、強い殺意が宿っている。

エスクデロは騒然とするなか、それを見逃さなかった。

信忠は、場を取り繕うよう信長に代わって恵林寺焼き討ちを命じた。快川和尚は同寺の山門において、猛火に滅することになる。

信忠は命を下し終えると、家康他の面々をそれぞれの陣所に返し、信長に静かに酒を勧める。

一時の興奮が冷めた信長は、ややきまりが悪そうにしている。そして、無理に盃をあおり、

「こたびは、ようやった。が、総大将が血気にはやってはならぬ。高遠城では大手門まで馬を寄せたそうではないか」

とたしなめる。信忠は、逆らわずに頭を垂れる。

「は。以後、つつしみまする」

するると信長は小声で漏らす。

「ふむ。光秀に悪いことをした」

最近、信長は信忠の前では、愚痴や後悔めいたことを口にするようになっていた。それだけ信忠のことを信頼するようになっていたのである。

信忠は信長の気分を変えようと、残っていた森蘭丸に命じ、弥助と八郎を呼びにやらせる。

信長は明るく表情を一変させ、小走りに伺候《しこう》してきた二人を褒める。

「でかした弥助。手柄をたてたようじゃの」

信忠は、ここぞとばかりに弥助の活躍ぶりを身振り手振りで再現する。信長はすっかり気分を直し、蘭丸に酌をさせ、機嫌よく盃を重ねる。

信長は明るく言った。

「弥助。そちの分限、八〇貫文であったな。こたびの戦功あっぱれじゃ。それゆえ、一六〇貫文に加増してつかわす。そして、特に命ずるが、そちの中間、八郎を侍に取り立て、そちの家の家老とせよ」

「カ、かたじけのうござる」

弥助は、信長の前であったが、後ろを振り返った。

「ハ、八郎殿。聞かれたか。侍じゃ。八郎殿、侍じゃ」

「承ってござる。上様。森様。殿。ありがたき仕合わせに存じまする」

八郎は男泣きに泣いている。

八郎は、これより生まれ在所の秋武村から名字をとり、主君弥助から春の字を拝領して、秋武《あきたけ》八郎春重《はちろうはるしげ》と名乗ることになった。

弥助は、信忠から褒詞《ほうし》とともに砂金の入った袋を三つ拝領し、御馬廻衆の任に戻った。


信長の一行は、甲州での戦後処理の手配りを終え、安土城に帰ることになった。

その道中、弥助にエスクデロが馬を寄せる。

「弥助殿。いつか申しましたキリスト教入信のこと。いかがですかな」

口を開いたかと思えば、聞こえてきたのはポルトガル語である。御馬廻衆である弥助は、帰途においても完全武装である。黒龍の口取は侍身分となったものの、他に中間がいないため、秋武八郎が務めている。弥助はポルトガル語で答えた。

「迷っております」

「貴殿は信長様のみならず、次の世俗皇帝になるであろう信忠様の覚えもめでたい様子。貴殿がキリスト教徒となれば、織田家の重臣たちを入信させることもできましょう」

「はあ」

「それに信長様のことをもっと知りたいのです。入信していただければ、弥助殿に、今以上に心安く質問できます。是非、入信してほしいものです」

エスクデロは、今まで以上に弥助の機嫌をとるような笑みを浮かべながらしゃべる。

弥助は、体のむずがゆさと、前から感じていた正体不明の不快感もあって、エスクデロの眼帯を気味悪く眺めて口ごもる。

「まあ。弥助殿は以前と身分が違う。それにまた御加増があったとか。もはや立派な騎士、いや侍です。そのうちこの国で城持の諸侯になられるやもしれぬ。以前、弥助殿の帰国のお手伝いなどと申しましたが、もはやその必要はなくなったやもしれませぬな。ま、ゆるりと考えてくだされ。私はこの後、右京南蛮寺に戻るつもり。京でお返事を待っております」

エスクデロは器用に馬の速さを落とし、後ろに下がってゆく。

——諸侯だと……。

希望で胸が膨らむ。

——とはいえ、キリスト教入信か。迷うところだ。故郷。故郷には惹かれるが、アフリカに帰ったところで、家があるわけでなし……

弥助はゆったり歩む黒龍の首筋を撫でる。

口取の秋武八郎が口をとがらせる。

「殿。異国語で何のお話です。八郎には、まるでわかりませんでしたが」

「ア。その。いずれ、話すでござる」

「いずれ、ですか。しかし、殿。あのパードレ。いやな顔つきでござるな。あの顔で毎度拝まれる異国の神も大変でしょうな」

――いやな顔つきか。確かにな。

弥助は八郎に苦く笑ってみせた。

黒龍が同調するように雄々しくいないないている。

一八　富士の懐

「徳川様。千載一遇の好機とは、このことですぞ」

信長の盟友、徳川家康に向かって、陰々滅々とした声が発せられた。ここは家康が宿所としている甲斐・駿河国境辺りの寺である。

家康は、数日前より、甲府から近江国安土城に帰る信長を必死にもてなしている。家康の領国は、三河国と遠江国という東海道のただなかであるので、当然である。家康は、信長が明智光秀を皆の目の前で足蹴にするのを見て以来、嫌な予感がし、それこそ難癖をつけられぬよう細心の注意を払っている。

この日も、一日中、信長とその一行をもてなし、道橋の普請《ふしん》とその確認を命じ、夜になってようやく宿営地に指定していた路傍の寺に入ったところである。

かつて三方ヶ原の戦いで武田信玄に大敗した頃の家康は、頬がこけ、目ばかりが大きい瘦軀《そうく》であったが、この頃は、貫禄がついたというか、少々肉がついてきた。天下人に近しい立場にある信長の瘦身とは対照的である。

家康も信長同様、鷹狩に出かけるのが好きな性質で、その上白米を避けて麦飯を食すなどの粗食を心がけている。が、単純に食べる量が多い。さらに蜜の入った薬湯を頻繁に飲んでいるせいか、近頃、肥えてきた。

家康は、徳川家に分裂の兆しをもたらしていた嫡男信康《のぶやす》を信長の了解をとって切腹に追い込んで以後、子というものに懲りていたが、ややあって考えが変わり、徳川の繁栄のためには子作りが大事と、毎日、二度、三度と、その甘い薬湯を飲んでいる。確かに精はついたが、腹も出た。

そんな家康の目の下には、接待疲れで、青黒い隈《くま》が浮かんでいる。

「なんのことじゃ」

家康は、夕刻頃より、宿所に入ったら、湯漬けをかきこんで一刻も早く寝ようと考えていた。夜もふけてようやく宿所に戻ったと思ったところ、家臣の服部半蔵《はっとりはんぞう》がひたひたと寄ってきて、この暗い声の持ち主を引き合わせてきたのである。

声の持ち主は、柘植三郎左衛門であった。かつて、伊賀国で信長を襲撃して討ち漏らした伊賀者である。

「信長公を討つのは、今をおいて他にはありませぬ」

「の、信長公を討つじゃと」

爪を噛んでいた家康は、懐紙を取り出し、ぺっ、と唾を吐いて立ち上がった。話柄が重大過ぎる。半蔵がすかさず声をかける。

「殿。お声が高こうございます」

「う、うむ」

家康は、ごくりと唾をのみ込んで座り直す。

「信長公は、こたび、予に駿河国を賜った。なんで討つ必要があろうか」

半蔵の服部家は、譜代《ふだい》の松平《まつだいら》・徳川家家臣であるが、それは二代前の先祖が伊賀国より三河国に流れてきたためである。そもそも服部家は伊賀国の忍びの名門で、三郎左衛門の柘植家とは遠いが、平安の頃からの平《たいら》姓の同族であると言い伝えられている。半蔵自身もその家臣も、多少なりとも伊賀の技を受け継いでいた。

半蔵は、三郎左衛門より事前におおよその話を聞いていたので、事の重大性を鑑み、家康の宿所を自身の手練《てだ》れの配下に守らせ、誰も近づけぬよう、手配りしていた。先刻来、その気配をひとつひとつ確かめつつ、話を聞いている。

三郎左衛門は、半身を乗り出す。

「徳川様。半蔵殿にも申しましたが、こたび、織田家重臣、滝川一益殿が、関東一円を預かる織田家代官として上野国《こうずけ》へつかわされ申した」

「うむ。聞いておる」

「さすれば、この先、徳川様はどこへ伸びていくおつもりでしょうや」

「むむ」

「どこへも、伸びること、叶いますまい」

「さればこそ、誠心誠意、信長公にお仕えするまでよ……」

「しかし、中国の毛利家は羽柴秀吉殿が攻めておられまする。また、それへ明智光秀殿が援軍に向かわれる由」

「うむ」

「四国の長宗我部家へは、信長公三男の織田信孝殿が出陣されるそうにございます。東北は、伊達家をはじめとして、信長公と昔より御昵懇《ごじっこん》。関東の北条家はここへきて立場が曖昧になり申したが、今のところは信長公に服従しており申す」

家康は、いらいらと言った。

「先刻承知のことじゃ」

「となりますと、徳川様はこの先、信長公のためにいずこの戦で働かれまするのか」

「ううむ」

「徳川様。次に信長公がお攻めになる相手は、あなた様やもしれませぬぞ」

「ば、馬鹿な。そのようなはずはない」

「しかし、あなた様の御立場は、先年、信長公に滅ぼされ申した浅井長政《あさいながまさ》公のそれに、よう似ておられまする」

「ちっ。嫌なことを言う……」

家康は横を向いた。

「良薬、口に苦しと申します。武田家が滅びた今、あなた様は信長公にとって邪魔でこそすれ、ありがたいものではありますまい」

「……」

「それに、このまま信長公が天下人になられたらば、徳川様、あなた様のご身代はちと大き過ぎるのではありませぬか」

次第に、家康の顔に不安げなものが浮かび、三郎左衛門を見つめ直す。

「ま、それは、そうだの……」

「狡兎《こうと》死して走狗《そうく》烹《に》らると、申します」

家康は、口に指の爪をもっていきかけてやめ、身を乗り出す。

「三郎左衛門とやら。そち、予が良きに計らえと申さば、その……。そのこと、果たせるのか……」

ここで服部半蔵が、家康に軽く頭を下げ、三郎左衛門とよく似たくぐもった声を発した。

「三郎左衛門殿は、伊賀きっての手練《てだ》れと聞いてござる。しかし、先の織田家による伊賀攻めのみぎり、信長公のお命を狙《ねろ》うたものの、黒い異国人に阻まれたと聞いており申す」

家康は、かすかに相槌を打つ。

「黒い異国人。おう。南蛮人のパードレが献上した者か。耳にしたことがあるの」

三郎左衛門は、顔色を変えて半蔵に向き直る。

「あ、いや。半蔵殿。あれは、油断したまでのこと。あのような者がおるとは思わず……」

半蔵は、三郎左衛門に皆まで言わせず、家康に言上する。

「殿。危ない真似はなさらぬ方がよろしいと存知ます」

三郎左衛門が何か抗弁しようとしたが、半蔵は、それを再び手で制した。

「とは申せ、殿。今、東海道筋で、事を起こされては困りまするが、安土や京で三郎左衛門殿が何をなされようと、ご当家の知ったことではありますまい」

「……」

「万一、人に知られぬよう、密やかに事をし遂げた暁には、ご当家にて、三郎左衛門殿を大身のご家臣にお取り立てになることもありましょう……」

家康は目を細めつつ、爪を二、三度噛んだ。

「ふむ。事を成し遂げた際、当家で伊賀者の一人や二人、召し抱えることなど造作もない……」

三郎左衛門は、話の好転に心躍らせ、家康に向き直る。

「仰せ、かたじけのう存じます。徳川様。織田家のある限り、拙者には、伊賀者には、未来永劫日の目は当たりませぬ。何卒、よしなに」

家康は、狡猾そうな笑みを扇で覆う。

「ふむ。しかし、三郎左衛門とやら。当座の金子はつかわすが、この後はすべてそちの才覚で行なえ。当家を頼るな。半蔵も頼るな。予は何も聞いておらぬ。よいな」

「は」

――まずはよし。事をし遂げた暁には、徳川家に拾ってもらえそうじゃ……。

三郎左衛門は、半蔵から砂金のつまった袋を三つ受け取り、煙のようにかき消えた。

家康は品の悪い笑いを浮かべた。

「くくく。あの砂金、信長公より拝領したものであった。我ながら、悪い使い方をしたものよ」

半蔵は、特に追従をいうでもなく、黙って叩頭する。家康は大きく息をついてつぶやく。

「さて、さて。それは、それ。これは、これじゃ。明日も信長公の御接待を遺漏なく致さねばの。半蔵。胡乱《うろん》な者が近づかぬよう、目を配れ」

「は」

「東海道筋では困る。したが、他の土地では何が起ころうが、確かに知ったことではないの……」

「御意」

「あ。湯漬けを持て」

「は……」

家康の、ぎょろぎょろとよく動く目は光を消し、元の篤実《とくじつ》な表情に戻っている。半蔵は再び叩頭し、静かに下がった。


翌日、信長の一行は、甲斐から駿河国に入り、東海道を進む。

弥助は愛馬黒龍に乗って信長の側にある。御馬廻衆であるので、口取の秋武八郎ともども、完全武装である。高遠城の戦いで抜群の威力を見せた新月も、今は静かに八郎の背に佇んでいる。

やがて弥助の目に、大きな山が映った。

「オオ。あの頂上が白い山、何という山でござるか」

「あれは富士の山でござる。頂上が白いのは、雪らしゅうござる」

八郎が馬上の主人を振り仰いで答える。

「ウツクシイ……」

「今日は、よい陽気というのに、雪とは。さすがは富士山。高いのですなあ」

行きは中山道《なかせんどう》を通ったので見なかったが、目に映っているこの山は、日本でいちばん高いらしい。

山は、近づけば近づくほど大きくなる。

――ああ。故郷の山に似ている……。

弥助は涙ぐむ。すると信長が馬を寄せてきたので、弥助は急いで馬上で叩頭する。狩姿の信長は、いぶかしそうに弥助の表情をのぞき込む。

「弥助。いかがしたぞ」

「ハ。あの山、拙者の故郷、モザンビークの山、ビンガ山に似ております。懐かしいでござる」

「ほ。そちの故郷にも、富士のような山があるのか」

「ハイ」

「それは、懐かしいであろうな。それで、涙したのか」

「ハイ。それもありますが」

「なんじゃ」

「ビンガ山の麓にあった拙者の村、白い南蛮人に攻められてござる。だから、村、焼き払われ、生き残った者、皆、白人の奴隷になったでござる」

「ああ。以前もそうしたことを申していたの……」

「ドレイ、つらいでござる」

信長は弥助の後に騎馬で続いていたエスクデロにも声をかける。

「これ、エスクデロ。モザンビークとやらを攻め取ったのは、そなたらか」

話を聞いていたエスクデロは、無意識に眼帯で覆った目に手をやり、内心、冷や汗を覚えている。

――まさか。こ奴、あのときの生き残りか……。

エスクデロは動悸をおさえる。しかし、軽く馬腹を蹴って心持ち信長に近づき、徒歩の通訳を介して答える。

「いえ。モザンビークを攻め取ったのは、ポルトガル人でして、私はスペイン人です」

「ふむ。南蛮人でも別種ということか」

「はい。隣の国です」

「そうであったか。ま、いずれにせよ、弥助のためを思えば、南蛮人はけしからぬと言ってやりたいところじゃ。しかし予も戦は好む。日本国内ではあるが、今まで数多くの国を攻め取ってきた。血も流してきた。それに、わが国にも奴隷はおる。戦で負ければ奴隷になるのが世の定めじゃ」

「……」

「ただ、予は、弥助のような器量ある者が、奴隷のままであるのは理に合わぬと思う。最初、予は、黒坊主のそちが物珍しいゆえ中間とした。しかし、そちは武功をたてた。だからこそ、予は、そちを侍に、馬廻衆に、取り立てたのじゃ」

信長は馬に揺られながら、弥助をじっとみつめる。

「黒き者がいつも奴隷である必要はない。人の価値は器量で決めるべきじゃ」

弥助は感動する。信長はエスクデロを一瞥する。

「エスクデロ。そうではないか」

「は。はい。しかし、黒人は劣った人間ですので……」

信長の眼が白く光る。

「どこが、どう劣っておるのか」

「……」

「弥助の方が、そちより、日本の言葉をうまく話すではないか」

「……」

「もうよい。さがれ」

――ぬかった……。

エスクデロは悔しそうな顔で馬の速度を落とす。

弥助は今まで以上に親愛の情を感じ、思い切って信長に尋ねる。

「ウエサマ、お強い。いつか、モザンビーク行って、白人、倒してほしい。私の故郷、取り戻してほしいでござる」

これには、さすがの信長も意表をつかれた。しかし、信長はややあって大きく頷く。

「おお。日本の天下を平定致せば、いつか、そのような日がくるやも知れぬ。うむ。そう致そう。そのあかつきには、そちをモザンビークとやらの大名にしてつかわそうぞ」

信長は馬を寄せ、なぐさめるように、弥助の背中を叩く。


信長一行は、四月一五日に遠江国掛川城、一六日に浜松城、一八日に三河国岡崎城で、家康の接待を受けた。

信長は、家康とはいったん岡崎で別れ、二一日に、近江国安土城に帰城した。家康には、

「接待、感じ入った。返礼したい故、すぐ安土に参られよ」

と言ってある。

信長は安土に帰城すると、家康接待の奉行を明智光秀に命じた。

森蘭丸より呼び出しを受けた際、光秀は甲斐恵林寺でのことが頭をよぎった。だから、覚悟の上の出仕であったが、予想に反しての華やかな役の言い付けで、嬉しいというより、拍子抜けを感じた。

しかし、光秀が仰ぎ見た主君信長の顔つきは、接待を言いつけるような陽気なものではない。

信長の声もいつになく、低い。

「日向守。光秀よ。家康をどう思う」

光秀は、信長の機嫌をいかにして取り結ぼうかと、そればかり考えていたので、意表をつかれ、咄嗟に信長の思考についていけない。

「どう、と仰せられますと」

「ふむ。家康め。ちと、大きゅうなり過ぎたの」

「は……」

怜悧な光秀は忙しく頭を働かせ、信長の胸中に、家康を潰す想念が持ち上がっていることを悟った。

「ゆくゆくは上様の御邪魔になろうかと……」

「それよ。当面は家康を遺漏なく接待致せ。当面はの。ただ、近いうち、何か申し付けることがあるやもしれぬ。備えておけ」

——備えておけと……。

「は……」

光秀は信長の意向を知った。しかし光秀には、同情するほど家康に深い思い入れはない。役目を果たすまでである。

光秀は城下にある自分の屋敷に戻ると、家老の斎藤利三を呼び出した。そして、家康接待の用意に取り掛かるよう命じたが、同時に別命を与えた。

「夜討ちを得意とする者を……。そうじゃな。数名、集めておけ」

利三が片眉をあげる。

「なんと。それは。徳川殿を討てとの信長公の御上意でござるか」

光秀は、言葉を濁した。

「うむ。いまだ、はきとしたことはわからぬが。念のために備えよとの仰せじゃ」

「は。これは、容易ならぬこと。さっそく近江坂本と丹波亀山より、夜討ちを得手とする、当家の者を四、五名呼び寄せまする」

「いや、まて。家中の者はやめよ。銭を払うて、そうじゃの。折角、近江国坂本を領しておるのじゃ。同じ近江国の甲賀者を雇うがよい」

「甲賀者を。確かに。その方がよさそうでござりまするな。かしこまりました。雇うておきまする」

「ふむ。頼んだぞ……」


その頃弥助は、城中で顔なじみの同朋衆良阿弥らへの挨拶をすませ、久しぶりで自室に足を踏み入れた。そこには、あでやかな侍女の椿がしとやかに指をついて待っていた。戦場帰りの弥助には、椿の赤い帯が眩しい。

「天竺様。お帰りなさいませ」

「ツバキ殿。今、戻ったでござる」

「信濃で武功をおたてになったとか。同朋衆の良阿弥殿がお教えくださいました」

「ハイ。武田家家臣、諏訪兵庫殿、討ち取りました。良き敵でござった」

「それは、おめでとう存じます」

――あ。土産がない。

「ツバキ殿。あの、土産ない。申し訳なきことでござる」

「ほほほ。天竺様は、戦にいかれていたのでございます。土産など、いらぬことでございます」

弥助は、縁側の八郎に声をかける。

「ハチロウ殿。若い御屋形様より賜った、砂金、出してくだされでござる」

八郎は背中に背負っていた道中袋から砂金袋を取り出す。

「ツバキ殿。この砂金、どうぞ」

「天竺様。このようなもの、いただけるわけがありませぬ」

「エ。何故でござるか」

椿は、白い手で自分の丸い膝を軽く叩く。

「こたび、上様より御加増を賜ったとか。そして、八郎殿を侍身分とし御家老になされたとか。それは、お目出度く存じます。しかし、ご油断はいけませぬ。これは、余裕をみて新たな御家臣を召し抱える際、お遣いになるものです。お蓄えにならずしてなんとなされます」

「ハ。なるほど。そういうものでござるか。お。いや、申し訳なきことでござる」

八郎は笑いを嚙み殺しながら、そっと下がっていく。

弥助は、椿とやりとりするうち、故郷を思ってふさいでいた気が紛れる。

――ああ。私にとって、日本は第二の故郷になったようだな……。

一九　闇夜の死闘

戦場より戻った弥助は安土城中で平穏な日々を過ごしていた。甲冑や大大刀新月の手入れをし、愛馬黒龍の世話もかかさない。

無論、主君信長のもとにも毎日伺候する。分限一六〇貫文の御馬廻衆ともなると、平侍ではない。城中ですれ違う人々の礼容は、一段と丁重なものになった。

天正一〇年（一五八二）五月四日、安土に朝廷から勅使の下向があった。弥助の上司にして、御小姓頭の森蘭丸は、勅使一行の宿所と城の間を忙しそうに往来する。弥助は御馬廻衆として、何度か殿中の警衛役を務めた。蘭丸は一息ついた際、弥助にひそかに言う。

「天子様は、上様を征夷大将軍に任ずる意向を示されたのじゃ」

「テンシサマ」

「禁裏様のことよ。そうような。この国で最も尊い御方じゃ。但し、神を祀《まつ》られ戦はなさらぬ。弥助も公家を見たことがあろう。公家を率いておられる方よ。というより、先頃、京で上様の馬揃えを御覧になっていた御方よ」

「ア。京の馬揃えの時の。では、天子様、公家の大将でござるか」

「そういう言い方はよくないが、ま、そのようなものよ」

「デハ、征夷大将軍とは何でござりましょうか」

「そうような……。天子様に代わって、国を治める天下人が任官なさる官職よ」

「ソレハ、嬉しいです。上様、偉くなってほしいでござる」

「うむ。しかしな、弥助。上様は天子様の御意向を知って喜ばれたが、お断りになった」

「エ。何故でござるか」

「中国、四国は従えておらず、いまだ九州が手つかずゆえ、時期を見てお受けしたいということじゃ」

「ハア。それはいつ頃になりましょうか」

「うむ。さして時はかからぬやもしれぬ」

弥助には細かい部分は、理解できなかったが、要は、信長が日本の事実上の主になる日が近いということのようである。

——これは嬉しい。私も励まねば。


五月一四日、信長は明智光秀を呼び出す。

「光秀。明日、徳川殿が安土城にやってくる。用意に遺漏あるまいの」

「は」

信長の目が冷たく光る。

「ふむ。して、例の備えの方は」

「は。そちらも、滞りなく」

翌、一五日の昼前、家康が徳川家の重臣、酒井忠次《さかいただつぐ》、石川数正《いしかわかずまさ》、本多忠勝《ほんだただかつ》、榊原康政《さかきばらやすまさ》、小姓の井伊直政《いいなおまさ》らを引き連れ、安土に登城してきた。家康は礼装であった。

家康は、城の大手門で待ち受けていた顔見知りの光秀に辞儀をして言った。

「これは日向守殿。こたびは御招きにあずかり、かたじけのうござる」

「は。三河守様。この光秀、主、信長より、三河守様をもてなすよう、言いつかってござる。何かござりましたら、遠慮のう仰せられませ」

「おそれいる。よしなにお頼み申す」

家康は、光秀に続き、信長が待つ天守閣二階の大広間に入った。

今朝、家康が旅装を解いて礼装に着替えたのは、宿所に定められた、城下の大宝坊《だいほうぼう》という美しい寺であった。

家康が登城した後の大宝坊には、家康の供をしてきた徳川家の中間や小者が残っていたが、奥の一室に、登城をしなかった服部半蔵がいた。

「殿」

庭の方からくぐもった声がする。

半蔵が障子を開けて縁側に出ると、中間でも下男でもないような、男が片膝をついている。

男は半蔵の家臣で、要は、下忍である。

「うむ。明智屋敷の様子は」

「は。伊賀国服部郷よりの報せの通りでござった」

「やはり、明智家家老、斎藤利三は甲賀者を雇うたか……」

「間違いなく。昨晩、甲賀和田《わだ》の一党、五名が明智屋敷に入るのを見届けましてござる」

「ようやった」

半蔵は苦笑まじりに言う。

「和田一党か。信長公に重用された和田惟政《これまさ》殿が討死されてからというもの、あの甲賀の名門も鳴かず飛ばずじゃからのう」

「は。ただ、気がかりにござりまするのは、和田一党も気を入れておるようで、上忍の和田左《さ》京《きょう》殿が出張っておられ申す」

「何。和田一族の左京殿か。それは容易ならぬ。ならば今宵はわしも出張るとしよう」

安土城天守閣では、昼前に信長と家康の対面が終わり、昼食が出て、休息をはさみ、夜は酒宴となっていた。

その夜、饗応役の光秀は、城下にある自身の屋敷に戻らぬつもりであった。

光秀は、信長と家康の酒宴に出て、如才なく家康をくつろがせることに成功したと思っている。

光秀は、こうした接待が得手であった。

家康を大手門から見送った後は、城の奥へ行き、料理人と会って、明晩の酒宴の献立の確認をし、酒を吟味した。それが終わると、酒宴の際に、信長、家康の前で演ずることになっている能役者の観世大夫《かんぜだゆう》のもとに挨拶に行き、さらに森蘭丸と打ち合わせをした。

そうしたことが何やらかにやらあり、結局、光秀が城内の専用の控え部屋に戻ったのは、深更であった。

光秀が疲労とともに襖を開けると、斎藤利三が待っていた。

「殿」

「おう。内蔵助。こちらは、滞りない。そちらの例の備えは」

「は。こちらも滞りございませぬ。城下の御屋敷に、甲賀の和田左京殿一党五名が入ってござる」

「ふむ」

すると、部屋の外に茶坊主か小姓の気配がする。

「もし。明智様」

利三が返事をして襖を開けると、森蘭丸配下の小姓がいた。

「明智様。上様がお呼びにございます」

光秀は、幸いまだ衣装を替えていない。利三と目を合わせ、

「すぐに伺候致す」

と言った。

光秀が天主三階にある信長の寝所兼居間である黒書院の間に入ると、部屋は人払いされていた。部屋には信長と蘭丸しかいない。

信長が低い声で言う。

「光秀。例のことよ。明日の夜、致すがよい。賊の仕業にみせよ」

「は」

信長は顎鬚をしごき、

「予も齢をとった。この先、家康に浅井や松永や荒木のようになられては、天下統一やその先のことに支障をきたす。それゆえ、手を打つのよ」

「御意。御英断と存じます」

「うむ。頼むぞ」

「承り申した」

ちょうどその頃、城下の明智屋敷の塀ぎわに、五つの影があった。

服部半蔵と服部家の下忍四名である。

黒覆面の下忍は、半蔵を振り返って片膝をつく。

半蔵が右手を振ると、下忍の一人が先に鉤爪《かぎつめ》のついた太縄を投げ、順次邸内に消える。最後に半蔵はゆっくり左右を見渡し、異常なしと見るや、縄を伝って屋敷内にひっそり降り立った。

下忍たちはあらかじめ獲物の場所に見当をつけていたらしく、半蔵をいざなって暗闇の庭園をつっきる。

そもそも光秀と斎藤利三は安土城内にいる上、主立った家臣は光秀の持城である近江国坂本城と丹波国亀山城にいて、きたるべき中国毛利攻めの準備にあたっている。

だから、安土城下の明智屋敷には、老臣や侍女は多いが若い侍が少ない。

しかしそれが故に、半蔵たちには少々油断があった。

相手は忍びの本場、甲賀の者である。甲賀者は方々に雇われ、その先々で伊賀者をはじめとした近畿の手練れの忍びたちと、鎬《しのぎ》を削ってきた。

まして、和田左京は半蔵と同年輩の働きざかりで、名うての上忍である。左京は邸内の静寂を犯す異様な気配に早くも気づいた。

左京は、ひそやかに枕元の大刀をつかみ、口で小さく鼠の鳴きまねをした。それで隣室で寝ていた和田一党の下忍四名も外の気配に気づいた。しかし慌てず、長押《なげし》の短槍をつかみ、眼をらんと開いて寝息をことさらにたて、床下の気配を探った。

そうとは知らない服部の下忍四名は、和田の下忍四名の気配がする真下に移動した。そして、刀を上へ突き立てようとした瞬間、床上から四本の槍が突き下ろされた。

田楽刺しとなった服部家の下忍の押し殺した断末魔が、闇に響く。

――ぬかったわ。

庭石の陰にいた半蔵は冷や汗を覚えた。

和田一党の下忍四名は、床下を確かめるべく、障子を開けて出てきた。隣室の左京も廊下にすべり出た。

半蔵は庭石に身を隠しながら、腰の皮袋にそっと手を伸ばす。中には冷たい肌触りの飛苦無がある。半蔵はそれを右手の指と指の間に、三本ほど握りこむ。

床下の様子を検分した和田の下忍四名が地に膝をついて左京に告げる。

「伊賀のような、そうでないような風体の忍びが四名、こと切れておりまする」

「伊賀のような、そうでないようなだと……」

「は」

「四名か。こちらはわしもいれて五名。気に食わぬ。我らの数に合わせて、もう一人、おるやもしれぬ。探せ……」

左京の命が終わるか終わらぬかのときに、半蔵は庭石の陰から躍り上がった。そして、三本の飛苦無を敵に叩きつけるように投げた。飛苦無は三人の和田下忍の首を貫いた。

半蔵は着地と同時に回転し、起き上がるのと同時に左京に抜き打ちを浴びせる。しかし、今一人の和田の下忍が左京をかばった。胴を斜め下から割られながらも、そのまま半蔵に抱きつく。

「と、殿。今です」

「む」

左京は、手に持っていた大刀で、自分の下忍もろとも敵を刺し貫く。

左京は、自身の下忍と敵の死の感触を感じながら、刃を引き抜く。下忍と敵はともに倒れた。

左京は大きく息をつき、しゃがみこんで敵の覆面をはごうとした。

すると、敵は突然跳ね起き、左京の襟首をつかんで脇差で胸を深々と刺した。

「ぐぬ」

襟首を離された左京は、胸を押さえながら後方へたたらを踏む。

「な。名を名乗れ……」

「服部半蔵……」

「むう。伊賀の服部か……」

左京は仰向けに、どうっと倒れた。

半蔵は脇差を納め、懐に入れていた干肉の塊を投げ捨てた。

――やはり、甲賀者よ。侮れぬわ……。

明智屋敷内の者は、この闇夜の死闘に朝まで気づかなかった。

翌昼前、安土城で家康接待にあたっている光秀に同朋衆、良阿弥が近寄った。

「あれに。御家老の斎藤内蔵助様がお見えにございます」

「お。かたじけない」

光秀が家康に断りをいれ、縁側にかしこまる利三に近づくと、利三は、無言で光秀を控えの部屋に引っ張った。

光秀は部屋に入るなり、がばと平伏した利三をいぶかしげに眺めた。

「内蔵助。いかがしたぞ」

「殿。一大事にございます」

「いったいどうしたのじゃ」

「例の、銭で雇った甲賀者の首領、和田左京が討ち果たされ申した」

「な、なんと」

「今朝ほど、左京の首が御屋敷の門前に投げ捨ててあるのを門番が見つけた由にございます」

「むう」

「拙者、報せを受け、急ぎ御屋敷に立ち戻り、検分致してござる」

「して」

「は。確かに和田左京は首になっており申した。庭に残された胴の胸には脇差によるらしき深き傷が」

光秀は茫然と天を仰いだ。利三は言上を続けねばならない。

「左京の配下の者、四名も庭で殺害されており申した」

利三は懐から懐紙に包んだ飛苦無を一つ、光秀に見せた。

「これが、左京配下の者、三名の首に突き刺さっており申した。残る一名の遺体は少し離れたところにあり、これは背中からの刺し傷による絶命のようでござった」

「……」

光秀はまだ天井を見ている。

「また、首となった左京の口には、この通り、半と書かれた紙が押し込まれており申した」

光秀が、紙を示す利三に視線を戻した。

「半とは」

「は。前後のことからして、徳川殿の配下、服部半蔵のことかと」

「なに。服部。伊賀の服部郷の出か」

「恐らくは」

「むう……。して、何故、わざわざ紙に、半と書く」

「上様と殿のお企み、先刻承知と言いたいのでしょう。甲賀者を雇わば伊賀者を通じて半蔵に知れると言いたいのやも……」

「そういうことか。他には」

「は。床下に半蔵配下の者らしき遺体が四体ござり、床上よりの槍で貫かれており申した。これは和田一党の働きによるものかと」

「さすがは甲賀者、と言いたいが……。しかし、ぬかったことに違いあるまい」

「は」

光秀は疲れた顔で利三に言った。

「御苦労であった。気が重いが、上様へお知らせせねばなるまい」

光秀は、天守二階の大広間で、家康と歓談中の信長に、同朋衆を通じて天主三階の黒書院の間に来てもらい、委細を言上した。

「たわけものめっ」

信長は、憤怒の表情を見せている。

「う、上様。いっそのこと、この御城中で三河守殿を亡き者に」

「それはせぬ。外聞が悪過ぎる。それに、今、家康の周りには、酒井、石川、本多、榊原、井伊がおるわ。それに加え、その服部半蔵とやらも、なにくわぬ顔で先程、酒宴に来おったわ」

「え。半蔵まで……」

信長は表情を多少、やわらげた。

「うむ。歯を痛めたゆえ、思い切って抜いてきたなどと言いおったわ。ま、よい。機会はまだあろう。そうじゃ、万一に備え、そちの家老、斎藤利三を酒宴に呼んでおけ。こちらは、おう。馬廻衆の天竺弥助を呼んでおく」

「は。さすれば……」

「いや。何度も言わせるな。城中では何も致すな」

「かしこまりました。次は必ず……」

「うむ。して光秀。毛利攻めに加わる用意はできておろうな」

「は。一万二〇〇〇、万端、相調っており申す」

「そうか。なればこの後、家康を堺や京に行かせる故、その軍勢を用いてよきように取り計らえ。明智勢が京で馬揃えをすると触れ回っての」

「承りまして、ござりまする」


その頃、顔なじみの同朋衆良阿弥にいざなわれ、弥助が天守二階の大広間へ行くと、そこには、徳川家康とその家臣の歴々がいた。

「コレハ、三河守様。拙者、御馬廻衆、天竺弥助信春と申すでござる」

「おお。家康にござる。黒坊主の弥助殿でござるな。信州高遠城で武功を挙げられたとか」

「ハ。諏訪兵庫殿と申す良き敵と巡り合い申したでござる」

「む。それは、ようござったの」

そこへ、饗応役の明智光秀と家老の斎藤利三が入ってくる。家康と半蔵は身を強張らせる。半蔵は昨夜の戦いを家康に告げていたが、家康から口止めされたため、それを重臣たちには告げていない。

光秀と利三も半蔵を見て表情を硬くする。しかし光秀は瞬時に立て直し、さらりと言った。

「徳川様。御無礼つかまつった。鯛が気になり申して」

「ほ。鯛となっ。拙者、鯛は大好物でござる」

利三は、ちらと目の端で弥助を見て好意的な会釈をし、弥助の隣の上座に座った。弥助も顔見知りの利三に目礼する。そこへ信長が戻ってきた。

「やあ。三河守。中座して失礼した。聞こえたが、鯛がお好きなのか」

「は。これは、何やらお恥ずかしい。実は、鯛は好物でござる。したが、海がない近江国で鯛とは。塩漬けでござろうか。味噌漬けでござろうか」

光秀が口を挟む。

「あ、いや。徳川様。実は、播磨《はりま》国明石浦《あかしうら》で獲れ申した鯛を桶の海水を入れかえ入れかえして運ばせ申した。それゆえ、刺身で召しあがっていただこうと存ずる」

「なんと。それは豪儀な」

光秀が手を叩くと、そこへ弥助の世話をしてくれている信長付の侍女、椿が入ってきて、鯛の刺身の大皿が載った膳を家康の前にうやうやしく置いた。弥助は突然、椿が入ってきて目を丸くしている。

「おお、見事な。上様。さっそく頂戴つかまつる」

家康が箸を皿に伸ばしかけると、服部半蔵が言った。

「殿。お待ちを。御毒味つかまつる」

「何」

事情を知らぬ、居流れていた織田家の家臣がいきり立つ。椿を見つめていた弥助は上役や同僚の様子に、少々慌てた。

しかし、半蔵は動ずる様子もなく、家康の側へ寄り、光秀の横の斎藤利三をちらと見て、刺身を一切れ口に放り込む。半蔵はわざと憎々しげに咀嚼した後、低く、しかし、はっきりとした声で言う。

「結構な味でござる。しかし、この鯛、少々傷んでおり申す」

すると信長は目の光を消しつつ、

「光秀。傷んだ鯛を徳川殿に出すとは。懈怠であるぞ」

と言った。

光秀は平伏し、詫びを言おうとしたところ、利三が膝を進めた。

「徳川様。御無礼を致し申した。お詫びに、この斎藤内蔵助利三、明智家中の槍舞をお見せ致しとうござる」

利三は弥助を振り返った。

「弥助殿。恐れ入るが、そこの長押の槍をとってくださらぬか」

弥助が信長の側の蘭丸を見たところ、蘭丸が眼で頷いたので、長押の槍を取って利三に渡した。

利三は槍の鞘をはらって弥助に渡し、すすと、広間の真ん中に進んだ。そして信長と家康に一礼すると、無言で槍を頭上で回し、虚空を突き、地を突く風で、徐々に徐々に、家康に近づいた。

すると、異変を感じた家康の家臣、本多平八郎《へいはちろう》忠勝がつと座を立ち、

「やあ。さすがは、音に聞く、斎藤殿。本多平八郎、脇を務め申す」

と言った。そして腰の扇を抜き、舞のかたちをとりつつ、利三が一歩家康に近づくと、割って入り、入れぬと知るや光秀に一歩近づくといった芸を見せた。

弥助は両人から凄まじい殺気が溢れていることに気づいている。

——ど、どうしたのだ。

すると、信長が扇子を抜いて膝を打った。

「やめぬか。鴻門《こうもん》の会のようじゃ。お。そうじゃ。徳川殿。折角じゃ、この後、堺や京に参られぬか」

利三と忠勝は器用に元の席に戻った。家康は額の汗を懐紙でぬぐって居住まいをただした。

「おお。堺でござるか。今、堺には、南蛮の者も多いとか。天笠殿のような黒坊主殿もおるとか」

「ふむ。そうじゃ。色々と珍しい物もある。堺代官に申し付けておくゆえ、鉄炮鍛冶の店々でも

御覧めされよ」

「は。そのように」

「予は、その間に支度して京へ参るゆえ、それに合わせて貴殿も堺より京へ上られよ。願い出ておくゆえ、連れだって天子様に拝謁するとしようぞ」

「それは、名誉な。よろしくお願い致しまする」

「うむ。光秀」

「は」

「そちは、丹波亀山城に戻り、毛利攻めの用意を致せ」

「は」

「家康殿。光秀が秀吉の後詰となれば、ようよう、毛利のことも片づきそうじゃ」

「それは、おめでとうござる」

弥助は利三から槍を受け取り、元の長押に片づけながら、先程の殺気は何であったのかと考えている。

二〇　南蛮屋のワイン

——人の価値は器量で決めるべきだと。笑止な。黒人は、黒人ではないか。

その頃、右京南蛮寺に入っていたエスクデロは、南蛮風の机に肘をついて信長とかわした富士山麓での会話を思い出していた。

眼帯を外しているエスクデロは、凄まじい傷跡のある、つぶれた左眼を無意識にさすっている。

——まさか。モザンビークのあの集落の生き残りと、このような東の果てで出会おうとはの……。何の因縁か。まあ、よい。大事の前の小事よ。それより、そろそろ用意にかからねばの。信長め。堺にスペイン軍船を呼び寄せる許可を出したこと、後悔させてみせようぞ……。

エスクデロはスペイン軍船の確認もあって、堺に赴くことにした。右京南蛮寺にいた通訳と小者を連れ、主に淀川の水路によって堺に行くと、思いのほか早く着いた。

堺は相変わらず殷賑《いんしん》を極めている。

天王寺屋津田宗及や今井宗久をはじめとした大商人は、皆、信長と結びつき、織田家が戦をするたびに、鉄炮、火薬の商いで富を膨らませていた。

また、堺の雑踏を見渡すと、今まで以上に南蛮人が増えたような気がする。ポルトガル人、スペイン人、イタリア人も増えた。日本人はよく理解していないようだが、中東のアラビア商人までいる。

市中に縦横に張り巡らされた水路の堀端を行き交う人々の衣装は、いちいち華麗である。行き交う女性の雰囲気も、京とは少し異なるようである。

この堺の港近くにエスクデロが懇意にしている、ある商家がある。

この商家の主人はスペイン人である。名前はラウル・アセンシオと言った。屋号は南蛮屋で通っている。

堺は、近頃になって伝統や格式をうんぬんするようになったが、京都ほど閉鎖的ではない。ラウルは堺出店にあたって、イエズス会宣教師の仲介を受け、最終的に津田宗及の協力を仰いだ。宗及は積極的に港近くの元商家の空き家をあてがってくれ、なんとか開店に漕ぎ着けた。堺では宗及の後援の威力が絶大なのである。自然、南蛮屋の店の者は、手代以下、多くが天王寺屋から派遣されてきた者となった。

ラウルの仕事は、中国大陸にある事実上のポルトガル領マカオで品を買い付け、それを宗及に売るというものである。買い付け量が多いときは自身、九州経由でマカオへ行く。宗及から、他の堺商人には品を売らぬことを約束させられているので、この店では一般客相手の小売りはしていない。ラウルとしては、多少、息苦しさも感じるが、宗及はそうしたマカオより取り寄せた鉄炮や火薬を高値で買い取ってくれるため、儲かってはいる。最近、マカオには支店ができた。

そんなラウルだからこそ、日本の武器事情は手にとるようにわかる。

——徐々に、鉄炮、火薬の売り上げが減っている……。

日本の戦は減っていないのに、である。

——それは、日本における鉄炮の国産化が進んでいるからよ。

と、鋭敏なラウルはよくわかっている。しかも、

——日本の火縄銃は、なかなかに、性能が良い。

現に、マカオへ行く際のラウルの恰好は、ヨーロッパ人の通常の服装に日本の帯を締め、そこに日本の刀を差し、日本の火縄銃を持つという、奇妙なスタイルであった。

——ま。日本では、生糸の方は、相変わらず高値で売れるしな。それにマカオでは、刀に加えて、あべこべに日本産鉄炮が売れ始めた。面白いものよ……。

と、鋭敏なわりに楽天家であるラウルは、堺とマカオを股にかけた、極東地域における彼なりの大航海時代を気に入っている。

そんな中、面識を得たのが、元スペイン海軍軍人にして、元傭兵という経歴を持つ、イエズス会宣教師エスクデロであった。

歳はラウルの方が五歳ほど若かったが、スペインの新興貴族、イダルゴの家の庶子という共通点があり、二人はマカオで意気投合した。

ラウルの方が先に日本に拠点を移していたが、その後も事実上のイエズス会の拠点である堺の南蛮寺を介して文通したり、エスクデロが来日して後は、数度、面会したりしていた。

両人の違いといえば、エスクデロは片目で眼帯という厳つい顔つきであるのに比べ、ラウルの容貌は、船乗りらしく日に焼けているが柔和なところがある。人種を問わず、女性がほうっておかない。他に違いといえば、エスクデロは宣教師であるくせして、どこか神に対して尊大であるのに比して、ラウルの方は敬虔なカトリックという点がある。

そんなラウルの閑日、南蛮屋の暖簾をぬっとくぐってきた影があった。

エスクデロである。

たまたま、それを見ていたラウルは、心中、憫笑《びんしょう》を禁じえなかった。

――ふ。あの男。何か企んでいると顔に書いてあるようだの。

「ヤア。エスクデロ神父。ご健康そうですな」

ラウルはふざけて、片言の日本語で言った。エスクデロはにこりともせず、隻眼を光らせ、スペイン語で返事をした。

「うむ。話がある。二人で話したい」

ラウルはエスクデロを奥の部屋に招じ、マカオで購入していたとっておきのワインをついでやった。喉が渇いていたエスクデロは喉を鳴らして飲み干した。そして、おもむろに言った。

「ラウルよ。腕が立ち、探索に長けた者はいないか」

ラウルには心当たりがあった。商用で京都などへの小旅行をした際に護衛に雇った武士がいたからだ。ひとまず笑みを納めて言った。

「ふむ。適当な人物がいる。明日、呼びましょうか」

「頼む。ところで、以前頼んでおいた、堺にスペイン軍船を呼び寄せる話、間違いないだろうな」

「ああ。もう出航しているでしょう」

「傭兵は何人だ」

「注文通り、一艘あたり、三〇人。三艘で九〇人です。内訳は、ヨーロッパ人と、ヨーロッパ人と明人の混血と聞いています。全員スペイン語を話します。日本語はさっぱりだそうですが」

「む。注文通りだな。が、こちらで頼んでおいてなんだが、少々心もとない数だな。この国の猿どもは、戦慣れしているからの。傭兵どもの鉄炮はヨーロッパ由来の新式のものを装備してくれているのだろうな」

「ええ。それも注文通りです。火縄を用いない新式銃と、陸戦用の小型の大砲を六門、装備しているはずです」

「そうか」

「ただ、パードレ。前にも言ったが、火縄を用いない新式銃は連射に優れているが、命中精度は日本産火縄銃に劣りますぞ」

「ふ。まさか。猿が真似事で作った銃に劣るわけがあるまい。それに雨天になると火縄を用いぬ新式銃が威力を発揮しよう」

「それはそうですが。マカオでは日本産鉄炮が売れ始めておりますし、武器商人として、新式銃の性能については思うところを伝えましたからな。あとで苦情を言われても知りませぬぞ」

「わかった。注文どおりなら、それでよい。それより、イエズス会には、京都や堺や安土の南蛮寺の護衛兵の名目で費用をださせたのだ。間違いがあっては困るが」

「ええ。マカオ支店の者が同乗しています。間違いありません」

「そうか。軍船はどのようなものか」

「さすがに、スペイン本国で建造されたものではありません。しかし三艘ともに、スペイン海軍からの払い下げ品であることは確かです。ジャンク船をマラッカにいたスペイン人の船大工一家が軍船に改造したものです。それほど大型ではありませんが、それだけに船足は速く、片舷五門、計一〇門ずつ大砲を載せています」

「ほう。それは心強い」

ラウルはエスクデロの隻眼を見ながら、自分のグラスを空にした。

ラウルは、エスクデロの危険な注文を知己のよしみで引き受けたが、具体的に何に使うのか、真意が何かは言わないでくれと言ってある。マカオ・日本間の船の動きは、知っている限りで津田宗及に告げる必要があるためである。

実際、ラウルは、傭兵九〇人と陸戦用小型大砲三門が乗ったスペイン軍船三艘がマカオを出航したと既に宗及に告げてある。嘘をつくつもりはなかった。

ラウルは宗及に恩義を感じている。心中、同郷の知己と秤《はかり》にかけてみたが、宗及の恩義の方が、少々重いようだった。

使途については、エスクデロに言われたとおり、京、堺、安土にある南蛮寺の護衛のためと告げ、堺来航については、エスクデロが信長の許可をとっていることも伝えた。その上で、ラウルとしては、最大限の好意により、発注元であるエスクデロには多少きな臭い企みがあるやもしれぬと言い添えてある。

そのとき、宗及は、

「相分かった」

と言ったのみで、他には何も言わなかった。

——宗及様はこの情報をどう使うのかの。ま、なるようになろう。

ラウルは、頭を働かすのをやめ、物騒な友人とのワインを楽しむことにした。


翌日、ラウルの南蛮屋を訪れてきた侍は、伊賀者、柘植三郎左衛門だった。三郎左衛門は、伊賀で信長襲撃に失敗し、服部半蔵の引き合わせで家康に会い、大望成就のあかつきには徳川家仕官という話をした後、京に居ついて好機を待っていた。ただ居食いしても仕方ないため、その間も、有力な商人の仕事を二、三、引き受けていた。今は、京は西八条の無住の禅寺を拠点にしている。三郎左衛門からすれば、ラウルは顧客の一人であった。

エスクデロは、ラウルより三郎左衛門を紹介されると、その暗い表情に自分との共通点を感じた。

「シバラク、雇いたい」

エスクデロが片言の日本語で言うと、三郎左衛門が短く答えた。

「銭による」

そこで、エスクデロは持参していた銭を一〇貫文ほどわたし、

「コレヨリ、一月毎に五貫文はらう」

と、付け加えた。三郎左衛門は銭を膝元に引き寄せて頷いた。

こうして三郎左衛門はエスクデロに雇われ、護衛として常に同行することになった。もとより、エスクデロは熱心に口説いたわけではないが、三郎左衛門はキリスト教になんの関心も示さなかった。

ただ三郎左衛門は、堺のスペイン人やポルトガル人商人の仕事を受けることもあったので、ほんの片言ながら、ポルトガル語を話せた。しかも、聞けば信長を襲ったことがあるという。エスクデロは、

――これはよい買い物をした。

と思った。

エスクデロは三郎左衛門を伴って右京南蛮寺に戻った。信長打倒の方法を考えるためである。

念頭に浮かんだのは、甲斐国の陣中で信長に足蹴にされていた明智光秀を利用することであった。

――光秀を利用するだけ利用して信長を倒すか。そして光秀をあやつり、予は、スペインの日本総督に……。いや、この国の王になるのも夢ではないか……。

ある夜、エスクデロは、三郎左衛門に思い切って信長打倒のことを打ち明けた。そして、もうじき堺にスペイン軍船がやってくること、光秀をうまく利用しようと思っていることも語った。

無論、寺内の私室は人払いしてある。

南蛮机の上にある燭台の火がゆらめく。

火に照らされる三郎左衛門の暗い目が見開かれる。そして、三郎左衛門は三郎左衛門でひとりごちる。

――この男が引き起こす騒動に乗ずれば、面白いやもしれぬ。それに、信長を討てば、徳川殿の仕事を果たしたことにもなる……。仕事を成し遂げた後、旨味がある方に近づくか……。

エスクデロは、そんな暗い野望に燃えた三郎左衛門の自分と同種な表情に満足し、まずは光秀に接近すべく、光秀の情報を集めるよう申し付けた。

数日後、三郎左衛門は、配下を使って調べさせた光秀に関する情報をエスクデロに告げた。

光秀と土佐国長宗我部家の特別な関係のこと、長宗我部家の軍勢は、織田方の先鋒部隊と阿波国三好家の連合軍に圧倒されていること、光秀の娘聟にして織田信長の甥である織田信澄は、四国攻めの総大将織田信孝の副官の一人として、近日中に四国に出陣する予定であることなどである。

エスクデロは三郎左衛門の情報収集能力の高さに驚くとともに、この情報を使わない手はないと思った。さっそく、三郎左衛門を伴い、光秀の居城の一つ、丹波国亀山城の城下へ急行した。

ときは、天正一〇年（一五八二）五月二六日である。光秀はこの日、亀山城にいた。

その日の夕刻、斎藤利三が天守閣二階の光秀の居間を訪れていた。

利三は一人の男を伴っている。男は、織田勢と交戦中の土佐国長宗我部家の密使で、津野式部《つのしきぶ》といった。式部は挨拶や前口上を終えた後、げっそりとした表情で光秀に言った。

「わが長宗我部家は織田家に逆らうつもりはありませぬ。ひとまず戦をやめていただくよう、織田様におとりなしくださいませぬか」

「うぅむ。苦境はお察しするが。長宗我部殿には、ひとまず、攻め取られた阿波国をお手放しになるおつもりはあろうか」

「は。こうなっては、それも致し方ないと、主君元親も申しております」

「左様でござるか。ならばその旨、上様に急ぎ伝えよう。長宗我部殿へはなるべく早うに阿波と土佐の国境《くにざかい》まで兵を下げられよ、とお伝えくだされ」

精悍な顔に疲れが浮かぶ式部は、追って第二使、第三使があるやもしれぬと言い、一礼して部屋を出て行った。

部屋に残った利三は、光秀に向き直った。

「阿波一国で上様のお許しを得られましょうか」

「戦が始まる前ならばの。ちと、遅いやもしれぬ」

「殿。上様の甥御にして、殿の聟であられる織田信澄様が四国攻めに加わられるとか」

「そうじゃ。信孝様の副将じゃ」

「それはようございました。殿、この際、拙者や拙者の妹のことはお気になされますな。信澄様が武功を挙げられれば当家にとってもようございましょう」

「ううむ。確かに、信澄殿には武功を挙げてもらいたい。しかしのう。長年の友誼がある長宗我部殿の見殺しもできまい。長宗我部殿の奥方であられる、そちの妹もじゃ」

「おそれいりまする。しかし、乱世の習い。妹も覚悟はできておりましょう」

「まあ、まて。長宗我部殿滅亡と決まったわけでもあるまい」

「はあ。それはそうでござりまするが」

「ま、ひとまず、津野式部《つのしきぶ》の申し条を書面で上様にお伝えしよう」

光秀は利三を下がらせ、信長にあてた書状を書いた。形式上、不敬にならぬよう、信長の御小姓頭森蘭丸あてにしてある。重要な内容であるので、光秀は右筆は用いず、自筆で書いた。

長宗我部家から津野式部という密使がきたこと、長宗我部家は織田家と争う意志がないこと、阿波一国を織田家に差し出す用意があること、としたためた。

そして、光秀は、利三に悪いとも思ったが、「この際、長宗我部家に御憐憫《れんびん》などなきよう」と書き、「拙者としては、信澄殿が信孝様をよく支え、四国で華々しい戦果を挙げること、切望しております」と、書いた。

花押《かおう》を書き終えた光秀は、文机より顔をあげ、ほっと息をついた。

――どうなるかの。恐ろしくもあるが、何やら、面白くもある……。

光秀は利三を再び呼び、数日中に上様御上洛との通知が来ていた故、使者には京を通って安土へ行かせよと言い添え、書状の入った文箱を託した。

その夜、光秀は、あれやこれやと考え事をして、寝付けなかった。二度、三度と寝返りをうつうち、闇の中に異様な気配を感じた。

光秀は歴戦を経た武人でもある。枕元の刀をつかんで跳ね起き、

「なに奴っ」

と誰何《すいか》した。

気配の主は、下段の畳に、じっと控えている。

黒い影は柘植三郎左衛門であった。三郎左衛門は覆面の下から言う。

「お静かに。明智様の不為になる者ではござりませぬ」

「名を名乗れ」

三郎左衛門は名乗らなかった。

「今は、ある者に雇われた伊賀者とだけ申しておきましょう」

「ある者に雇われた伊賀者じゃと。予に何の用じゃ」

「は。そのある者、明智様のお悩みを救う策を持っていると申しており申す」

「予の悩みと」

「御意。その者とお会いくださいませぬか。その者、明智様との面談を望んでおり申す」

「……」

光秀は迷った。しかし悩みがあるのは事実である。この伊賀者の雇い主が気になって会う気になった。

「ふむ。なれば、明日の昼過ぎ、愛宕神社に来るよう伝えよ」

もともと、翌日夕刻より連歌仲間と集まって、終夜の連歌会を開く予定であったためである。

二二　愛宕百韻

天正一〇年（一五八二）五月二七日の昼過ぎ、明智光秀はわずかな人数で山城・丹波国境の愛宕山にある愛宕神社に赴いた。愛宕神社は亀山城からそれなりに近い。城を未明に出て、行けるところまでは馬に揺られ、後は徒歩で登った。

火の神カグツチを祀るこの神社は、防火の信仰で知られているが、山伏が修行をする修験道の霊山でもあり、その奥宮には天狗の太郎坊が祀られている。

光秀も登る途中、何人かの山伏とすれ違った。従者に汲ませた山道の湧水を口に含み、

――おお、甘露。しかし、懐かしい。予も将軍足利義昭様にお仕えしていた頃、山伏に身をやつし、近畿を飛び回ったものよ……。

と感傷に浸った。

登山にちょうど良い季節であるが、山は上へ登れば登るほど空気が冷える。風が渦巻く音が増し、大木の枝には何かの気配がする。鳥や猿らしいが、場所が場所だけに、鴉《からす》天狗が木から木へと飛び移っているような気もする。

光秀一行が汗を滴らせながら石の階段を上り、何度目かの鳥居や山門をくぐると、ひとりの侍が一〇間ほど先で小腰をかがめている。昨夜の伊賀者らしい。光秀の従者たちが刀に手をやって、いきりたったが、光秀は肩で息をつきつつ、手で制した。光秀が数歩歩むと、伊賀者は踵を返し、参道の脇に延びた小道の先にある古びた堂に消えた。

――ついて参れとか。無礼な奴じゃ。

光秀は、息を吐いて、従者にこのあたりで待てと言い置いた。そして堂のきざはしをあがり、埃のうっすら乗ったきしむ戸を押すと、昼というのに、中は薄暗かった。

眼が暗さに慣れてくると、異様なものが映り、光秀はぎょっと足を止めた。

「何の真似じゃ」

狭い堂のうち、戸近くの左手の下座には、柘植三郎左衛門が背筋を伸ばして胡坐をかいていたが、その横の上座には赤い天狗面を被った山伏姿の者がいた。

——大天狗、太郎坊か。

「ゴブレイを致しました」

異形の者が天狗面をはずすと、光秀の知っている顔がでてきた。

「そなたはあのときの……」

光秀は、その男が、甲斐国で信長に足蹴にされた際、信長を止めてくれた南蛮人と気づいた。

イエズス会宣教師、エスクデロである。

エスクデロは頷き、ぎこちなく日本風に平伏をした。そして顔を上げると、隻眼の眼で光秀をじっとみつめ、片言の日本語で単刀直入に言った。

「アケチ様。信長公は増長している。そう思いませぬか」

光秀は、突然、天狗の太郎坊に心臓をつかまれたような心持ちで胸苦しかった。しかし、

——信長公が増長……。

男の声を胸の内で繰り返すと、不思議と心地よい気もした。とはいえ、エスクデロの横にいる三郎左衛門に眼をやりつつ、立ったまま、一応言った。

「無礼を申すな。唐突に、何を言うか」

エスクデロは目の前の円座を手で指して光秀に着座をうながした。光秀がことさらに、がちゃ

り、と音をたてて大刀を左脇におくと、エスクデロは身を乗り出し、

「ワタクシ、明智様と仲の良い長宗我部家を救う良い手だて、持っています」

と言った。

光秀は、悩みの種を言い当てられて眉根を寄せた。

「なに。長宗我部家を救うじゃと」

光秀はエスクデロを睨みつけたが、一向にたじろぐ様子はなかった。光秀は大刀を右脇に置きなおして言った。

「そち、安土南蛮寺のエスクデロとか申したか」

「ハイ。エスクデロ、と申します」

「ふむ。その手だてとやら、申してみよ」

エスクデロは、三郎左衛門に目配せする。

三郎左衛門は前もって聞いていたエスクデロの策を開陳する。

「明智様。拙者、先日、御寝所に参上致しました、伊賀者、柘植三郎左衛門と申しまする。以後、お見知りおきを」

「伊賀者……。ふうむ。織田家への恨みは、さぞ深かろう」

「は。それは、左様でござる」

「そちも、南蛮の神を信じておるのか」

「いえ。単に、銭でエスクデロ殿に雇われているに過ぎませぬ」

「銭か」

「寄辺のない、伊賀者でござりますれば」

「徳川家康殿の家臣、服部半蔵とは同族か」

「は。遠祖は一つでござる。しかし、もう、交誼《こうぎ》はありませぬ」

「ふむ。して……」

「は。策は込み入ったものではありませぬ。明智様が手勢でもって、数日中に小勢で上洛することになってござる信長公と信忠殿を亡き者にし、明智様の聟、織田信澄様には、織田信孝殿を討っていただきます。また、堺に旅宿中の徳川殿は我らの手で討つ、というものでござる。さすれば、おのずから土佐の長宗我部様はご安泰ということになりましょう」

「何を馬鹿な。上様には恩義がある」

「しかし、恩義はもう十分お返しになったのでは。甲斐では、満座の中で足蹴にされたそうではありませぬか」

「……」

「明智様。今、近畿でもっとも多くの兵馬を握っておられるのは、あなた様なのですぞ」

「……」

「千載一遇の好機とはこのことです」

光秀は、近頃にない胸の高まりを覚えた。

「しかし、討ち奉って、その後いかがする」

「それは、そのときのこと。毛利家の元におられる、あなた様の旧主、将軍足利義昭様に帰京をうながし、幕府を再興するのも一手。織田信澄様に織田家を相続していただくのも一手。それに……」

「それに何じゃ」

「朝廷にお立場を認めていただき、明智様か御子息の光慶様が天下人になられるのも、よいでしょう」

「予か光慶が、天下人か……」

エスクデロは光秀の表情を見ながら、隻眼を近づける。

「アケチ様。実は、もうそろそろ、日本にスペインの軍船が三艘着きます」

「何。スペインの軍船じゃと」

「ハイ。明帝国のマカオを、もう出航しております」

「いつ、どこへ着くのじゃ」

「スウジツのうちに、堺に着きます」

「堺……。確かか」

「ハイ。相違ありませぬ」

「スペイン軍船とやらは、日本の軍船より強いのか」

「スペイン軍船の方が強い。間違いない。それに、三艘の軍船、傭兵が乗っておりますす」

「ほう。いかほど」

「イッソウ、三〇人、三艘で九〇人です」

「少ない。そのような小勢で何とする」

「スクナイですが、強いです。大砲と、新式の銃を持っております」

「……」

「ソノ傭兵、私が指揮します」

「そなたが、か……」

「ハイ。私、元々は、スペインの武人です」

「むう。そう言われれば、そのようじゃの」

代わって三郎左衛門が身を乗り出す。

「明智様。拙者の伊賀衆が堺の家康を討ちまする。そうこうするうち、堺にはスペイン軍船三艘が着きましょう。スペイン軍船には大筒が一〇門ずつ備えられているそうです。それがあれば、大坂の新しい城におられる織田信孝殿の足止めができましょう」

「スペイン軍船の大筒とはそのように威力があるのか」

「は。そう聞いております」

「その混乱の中で、信澄殿に信孝様を討っていただくのか」

「はい」

「むう。しかし、信澄様とて、織田家のお人。伊賀衆は構わんのか」

「ま、それは、信長公や、伊賀攻めを行なった信雄殿でなければようござる。それに、確か信澄殿の父君は、信長公に殺された公の実弟、織田信行殿ではありませなんだか」

「そうじゃ。おお、北陸におられる柴田勝家殿は、元は信行殿の家老であった。信澄殿を前に押し立てれば勝家殿はなんとかなるやもしれぬ」

「それは心強うござる。それに、近畿には、信長に敗れた松永久秀《まつながひさひで》殿や荒木村重殿の残党がおりましょうし、明智様と同じ元幕臣もおりましょう。その上、大坂の織田信孝勢が崩れれば、長宗我部殿の四国勢も、勢いに乗って近畿にお出でになるのでは」

「なるほどの……」

光秀の眼前が、急に華やかな明るみを帯びたようだった。ふと、横を見やると、木彫りの神像がある。毘沙門天《びしゃもんてん》らしかった。

——やるか……

一度下を向いた光秀は、顔をあげてエスクデロを見た。

「して、その見返りは」

「キリスト教に入信してください。そして、明智様が天下の権を握ったならば、私を日本におけるキリスト教の総責任者にしていただきたい。もし、そうしていただければ、マカオより兵や武器を次々、堺に送りこませます」

光秀は眼を虚空に漂わせる。

――勝家殿を除けば、織田家中で恐るべきは羽柴秀吉のみ。その秀吉は播磨国で毛利家と戦の最中。今、近畿で大軍を動かせるのは、確かに予のみじゃ……。

光秀は、音を立てて唾を飲み込む。そして、ややあって言った。

「挙兵致さば、知らせよう。そちの居所は安土南蛮寺じゃの」

エスクデロは、してやったりと膝を叩いた。

「イマは、安土ではなく、右京南蛮寺です」

と言った。

エスクデロは用心のためか、赤い天狗面を付け直し、愛宕の太郎坊天狗よろしく、三郎左衛門を連れて下山していく。

続いて外へ出た光秀には、遠ざかるエスクデロの広い背中が自信に満ちているように見えた。

しかし、光秀の胸中には、期待もあるが不安もあった。

光秀は、迷いを払拭すべく、従者を連れて元の参道に戻り、再び上へと続く石段を上った。最後の鳥居をくぐると、古式ゆかしい本社殿がある。

光秀は拝礼をした後、御籤《みくじ》を引いた。

筒をからから揺らすと、小さな穴から細長い棒が出てきたが、凶だった。

——凶か。もう一度、ひくか……

光秀が再度、籤をひくと、またもや凶と出た。

——これは、神慮か……

いら立って三度目の籤をひくと、ようやく吉と出た。光秀は息を吐く。

——予が天下をとるとか、幕府を再興するとかもある。が、それよりなにより、信長は、予を便利に使い尽くした後、弊履《へいり》のように捨てよう。いや、狡兎死して走狗烹らるとか。家康を殺させた後、予も殺すであろう。

山上の風が社殿の大木を揺らす。

——先手を打って殺すしかあるまい……。

光秀が籤の筒を戻し、社殿に背を向けて従者を見やると、どこかに控えていたらしき光秀の小姓と社僧が小走りで近づいてきて、宿坊に案内された。光秀は、社僧・神人らの挨拶を受けた後、用意してもらった湯漬けをかきこんだ。心地よい歯ごたえの大根の漬物が、ことのほか美味い。腹が温まると急に眠気を覚え、従者に断って、軽く寝入った。

数刻後。

障子の外で、小姓の呼ぶ声がする。

「殿。お目覚めにござりましょうや」

「うむ。ちと、眠り過ぎたかの」

「皆さま、お集まりにございます」

「行こう」

もう夕暮れ前であった。

光秀は少々重い頭を起こし、髪を撫で、身支度を整えなおして境内にある威徳院《いとくいん》の居間に入った。

そこには威徳院主行祐《ぎょうゆう》と里村紹巴《さとむらじょうは》らの旧知の連歌師の他、嫡男の明智光慶がいた。若い頃の自分に似てきた光慶が威儀を正す。

「父上。ようお眠りでしたので、あえて挨拶申しあげませなんだ」

「そうか。よいよい。今夜は皆の詠みぶりをよう学べよ」

「はっ」

光秀は、諸人の挨拶を鷹揚に受けて上座に座ると、軽い食事が出て、後は予定の通り、夜を徹しての連歌会となった。後世がいうところの、愛宕百韻《ひゃくいん》である。

光秀はいきなり、

「時は今、雨が下知る五月かな」

という際どい発句を詠んだ。

座に緊張が走った。

連歌の手練れたちは、歌の表の意味は、五月雨の季節を読み込んだものながら、裏の意味は、時を土岐氏流明智氏と解し、土岐明智氏が今まさに天下を支配しようとする五月であることよと、受け取った。今の天下の形勢で光秀が天下を支配するとは、織田信長を謀叛で屠ることに他ならない。

行祐は、

「水上まさる庭の夏山」

と、五月雨により水量の増した川の上流の情景を詠んで、発句の表の意味を受けながら、夏までには源氏である土岐明智氏が、敵に勝つでしょうとの意味も込めた。

紹巴は、

「花をつる、池の流れをせきとめて」

と、落花によって池の流れがせき止められた情景を詠みながら、敵の首が落ちるとの意味を込めた。ちなみに、紹巴は信長がかの平清盛《たいらのきよもり》の孫の平資盛《すけもり》の子孫を自称しているのを、清盛の弟池大納言《いけのだいなごん》平頼盛《たいらのよりもり》の子孫を自称したものと勘違いして、池流の断絶を暗示している。

座は張り詰めたような雰囲気となった。が、夕暮れが過ぎ、夜になると、光秀の歌は、美しい情景や先年亡くした妻を想った穏当なものになったので、列座の者も胸をなでおろした。後は、技巧を凝らしての、月や朝霞やの詠み合いとなった。

ただ、紹巴の歌の弟子である猪苗代兼如《いなわしろけんにょ》は、第五七番目に、

「かしこきは、時を待ちつつ出る世に」

と、賢人は時節を待つものだという意味に、かしこきところ、つまり天皇は土岐明智氏たる光秀の成功を待っているという意味をもたせて、発句における光秀の意向を今一度、探った。が、光秀は、

「心ありけれ釣のいとなみ」

と詠んだ。表面的には、それが釣りのこつだと心に止めおきたいものよということで、兼如の追及をはぐらかしたことになる。しかも、連歌の友である面々は、光秀は釣りが好きだが、さほど妙手でもないことを知っているので、それは釣れぬことの自虐と解し、失礼にならぬ程度にふくみ笑いをした。当の光秀もわずかに肩を揺らしている。

ただ、探りをいれた兼如や、その師の紹巴は、皆の笑みをよそにそっと目交ぜをした。

――いにしえの太公望が、天下を釣る故事にかけたのか……。

しかし、他の者は深更の気の高ぶりもあって、発句のときと異なり、さほど気にせず、浜から月へと興趣は流れていった。

その後、座は多いに盛り上がった。やがて朝近くまでに九九首が詠まれ、ここでしめくくりの挙句をということになり、これは末座に連なっていた光慶が、父の懊悩《おうのう》を知らず、

「国々はなお、長閑《のどか》なる時」

と、世の平穏を願いつつ、土岐明智氏を読み込んだ句を詠み、会は光慶へのお追従とともに閉じられた。

光秀は連歌を楽しみながらも、会の最中、自身の軍勢とスペイン軍船にマカオ傭兵とやらと長宗我部家の援軍があれば、天下を奪うことができるか否か、ずっと自問自答していた。

――かしこきは、か。かしこきところは、わがことをお認めになるかの。

信長は、正親町天皇とほどほどに良い関係を築いている。

――ま。旧知の公家衆にあたって、金子をまけばなんとでもなるであろうよ。

光秀は、会が終わった後、朝もやの中、元の宿坊に戻り、所望して香の物で粥を食べ、やはり、ひと眠りした。一刻後、また本殿で拝礼をし、下山した。

亀山城に戻ったのは、その日の昼過ぎであった。

この城はあらかた出来上がったが、いまだあちこちで人足が働いている。光秀としては、愛宕山という、下界とまるで違う環境にいたせいか、わずかな留守しかしていないというのに、久しぶりに帰ってきたかのような感覚を覚えた。

光秀が首筋を撫でつつ、天守閣二階にある居間に入ると、斎藤利三が待ち受けていた。

「殿。お帰りなさいませ」

「おう。内蔵助。留守、大儀じゃ。上様より何か知らせはあったか」

「は。今朝、御書状が届きましてござりまする」

「お。そうか。御用向きは聞き置いたか」

「いえ。それは御書状中にとのこと。御書状はこれに」

利三は膝をにじらせ、信長からの文箱を差し出す。

光秀は文箱を開け、書面に眼を走らせる。

前半を読み進めた光秀は、総身に汗を覚え、書状を持つ手が震えた。が、最後まで読むと、

――そういうことか。

と安堵した。

光秀は、固唾を飲んで自分を見つめている利三に口を開いた。

「は」

「上様は二九日、上洛なさるそうじゃ。なれば明日じゃの」

「我らはまず、出陣に先立って、来たる六月一日に京で馬揃えをせよとある」

「は」

「次に、堺の天王寺屋津田宗及より訴えのあった、不審の廉《かど》ある南蛮船を拿捕《だほ》する名目で、堺に出陣せよとある」

「南蛮船でござるか」

「うむ。別の筋から、予も南蛮船のこと、耳に致しておる」

「左様でござるか」

「ふむ。じゃがの。堺出陣の真の狙いは南蛮船ではないとある」

「ほ。真の狙い……。おお。それは、やはり……」

「うむ。徳川三河守殿よ」

「拙者、甲賀者を雇うて、家康殿を殺しそこね申した。こたびは必ずや討ち取りまする。拙者にお申し付けを」

「そう……じゃの……。しかと、承ったと、ひとまず返事を書くか……。下がっておれ」

「は」

光秀は、天井を見上げる。

——スペイン軍船のこと。上様の御耳に入っておるではないか。ま、考えてみれば、当然か。津田宗及に知られずして、堺に大船を入れられようはずがない。しかし、予に兵を率いて上洛せよとはの。上様のご関心は、家康殿を討つことのみにあるようじゃ。となれば、これは好機か……。

光秀は「御命、かしこまって候」と書いた返書を信長の使者に託し、あとは独り、黙考した。

二二　本能寺燃ゆ

信長は、朝から続く公家衆との応対に辟易していた。

——公家は話が長いのう……。

天正一〇年（一五八二）六月一日、京都本能寺である。

信長は五月二九日に安土城を出発し、その日の昼過ぎに本能寺に入っていた。今回の信長の上洛の理由は、時期尚早ということで断ったとはいえ、朝廷が信長に征夷大将軍任官の打診をしたことに礼を述べるためと、朝廷に対し武田勝頼の討滅を報告するためである。

六月一日の夕刻、信長が面談につぐ面談にほとほと疲れているところへ、近所の妙覚寺に宿泊していた信忠が訪れてきた。

——やれやれ、信忠殿と酒を飲もう。

信長は上機嫌で、御小姓頭森蘭丸のみならず、御馬廻衆の弥助らも呼び、にぎやかな宴会を行なうことにした。

宴会では、武田攻めの話で大いに盛りあがった。信長は信忠に言う。

「城介殿よ。信忠殿よ。ほれ。あの信濃高遠城での弥助の活躍を今一度、話してくれ」

信忠は、機嫌のよい父を見て、一層朗らかな気分となり、

「高遠城に攻め寄せましたるところ、城内より一騎の赤武者が現れ、我らを大いに悩ませ申した……」

信長は相好を崩す。

「ははは。城介殿は、語りがうまくなったの」

信忠はにっこり頷く。そして、手振りまで加えて語る。

「そうしましたところ、我ら織田勢より一騎の黒武者が現れ、黒い疾風となってその赤武者を斬って落としたのでござる」

何度か聞いた話ではあるが、皆どよめく。信忠は調子がでてきて、扇子で膝をはっしと打つ。

「その黒武者は上様御馬廻衆、天竺弥助信春。愛馬黒龍をあやつり、大大刀新月をもってして、赤武者の兜の先から鞍まで真一文字に切り下げたのでござった」

皆、やんややんやと信忠を労《ねぎら》う。

信長は徳利をもって上段から下り、信忠の盃を満たしてやり、

「飲まれよ、飲まれよ」

と言った。

信長は愉快そうに、信忠が盃を干すのを見ると、下座にいた弥助に話しかける。

「やあ、弥助。予と相撲をとろうぞ」

弥助は、信忠が高遠城における自分の活躍を語ってくれたので、嬉しさで感極まっていた。そ

こにきての信長の呼びかけであったので、驚いてしまった。

「エ。いや。それはおそれおおいでござる」

「まあ、そういうな」

信長は早くも肌脱ぎになる。年齢のわりに筋骨逞しい。

弥助は信忠に救いの眼を向けたが、
信忠は、

「かまわぬ。かまわぬ」

と言う。

弥助は、こうなってはと腹をくくり、これも肌脱ぎとなって黒い筋肉を露にした。

皆、どよめく。

すると、にやりと、笑みを浮かべた信長が半身となり、短く叫ぶ。

「いくぞ弥助」

「ハっ」

弥助は、重い衝撃を受けとめた。

そして、感激に震えつつ、しばらく信長と組み合った。信長は、自分の力では弥助の体勢を崩しようがなく、かといって弥助が自分に投げをうつはずもないことを悟り、自ら、

「ははは。負けた。負けた」

と言って、弥助の背中を叩いた。

弥助の目から、大粒の嬉し涙がこぼれ落ちた。

楽しい時は早く過ぎる。信忠は、自分が本能寺にいると、父がいつまでも寝ぬであろうと気を回し、わざと疲れた体《てい》を装って言った。

「父上。楽しさのあまり酒を過ごし申した。今宵は、妙覚寺に引き上げ、また明日にでも参りまする」

するると信長は、どこか淋しげに、

「うむ。そう致されよ。予も休もう」

と言って奥に下がった。


この頃、丹波国亀山城の明智光秀は、斎藤利三以下の将兵に軍令を下していた。

「明日、我が明智勢は、上様御見分のもと、京で馬揃えを行なう。次いで堺に赴き、不審の廉ある南蛮船の拿捕を行ない、しかる後、海陸によって中国筋へ赴き、羽柴筑前守と談合しつつ毛利勢と戦うことになる」

明智勢の将兵としては、おおむね個々の予想を違うものではなかったが、堺で南蛮船の拿捕を行なうとの箇所は、意外な、とする者が多かった。ただ侍大将以上の部将たちは、家老の利三に

対し、

「これは、その実、堺の徳川家康殿を討つということでござろうか」

と聞いた。それに対し、利三は、

「む。良い察しじゃ。したが今は、南蛮船拿捕としか、言えぬ」

と返したので、部将たちは、

――やはり、狙いは家康殿よな。

と得心した。

信長にせよ、光秀にせよ、家康を殺す企てのことを、不必要に人に漏らしたことはなかったが、いつか信長が家康を殺すであろうことは、名もなき足軽までもが予感することであった。

光秀は一万二〇〇〇の軍勢を京に向ける。

光秀自身は、桔梗の紋を打った旗が林立する本隊の中枢にいたが、いまだ思案している。

――上様の仰せの通りにし、堺で家康殿を討てば、予の織田家における立場は盤石なものとなる……。

精力的に働く羽柴秀吉と功を競って焦ったこともあったが、ここのところ、そうした気分も少々収まってきた。

――家康殿を討った上で、上様より拝領の所領は、過半を聟殿織田信澄殿に譲り、残りを嫡子光慶に譲って隠居すれば、穏やかな余生が待っておる。

密謀を持ちかけてきたエスクデロと柘植三郎左衛門は、南蛮船拿捕にかこつけて殺せば何も憂いは残らない。

——しかし、じゃ。先ごろ、大した過失もなく追放された佐久間様を見よ。織田家家老として、あれほど栄華を誇られたに、身一つで高野山に行けとは。しかも、高野山に着いたかと思えば高野からも出ていかされ、挙句、病を得られての、寂しい御最期であったとか……。

光秀は、愛馬のたてがみを撫でる。

——やはり、時は今か……

光秀は使番の一人を呼び、用意していた挙兵の意志を記した書状の入った文箱を渡し、

「京をお騒がせしては天子様に申し訳なきゆえ、甲冑を朋輩に預け、平服にて馬で急げ。行く先は右京南蛮寺。エスクデロというパードレに渡せ。当家の者の他に気取られるな」

と申し付けた。

明智勢は、そのまま京に近づく。

光秀の少し先で馬上にあった斎藤利三は、ここまではかねて聞いていた通りであったが、何とはなく、再度、主君の意向を確かめねばならぬような気がし、馬首を廻らせ、確認した。

「殿。これより京でございますぞ」

「うむ」

利三が主君を見ると、光秀は、既に、兜をかぶり、目が鋭く光っている。

――まさか……。


利三が青ざめて主君の口元を見つめていると、光秀は馬上で大刀を引き抜き、絶叫した。

「敵は本能寺にあり。織田信長の首を挙げよ」

光秀の馬廻衆は、仰天している。目を見開いた利三は、

――南無三《なむさん》。かくなっては、やむなし。

と腹を決め、

「かしこまって候」

と怒鳴り返した。


六月二日の明け方、光秀率いる明智勢は、本能寺に殺到した。

本能寺内の侍長屋の一角を占める自室で寝ていた弥助は、いち早く大軍が寺を包囲する気配に気づいた。

――軍勢か。このような時刻になんだ。嫌な予感がする。

弥助は袴もはかず、本堂の信長の居室に走った。

「ウエサマ」

「おう。弥助か」

信長は白い寝間着のまま、弓を持って出てきた。そこへ、物見をしてきた森蘭丸が駆け込んで

くる。蘭丸は片膝ついて言う。

「上様。敵勢の旗印は桔梗《ききょう》。明智光秀の謀叛にござる」

一瞬、皆の胸にさまざまな思いが去来し、茫然とする。

その場にいる者たちを我に返らせたのは、明智勢の放った銃声であった。続いて吶喊《とっかん》の声が響く。

信長は顎鬚をしごいて大笑いする。

「是非もなし。光秀が相手ではもはや逃げられまい。弥助。そちのみならば、切り抜けられよう。急ぎ、妙覚寺の信忠のもとへ行き、謀叛のことを伝えよ」

弥助は、はじめて信長の言い付けに従わなかった。

「イエ。上様の御供、致します。それが、侍と心得るでござる」

信長は、眼を美しく輝かせながら言った。

「うむ。しかし、主君の言い付けに忠実に従うのも侍じゃ。弥助よ。予の馬廻衆、天竺弥助信春よ。最後の命じゃ。明智勢を斬り破って信忠に伝えよ」

「ハ」

「もはや、これまでじゃ。これへ参るな。醜態をさらすな。とな」

「はっ」

信長が行こうとした弥助を呼び止める。

「おう。弥助、もう一つあったわ。侍女たちを一人でも多く、近くの寺へでも逃がせ」

「ハッ」

「さらばじゃ」

弥助は信長を一目見て叩頭し、信長の後ろの森蘭丸や坊丸に視線を移した。蘭丸は美しい顔に冴え冴えとした微笑を浮かべ、ひとことだけ言った。

「弥助、色々と、楽しかったのう。さらばじゃ。そなたは最後の働きをなせ」

「ハッ」

弥助は、ひとまず武器をとりに自室に戻る途中、薙刀《なぎなた》を持った侍女と行き会った。

「あっ。弥助様」

侍女は椿であった。

「アッ、椿どの。明智光秀殿、謀叛でござる。上様、侍女たち、逃がせと仰せでござる」

「なんの。ここで斬り死にするのが武家の女というもの」

「シカシ、侍女たち逃がせは、上様が、拙者に下さった最後のお言い付けの一つ。果たしたい。お願いでござる。侍女の方々、呼び集めて厩まで来ていただきとうござる」

「……承知しました。上様のお言い付けなれば致し方ありますまい。厩でございますな。弥助様。よろしくお頼みします」

あたりの空気が戦場めいてくるなか、椿は、ほほ笑む。

弥助が自室に近づくと、腹巻をつけた弥助の家老、秋武八郎が待っていた。

「殿」

「ハチロウ殿。上様より信忠様への伝言と、侍女たち逃がせとの仰せ、頂戴した。いざ、明智勢を踏み破らん。甲冑、つけるでござるぞ」

「かしこまり申した」

弥助は部屋に入り、八郎の介添えを受けつつ、黒い南蛮胴具足を着込み、腰には信長より拝領した国兼の脇差、森蘭丸より贈られた美濃関の大刀を帯びた。

「ヨシ。厩へ行く。椿殿たち、待っておられるでござろう」

「はっ」

弥助と八郎は厩に走った。八郎は、弥助の大大刀新月を背負っている。

厩に行くと、弥助の愛馬、黒龍が雄々しく足掻いている。慣れた手つきで八郎が黒龍を引き出し、それに南蛮胴の弥助が跨ったところ、椿が一〇人ばかりの侍女たちを引き連れてやってくる。皆、顔面蒼白であった。

弥助は、優しく言う。

「ツバキ殿、皆さま、拙者にお続きくだされ」

弥助を乗せた黒龍が、黒い煙のように本能寺の脇門から出る。その後ろに白い寝間着姿の侍女たちが続く。

脇門にもいた明智勢が、一行に気づき、ざわめく。明智勢の足軽大将らしき者が舌なめずりをして槍をしごく。

「脇門で待っていれば、大魚がかかると思うていたわ」

八郎は、弥助に代わって怒鳴る。

「これは、上様の侍女ぞ。邪魔だて致すな」

「そう聞いては、余計に通せぬ」

弥助は舌打ちし、黒龍の馬上から八郎の背中に手を伸ばし、新月を抜きはらった。

弥助は野獣のような咆哮をあげて足軽大将にせまり、怒り任せに槍ごと叩き切った。しかし、脇門の明智勢は徐々に増えてきた。

弥助は夢中で群がる明智勢を次々なぎ倒したが、重厚な敵勢に阻まれ、なかなか前に進めない。

――敵勢が多過ぎる……。

弥助は焦って、ふと、後ろを振り返った。すると、見知った顔が複数いた。

「天竺様。見事な武者ぶり」

「見違えましたぞ」

懐かしい顔は御中間頭の熊蔵と力士の金剛丸であった。

弥助は、片手で冑の眉庇をあげ、思わず叫んだ。

「アッ皆様。お久しぶり。上様、侍女たち、落ち延びさせ、信忠様に伝言お命じになった。お手伝いお願いしとうござる」

皆は快く頷いた。

明智勢は、弥助めがけて、息つく間もなく殺到する。

弥助は八郎を従え、黒龍を右へ左へとあやつりながら敵を薙ぎ払う。熊蔵と金剛丸は拾った槍を振るって左右の敵にあたる。椿も薙刀を振るってこれを助ける。一団は徐々に前に進んでいった。

すると、脇門の明智勢の指揮をしていた、侍大将らしき者が、

「やあ。あれは侍女と中間らじゃ。捨ておけ。それよりも信長公の首を獲るのが先決じゃ」

と大音声で下知した。あたりの明智勢が、弥助一行を無視して脇門内へと殺到する。

それを見た、八郎が叫ぶ。

「殿っ。ここはわれらにお任せを。明智勢は侍女らの命はとらぬようにござる。椿殿は拙者が命に代えてもお守り致すゆえ、信忠様のもとへ早う行かれよ」

すると、椿が弥助に走り寄って、懐より櫛を取り出す。

「弥助様。これを。お守りがわりに。戻ってきてくだされ」

「カタジケナイ。椿殿。必ず、戻ってまいる」

櫛を受け取った弥助は、一鞭くれて黒龍を飛ばし、明智勢を蹴散らしながら、信忠の宿所妙覚寺に近づく。

弥助が、前方の平服の小勢に目をこらすと、それは信忠とその馬廻衆であった。

弥助は乱戦のなか、信忠の小勢に駆け込む。

「オヤカタ様っ」

信忠が振り返る。

「おう。弥助か」

信長同様、白い寝間着姿のまま槍を持っていた信忠が、少し笑う。弥助は黒龍から飛び降りて片膝ついて言う。

「オヤカタ様。明智光秀殿、謀叛。本能寺、攻められてござる」

「うむ。敵は光秀のようじゃの。して、上様はなんと言われた」

「ハッ。もはやこれまで。これへ参るな。醜態をさらすな、と」

「そうか。相分かった。上様らしい。いかにも醜態はさらすまいぞ」

信忠は、弥助に向き直る。

「弥助。そなたは、十分働いた。あとは好きに致せ。さらばじゃ」

信忠とその一行は、近隣の二条城目指して去った。

弥助は、信忠の背に一礼した後、再び黒龍に跨り、馬首を返して、八郎や椿たちの許へ戻ろうとした。しかし雲霞《うんか》のような明智勢に阻まれる。

弥助は絶叫する。

「ジャマ致すなっ」

弥助は、黒龍をあやつりながら、明智勢の兵に新月を振るい続ける。そこへ明智勢に下知をしていた騎馬武者が振り返る。

光秀の家老、斎藤利三であった。

「ややあ、そこの黒き武者よ。信長公御馬廻衆、天竺弥助殿ではないか。拙者、明智家家老、斎藤内蔵助利三でござる」

「ア。斎藤様」

「信長公お気に入りの黒き侍よ。これも侍の定め。勝負じゃ」

「ウヌっ」

互いに猛獣のような掛け声を出し、すれ違いざま大刀を叩きつけあう。

何合か経て、利三が馬をあやしながら、感嘆して言う。

「弥助殿っ。腕をあげたのう。しかし、忘れたか、拙者には秘策があると言うたはずじゃ」

「サイトウ様っ。道をあけるでござる」

焦る弥助は掛け声をかけて黒龍を疾駆させる。そして、新月を利三の兜めがけて振り下ろす。

利三はあえて弥助の手元近くに馬ごとだっと飛び込み、新月を鍔元《つばもと》で受け止め、そのまま巻き込み、根本からへし折った。

衝撃で落馬した弥助は、足を痛めた。

馬を下りた利三は、手ずから弥助を生け捕った。そして、弥助を後ろ手に縄で縛り、脇差、大刀をとりあげ、後方の本陣にいた光秀の前に引き据えた。

「殿。信長公お気に入りの黒き侍、天竺弥助信春殿でござる」

光秀は、虚ろな目で弥助を見る。

「おお。そなた、パードレが連れてきた者じゃの。ではキリシタンか」

「……」

光秀の表情がようやく動く。そして、多少身を乗り出して弥助に言う。

「予は、右京南蛮寺におるエスクデロ殿と気脈を通じておる。天下を獲ったあかつきには、キリシタンになるつもり。どうじゃ。弥助。予に仕えぬか」

弥助は血走った眼で光秀を睨みつける。

「ムホン、許さない。それに、拙者、キリシタンではない。主君信長様に忠義、つくす。それ、侍の道。それに、エスクデロ、お前、利用するだけ。南蛮人、いつもそうやって他人の国、奪う。人、奴隷にする。明智様、だまされてござる」

ややあって、利三が口を開く。

「殿、時が惜しゅうござる。斬り捨てまするか」

光秀は気弱に首を振る。

「いや。捨ておけ、黒き異人を斬ってもしかたあるまい。それより、信長じゃ。信長の首を獲れ」

「はっ」

利三は、弥助を明智勢の本陣の外へ連れ出した。そして弥助の縄を解き、兜も、信長より拝領した国兼の脇差も、蘭丸より贈られた美濃関の大刀も返した。その上、利三は好意で、黒龍も返した。利三はつぶやくように言う。

「謀叛も武士の習いじゃ。許せ」

「……」

弥助は再び黒龍に跨り、本能寺に近寄ろうとする。

その瞬間、大音響がして本能寺の中核部から炎が噴き出た。

明智勢より、歓声と勝鬨《かちどき》があがる。

「我らの殿が、天下人になられるぞ」

明智の兵たちは小躍りしている。

弥助は、信長の死を悟った。弥助は黒龍からすべり落ち、大地を叩いた。

「上様。信長様……」

涙とともに土を握りしめた弥助は、ふと、先程の光秀とのやりとりを思い返す。

「右京南蛮寺のエスクデロだと。あやつ。図ったな……」

怒りに燃える弥助は、黒龍に再び跨って西へ駆け出す。

信忠は二条城に入り、潔く自害して果てた。

二三　スペイン人の最期

「エスクデロ殿。恐らく、信長は死に申したぞ」

「ソウカ。さすが、光秀殿」

六月二日の昼前、スペイン人のイエズス会宣教師エスクデロは、物見に出ていた伊賀者の柘植三郎左衛門より、信長が恐らく本能寺で死んだと聞かされ、笑み崩れた。本能寺は焼け落ち、焼死体が多数転がっていたため、明智勢は、信長の遺体がどれか判別できなかったようだとも告げた。

エスクデロは、鼻を鳴らしながら報告を聞いた。今朝ほどより戦場の臭いを嗅いで、気分が高揚している。

——予は、やはり根っからの武人らしいな。この上は、光秀をあやつり、ひとまずはスペインの日本総督を目指すのがよかろう……。

ここは、最近、仏教寺院を改修してできた京都南蛮寺である。京は京でも、人家が密集する東半分の左京ではなく、湿気のせいで人家まばらな西半分の右京である。ただ、本能寺から走れば、四半刻といった距離にある。

右京南蛮寺には、エスクデロと親しいスペイン人宣教師が二名とポルトガル人宣教師が一名、あとは、日本人の下男数名がいるだけである。

そのとき、表で馬蹄の音がした。

三郎左衛門がエスクデロを手で制し、元は寺の本堂であった礼拝堂に出て、外の様子を窺おうとした。まさにそうしたところ、扉を蹴破って中に入ってきた颶風《ぐふう》があった。

もうもうと湯気を立てた弥助である。寺内にいたヨーロッパ人宣教師や日本人の下男は、悲鳴を上げて逃げていった。三郎左衛門が驚きの声をあげる。

「そなた。伊賀でわしを邪魔した黒き侍か……」

弥助は、今日は覆面をしていない三郎左衛門が誰かわからず、

「エスクデロに用がある。どかれよ」

と大喝する。すると、三郎左衛門は、

「そうもいかぬ。エスクデロ殿は雇い主ゆえの……」

弥助はいらいらと、

「ワカッテおるのか。お主も、侍であろう。エスクデロ、日本奪おうとしている。日本人すべて、奴隷にするつもりでござるぞ」

と言った。

しかし、三郎左衛門は、

「問答無用……」

と言って懐に手をやり、素早く、弥助に飛苦無を投げつける。

「アッ」

弥助は、粗末な床をガチャガチャと甲冑の音をさせながら二度、三度と転がり、相手が何者であるか思い出した。

「ソナタ、伊賀で上様、襲った者か」

「今、気づいたかっ」

三郎左衛門はさらにもう一つ、飛苦無を投げたが、弥助は走りながら首をひねって避けた。そこで三郎左衛門は敏捷に弥助に近づき、腰の忍び刀を抜いて下からすくい上げるように切り上げた。

しかし、弥助はそれを避けず、前に出て左手の鉄甲で刃を受け止めた。そして、三郎左衛門に右の張り手をくらわせると、その体は一間も吹っ飛び、礼拝堂の奥の壁にめりこんだ。

弥助は気絶したらしき三郎左衛門に一瞥をくれ、奥の部屋に行く。

そこには南蛮机を前にして椅子に座ったエスクデロがいた。

「ヤア。弥助殿。ま、かけられよ」

エスクデロは余裕をもって、向かいの椅子を指す。

弥助はその椅子を横に蹴り飛ばし、ポルトガル語で憤然と言う。

「エスクデロ。お前、明智殿をそそのかし、上様、殺させたでござるな」

エスクデロは肩でせせら笑う。

「だったらどうだというのだ。弥助殿。どうじゃ。明智殿を天下人にし、我らはそれを影からあやつるというのは。二人してこの国の支配者にならぬか」

「なるものか。私は信長様に侍にしてもらったのだ。恩義がある。恩義に報いるのが侍だ」

「馬鹿な。明智殿はどうだ。主君、信長を倒したではないか。反乱を起こすのも侍であろう」

「私は違う。エスクデロ、信長様の仇《かたき》、討たせてもらう」

そこでエスクデロは憤然と立ち上がり、黒革の眼帯を外した。

「黙れ、黒人め。予を忘れたか。貴様、モザンビーク、ビンガ山麓の村の餓鬼であろうが」

「な……」

弥助は驚きのあまり、茫然と動きが止まった。

「な、何だと。その眼……。まさか」

「ああ。これは、その村の族長らしき者の最後のわるあがきよ」

弥助の脳裏に閃光《せんこう》が走った。

封じられていた少年の頃の悪夢が鮮やかに蘇る。

「それは、私の父だっ」

弥助が机をよけて疾風のように近寄る。

エスクデロは、舌打ちをして、懐から短銃を出し、弥助を撃った。

弾が弥助の肩をかすめる。

弥助は雄たけびをあげる。

「ウオオオッ」

蘭丸よりもらった美濃関の大刀は、エスクデロの首を抜き打ちに跳ね飛ばした。

右京南蛮寺に静寂が訪れる。


中国地方で毛利輝元と戦っていた織田家重臣羽柴秀吉は、京都にいた親しい織田家家臣の急報により、光秀謀叛と信長の横死を知った。秀吉は主君信長の死を秘して毛利家と和睦を結び、東へ東へと軍を返した。

この間、光秀は右京南蛮寺に使者を送るもエスクデロと連絡がつかなかった。光秀には知りようもなかったが、南蛮寺に残った敬虔なキリシタンたちが、エスクデロの亡骸《なきがら》をひそかに葬り、光秀の使者がやってきても知らぬ存ぜぬを押し通したためだった。

気を失っていた三郎左衛門は、信徒の介抱によって、目を覚まし、事の破れを知った。しかし、信長の死によって、半ば目的を果たしたことに満足し、西八条の本拠に戻って下忍をとりまとめ、徳川家仕官の期待を持って去っていった。

光秀は信長と戦ってきた毛利家や将軍足利義昭に使者を出し、そして、土佐国長宗我部家にも使者を出したが、遠方のためもあって、これまた返事は届かなかった。

光秀は、六月三日に京を出陣し、四日、無人となった信長の本拠、近江国安土城を占領した。

安土城に入った光秀は、翌五日より対朝廷工作を行なう一方、与力大名の細川忠興《ほそかわただおき》・筒井《つつい》順《じゅん》慶《けい》他、諸方に協力を呼びかけた。しかし、主殺しの光秀に加担する者は想像以上に少なかった。旧幕臣、旧松永家臣、旧荒木家臣、そして、信長に追放された佐久間信盛の旧臣らの反応は、はかばかしくなかった。

徳川家康殺害のために急派した小隊からは、去る二日、武田家旧臣、穴山梅雪を討ち取ったものの、堺から京へ移動中であった肝心の家康を取り逃がしたとの報告が届いた。第二報によれば、家康は四日頃、服部半蔵と正体不明の伊賀者の先導のもと、近江国甲賀から伊賀国の山中に入って後は追跡不能、とのことであった。

しかも五日、光秀の娘聟である織田信澄が、織田信孝によって大坂の新城で討ち取られたとの悲報も届いた。

光秀は、八日にそれらの報をまとめて聞き、信長がかつて政務をとっていた安土城天守閣二階の白書院で、茫然自失となった。そこへ家老の斎藤利三が駆け込んでくる。

「殿。中国の秀吉が京へせまっております」

「ば、馬鹿な。誤報ではないのか……」

光秀は羽柴勢接近すの報せを聞いた九日、急ぎ上洛し、その日のうちに京の南、上鳥羽《かみとば》へ出陣した。既に明智勢は一万以下になっている。劣勢を悟った光秀であったが、それでも見苦しくない戦をしようと、丹波国亀山城に配置した嫡子、光慶に励ましの使者を送り、一一日、上鳥羽南西の要衝、淀城の普請を行なった。

三万以上に膨れ上がったらしい羽柴勢を迎え撃つには、淀城やその北西にある勝龍寺城を背後に置き、本隊を山崎と天王山山麓の狭隘《きょうあい》な湿地帯に置くのが良いと判断し、そこへ重厚な陣を敷いた。一二日には、早くも散発的な小競り合いがあった。そして、一三日の夕刻、一万弱の明智勢と三万強の羽柴勢が、雨の中、山崎で激突した。

雨天であったため、光秀自慢の鉄炮兵は使い物にならず、急ごしらえの弓兵も威力を発揮しなかった。そうした戦では兵の数と勢いの差が如実に出る。その上、天候を呪うばかりの光秀の采配も精彩を欠き、明智勢は、羽柴勢によって日没までに文字通り、粉砕された。

——何故だ。これは、現実なのか……。

敗れた光秀は家老斎藤利三他のわずかな近習《きんじゅう》を引き連れ、嫡子光慶のいる丹波国亀山城に後ろ髪ひかれる思いで近江国坂本城を目指し、戦場を離脱した。

光秀の一行は、いったん背後の勝龍寺城で敗兵を収容しようとしたが一〇〇〇も集まらず、それのみか、羽柴勢に包囲されそうになったので、夜半に脱出し、京の南東、山城国小栗栖《おぐるす》村にさしかかった。

真夜中、光秀は、村の小道を悄然《しょうぜん》と騎馬で進む。

光秀の頭脳は、自身が引き起こした事態の急変につぐ急変に、まるでついていけていない。

そんな光秀に、ふと黒い影がせまる。

光秀は自分の右脇腹に衝撃を感じ、緩慢に下を見ると、鎧を突きぬけてよく光る脇差が深々とささっている。特に痛みを感じなかった光秀は、咄嗟に大刀を抜きはらって右の影に振るうと、影は、鮮血ほとばしる脇差とともに後ろに跳び下がった。

光秀はここではじめてうめいた。

「うぬ。どっ土民が。あっ。そちは」

黒い影は、月明かりの中、かぶっていた編み笠を投げ捨てた。

「セッシャ、信長様御馬廻衆、天竺弥助信春。この脇差、上様より拝領の品でござる」

「お、おのれ……」

光秀は、ようやく、目のくらむような痛みを感じて大刀を取り落とし、うなり声とともにどうっと馬から落ちた。少し後ろにいた斎藤利三は、その音でようやく変事を悟り、馬で駆け寄った。

「殿っ、いかがなされた。あっ早う、落ちられよっ」

うめく光秀は、道の脇の竹藪の中に、徒歩でよろよろと入っていく。利三は弥助に気づいた。

「おお。そちは、弥助殿か……」

「斎藤様……」

「黒き侍よ。奇《く》しき縁じゃのう……」

下馬した利三は大刀を抜きはらい、静かに切っ先を弥助に向ける。

あたりに静寂が訪れ、竹の揺れる音のみがする。

弥助は、血を振るって脇差を鞘に戻す。しかし、森蘭丸よりもらった自分の大刀は抜かず、用心深く横へ移動し、月明かりに光る光秀が落としていった大刀を拾う。利三は足を軸に、弥助の歩く方へ、歩く方へと、切っ先を回し、一層重心を低め、大刀を下段に構えた。

「弥助殿よ。もはや多くは語るまい。ただ、そなたは良い腕をしておるが、拙者にはかなわぬ」

「サ。それは、どうでござろう……」

弥助は、黒旋風のように利三に走り寄り、拾った大刀を斜めに斬り下ろす。すると利三は、すっと前に出て弥助の大刀を鍔元で受け止め、巻き込んでその大刀をへしおる。

利三、得意の戦場剣である。

ただ、それを予期していた弥助は、大刀を折られたと同時に柄を離し、左手で利三の大刀の柄を押さえ、右手で利三の帯をつかんで投げ飛ばした。利三は、したたかに腰を打って大刀を取り落とし、なおも起き上がった。そこへ弥助は、重心低くすかさず突進する。弥助の肩が利三の鳩尾に入り、利三はぐっと息が詰まって弥助に組み伏せられた。弥助に組み敷かれた利三は喘《あえ》いで苦笑する。

「やられたわ。黒き侍よ。弥助殿よ。我が首をとるがいい」

弥助は、息を鎮めてしずかに首を振る。

「サイトウ様。あなた様、この前、拙者助けた。だから、今度は、拙者、あなた様助けるでござる」

弥助は、利三を放した。

乱髪の利三は、片頬で苦く笑って弥助に一礼し、大刀を拾って光秀のあとを追った。

弥助は、光秀と利三が駆け込んだ竹藪を取り巻く気配に気づいた。それは、錆び槍、錆び刀で武装した落ち武者狩りの人数らしかった。正体は付近の農民らしい。弥助は気配を殺しながら、月明かりの元、それを目で追う。

やがて竹藪の中から怒号がし、ややあって落ち武者狩りの凱歌《がいか》が聞こえた。

弥助は竹藪に向かって一礼し、落ちている編み笠を拾ってかぶり直した。

「オワッタ。上様の仇、とり申した……」

弥助は近くに繋いでいた黒龍に乗り、たてがみをひと撫でして、その場を立ち去った。


弥助は、そのまま黒龍をうながして夜通し、南西へ南西へと走り、一四日の朝、堺に着いた。町は既に光秀の死と秀吉の勝利の噂でもちきりだった。弥助は黙然と天王寺屋に赴き、津田宗及と再会した。

すると、そこには前もって避難するよう言っておいた、弥助の家老秋武八郎、信長御中間頭熊蔵、力士の金剛丸、そして椿のみならず、信長付の侍女が多数いた。

「皆様」

弥助の顔が輝いた。

宗及が、得意げに言う。

「ふふふ。弥助殿よ。みどもは信長様に仕えた人々を一人でも多くお救いしようと思うてな。一報を受けて、すぐに京へ人をやったのよ。すると、堺に向かっておられるこの方々といきおうたのじゃ」

「ソウギュウ様。誠に、誠に、かたじけのうござる」

宗及は満足げに頷く。弥助は、信長・信忠の最期と、光秀主従の最期を語った。

宗及は頷く。

「織田様らしい潔さよ。明智殿御嫡男、光慶殿は、丹波国亀山城で自害したらしい。亡き上様も、亡き御屋形様も、御喜びであろう」

「ハイ」

「して、弥助殿よ。これからどうする」

「ソウギュウ様。信長様死んだ。仇とった。次、信長様に話した拙者の夢、叶えるでござる」

「夢とは」

「モザンビーク。故郷のモザンビーク、白人から取り戻すでござる」

宗及は黙ってうなずく。

「しかし、弥助殿。堺でわしの仕事を手伝うてもよいし、どなたか大名に推挙してもよいぞ。徳川殿はどうじゃ。先日、堺にお見えになった際お会いしたが、これからは異国人の家臣を持たねばなるまいと仰せであったぞ」

「ソウギュウ様。嬉しい、お言葉。しかし、夢叶えたい」

「そうか……。それは、とめだてもできぬの」


数日後、弥助は黒龍を宗及に託し、弥助の鎧櫃を背負った秋武八郎とともに、マカオ行きの三艘の船のうちの一艘に乗り込んだ。

弥助は知るよしもなかったが、この船は、元はエスクデロが発注し、堺の南蛮屋ラウルが手配した船だった。弥助同様、一四日の早朝、堺に着いていたものである。

ラウルはエスクデロの密謀をおおよそ察していたが、宗及に命じられ、事を穏便にすませることにした。

そこで同乗してやってきた自身の部下である南蛮屋マカオ支店の数名を通じて船長と傭兵たちに対し、発注元のエスクデロと、渡航を保証していた信長の死を告げた。そして、動揺する彼らに対し、船ごと南蛮屋で買い上げるとし、日本渡航に見合うだけの砂金袋を漏れなく配ったので、事は解決した。

船団は堺で天王寺屋傘下、南蛮屋の商船として、銀や硫黄や刀剣、そして日本産鉄炮を積み込み、今から四国の南沿岸を通って薩摩国の坊津に行き、そこからマカオに戻るのである。

堺の港で、宗及や刀砥師の玄斎とともに、熊蔵や金剛丸が手を振っている。そして、椿も。

手を振り返す八郎が言う。

「殿。椿様を伴わなくてよかったのですか」

弥助は黒色の袖なし羽織に袴。足許は革足袋・草履で固めた侍の旅装であった。無論、腰には、信長より拝領した国兼の脇差があり、大刀は森蘭丸より贈られた美濃関の業物である。

「ウム。これから、厳しい旅になろうゆえ」

「しかし、椿様は、ともに参ろうと殿が言われるのを待っておられたのでは」

「サテな。マカオから、天竺。天竺からアフリカの船旅が終われば、次は白人との戦でござる。とても連れてはいけぬ」

「そう……ですな。白人を倒せば、また日本に戻ることもあるのですか」

「セッシャはこの国を愛している。二番目の故郷でござるゆえ、そうなるかもしれぬ。ところで、八郎殿。八郎殿は、本当についてきて良かったのでござるか」

「無論です。殿。この世の果てまでも御伴します」

「カタジケナイ」

「殿。そこは、左様かと申されるべきです」

「ハハハ」

堺が、次第に弥助の視界から遠ざかる。

弥助は海風に吹かれながら、信長にもらった脇差を撫でた。

「上様。信長様。拙者は黒き侍。生涯変わらず、天竺弥助信春でござる」

【企画協力】 株式会社クロスメディア　佐倉寛二郎

【著者】浅倉徹（あさくら・とおる）
日本史研究者として別名義で著書がある。大学で講義を行なうかたわら、日本全国の史跡を取材。戦国時代や江戸時代の侍の歴史に関心がある。

黒《くろ》き侍《さむらい》、ヤスケ

信長《のぶなが》に忠義《ちゅうぎ》を尽《つ》くした
元南蛮奴隷《もとなんばんどれい》の数奇《すうき》な半生《はんせい》

●

2020年5月28日　第1刷

著者…………浅倉 徹《あさくらとおる》

装幀…………一瀬錠二（Art of NOISE）

発行者…………成瀬雅人
発行所…………株式会社原書房

〒160-0022 東京都新宿区新宿 1-25-13
電話・代表 03（3354）0685
http://www.harashobo.co.jp
振替・00150-6-151594

印刷…………新灯印刷株式会社
製本…………東京美術紙工協業組合

ISBN978-4-562-05770-2, Printed in Japan